Anne Sonntag
Eigentlich Liebe

PIPER

Zu diesem Buch

Am Wochenende findet eine große Traumhochzeit statt und eigentlich freuen sich die drei Freundinnen Clara, Vero und Hanna schon sehr darauf, den ganzen Tag Champagner zu trinken. Eigentlich. Denn dann gesteht Claras Freund, dass er sich mit seiner heimlichen Geliebten verlobt hat, Veros Freund eröffnet ihr, dass er dringend zu einem Treffen mit Geschäftspartnern muss, und Hanna wird dank einer zufälligen Begegnung mit dem Ex-Freund unsanft an ihr gebrochenes Herz erinnert. Den drei Freundinnen ist daraufhin wirklich nicht mehr nach schwülstigen Eheversprechen und weißen Hochzeitskutschen zumute. Spannend wird es allerdings, als Clara mit verheulten Augen todesmutig bestimmt, trotzdem auf die Hochzeit zu gehen, Hanna sich in einen leidenschaftlichen One-Evening-Stand stürzt und Vero sich plötzlich zu zwei Männern hingezogen fühlt – von denen keiner ihr Freund ist …

Anne Sonntag ist das Pseudonym der deutschen Autorin Anne Freytag. Sie wurde 1982 in München geboren, studierte »International Management« und arbeitete in einer Werbeagentur, bevor sie den Sprung ins eiskalte Wasser wagte und sich voll und ganz dem Schreiben widmete. Wenn sie nicht gerade an ihren Texten feilt, amüsiert sie sich mit Adriana Popescu im Facebook-Chat, radelt mit ihrem Freund durch München, isst um Mitternacht knusprige Dinkel-Poppys oder sucht im Internet nach alten Möbeln.

Anne Sonntag

EIGENTLICH LIEBE

Roman

Piper München Zürich

Mehr über unsere Autoren und Bücher:
www.piper.de

MIX
Papier aus verantwortungsvollen Quellen
FSC® C083411

Originalausgabe
November 2014

Umschlaggestaltung: ZERO Werbeagentur, München
Umschlagabbildung: Finepic/München
Satz: Fotosatz Amann, Memmingen
Gesetzt aus der Minion
Papier: Munken Print von Arctic Paper Munkedals AB, Schweden
Druck und Bindung: CPI books GmbH, Leck
Printed in Germany ISBN 978-3-492-30586-0

Dieser Roman ist allen Freundinnen gewidmet.
(Vor allem meinen. ☺)

Hanna

MEIN SCHATZ

»War sie schon am Briefkasten?«

»Noch nicht«, flüstere ich ins Telefon. »Warum?«

»Die Einladung von Helen und Jürgen ist heute Morgen gekommen.«

»O nee, bitte nicht.« Ich stehe im Flur und werfe einen kurzen Blick auf das Häuflein Elend, das im Schlafzimmer auf dem Bett kauert und ins Leere starrt.

»Doch«, antwortet Vero ebenfalls flüsternd. »Das ist nicht der Punkt. Viel wichtiger ist im Moment, dass du unbemerkt ihren Briefkasten leerst. Sofort.«

Ich drehe mich schnell um und gehe zurück ins Wohnzimmer. »Warum flüsterst du?«

»Na, weil du flüsterst«, entgegnet Vero leicht irritiert. »Das macht man doch immer, wenn ... Ach, vergiss es«, fällt sie sich selbst ins Wort und kehrt zu dem Tonfall zurück, der ihre Angestellten aufspringen oder vor Angst erstarren lässt. »Lass einfach die Einladung verschwinden. Vorübergehend. Schaffst du das?«

»Ja.« Hoffe ich zumindest. »Wann ist die Hochzeit?«

»Warte. Wir freuen uns ... blablabla. Ah, hier steht es: im Juli, nächstes Jahr.«

»Na, das ist ja noch ein bisschen hin«, antworte ich noch immer im Flüsterton, damit mich Clara nebenan nicht hört. Eine Hochzeitseinladung ist wirklich das Letzte, was sie im Moment gerade braucht.

»Aber was ist mit morgen? Wir haben schließlich zugesagt.«

»Richtig«, seufze ich und schließe die Augen. »Da können wir unmöglich hingehen.«

»Wo können wir unmöglich hingehen?«, höre ich Claras nasale Stimme plötzlich hinter mir.

Ich fahre erschrocken zusammen und drehe mich ruckartig zu ihr um. Ich möchte gerne etwas sagen, das ihre Luftkissenaugen abschwellen lässt, etwas, das die abgeschürften Stellen um ihre kleine Nase und die geplatzten Adern in ihren geröteten Augen heilt. Aber ich fürchte, da gibt es nichts. Ich meine, was sagt man zu jemandem, der nach drei Jahren Beziehung knietief in den Scherben seiner großen Liebe steht? Zu jemandem, der sich so sicher war, dass die nächste Hochzeitseinladung endlich den eigenen Namen in einer dieser abartig verschnörkelten Goldschriften tragen würde? Jemandem, der bereits bis ins kleinste Detail wusste, wie das eigene Brautkleid aussehen soll? Jemandem, der für Blumenarrangements sterben würde und total auf saukitschige Eheversprechen abfährt? Und auf diese kleinen Kissen, an denen man die Ringe mit breiten Satinschleifen festbinden kann? Ich meine, im Ernst.

»Was?«, stammle ich. »Ähm, vergiss es. Ehrlich, das ist gerade wirklich nicht wichtig.« Sie sieht mich misstrauisch an. »Wirklich, Süße, völlig unwichtig.«

Clara hebt jetzt ungläubig die Augenbrauen. »Hanna?«

»Lüg sie an!«, zischt Vero beschwörend ins Telefon. »Los, erfinde was! Schnell!«

Ich betrachte Claras fahles Gesicht. Na los, Hanna, nun denk dir schon was aus. Irgendwas. Vielleicht … Aber mir fällt nichts ein.

Gestern um diese Zeit war Clara noch ein fröhliches Nervenbündel. Ihre Augen haben geleuchtet und sie ist mir mit ihrer guten Laune fast auf die Nerven gegangen.

Ich sehe sie noch, wie sie ihre Reflexion im Spiegel zum einhundertsten Mal begutachtet. Vor meinem inneren Auge trägt sie anstelle des schmuddeligen Jogginganzugs das schwarze Etuikleid, das wir vergangenes Jahr in Paris gekauft haben, und präsentiert sich stolz von allen Seiten.

»Gut so?«, fragt sie und strahlt. »Denkst du, es wird ihm gefallen?«

Ich kann nur nicken, weil alles andere schlichtweg gelogen wäre. Ihr dunkelbraunes langes Haar fällt ihr wie glänzende Seide um die schmalen Schultern und in den Tiefen ihrer unschuldigen Rehaugen funkelt etwas Verruchtes. Etwas Verführerisches. Mit diesem Augenaufschlag und den ellenlangen dichten Wimpern könnte sie jedem Mann spielerisch jedes noch so haarsträubende Versprechen abringen.

»Er wird doch fragen, oder? Ich meine, du denkst auch, dass er mich fragen wird?«

Und wieder nicke ich, weil ich mir nicht vorstellen kann, dass er es nicht tut. Ich beobachte ihr Gesicht im Spiegel. Diese Symmetrie, die sogar einen Leonardo da Vinci beeindruckt hätte. Ich denke ja, seine Mona Lisa würde heute völlig anders aussehen, wenn er im alten Florenz Clara über den Weg gelaufen wäre. Bei diesem Gedanken muss ich schmunzeln.

Clara legt aufgeregt den pastellfarbenen Lippenstift auf und die Perlenohrringe an. Das ist zwar so gar nicht mein Stil, aber sie hat diesen Look der klassischen Schönheit schon immer verkörpert, ihn perfektioniert und diese Perlen sind wie ein kleines Echtheitszertifikat. An mir wären sie lächerlich.

»Und was, wenn nicht? Ich meine, er war so seltsam die letzten Monate. Im Grunde seit dem Projekt in Hamburg«, sagt sie und ich sehe, wie die Unsicherheit einen blassen Schleier auf ihre Wangen legt. Gerade als ich antworten will, lächelt sie wieder. »Ach, das lag bestimmt an der Arbeit. Matthias arbeitet einfach zu viel.« Genau das wollte ich auch sagen, obwohl ich das gar nicht beurteilen kann. »Ich frage mich, wie der Ring aussehen wird.«

Der Ring … Anstatt des Rings und eines lange überfälligen Antrags hat Clara gestern eine eiskalte Abfuhr bekommen. Sie heißt Linda und es sei einfach passiert. Man könne sich eben nicht aussuchen, in wen man sich verliebt. Die Hochzeit ist im Frühjahr. PAM! Es gibt also tatsächlich einen Ring. Aber eben leider nicht für Clara. Claras Ring glitzert jetzt an Lindas Finger.

»Hanna! Bist du noch dran?«, platzt Veros herrische Stimme in meine Gedanken.

»Ja. Aber ich weiß nicht …« Ich beobachte Clara dabei, wie sie mich mit ihren roten Luftkissenaugen genau mustert, während Vero genervt in den Hörer schnauft.

»Sag ihr einfach, dass Hannes krank ist, dass die Hochzeit deshalb verschoben wird und dass er mich gerade angerufen hat. Ich soll euch beiden Bescheid geben. Los, sag es!«

»Also …« … eigentlich will ich Clara nicht anlügen.

»In der Zwischenzeit storniere ich unsere Reservierung, weil, wenn wir nicht fahren, muss ich das schnell machen.« Ich höre, wie Veros Finger über ihre Tastatur fliegen. »Ich sehe es nämlich überhaupt nicht ein, 80 Prozent für das sauteure Romantikhotel hinzublättern, wenn wir da gar nicht übernachten.«

»Aber Hannes …« … war einmal einer unserer besten Freunde.

»Ach, jetzt komm mir bitte nicht damit, wie enttäuscht Hannes sein wird! Der hat sich die letzten Jahre einen Dreck um uns geschert. Vermutlich brauchte er nur ein paar gut aussehende Statisten für seine Traumhochzeit und da sind wir ihm zufällig eingefallen.« Sie macht eine Pause. »Ich storniere also?«

Sie wartet auf eine Reaktion, aber ich bekomme keinen Ton raus.

»Darf ich dein Schweigen als ein Ja deuten?«, bohrt Vero genervt nach.

Toll. Wieso soll ich das bitte entscheiden? Ich möchte etwas sagen, aber Clara steht mit ihrer roten Nase neben mir und schaut mich inzwischen giftig aus den Luftkissen an. Zumindest soweit ich das beurteilen kann. Genau genommen sind ihre Lider nämlich so geschwollen, dass es genauso gut möglich wäre, dass sie mich gar nicht ansieht. Oder die Augen zuhat.

»Ähm … Sollte das … Also … Ich meine … Sollte das nicht eigentlich Clara entscheiden?«, frage ich schließlich, weil ich sie nicht wie ein unmündiges Kind behandeln will, nur weil Matthias jetzt Linda vögelt. Das ist zwar nur ein Teil der Wahrheit, aber der klingt besser als »weil ich unfähig bin, Entscheidungen zu treffen«.

»Nein!«, zischt Vero mir ins Ohr. »Auf keinen Fall! Sie ist nicht zurechnungsfähig. Du weißt, wie sie sich entscheiden wird. Sie kann da nicht hin. *Er* wird da sein … vermutlich mit *ihr*!«

»Falls es um die Hochzeit morgen geht«, erklärt Clara mit ihrer verheulten Stimme überraschend entschlossen. »Wir gehen.«

Ich versuche, Vero zu unterbrechen, die mir augenblicklich weitere Befehle ins Ohr peitscht, und den Tinnitus auszublenden, den ihre Stimme als kleines Souvenir in meinem Kopf hinterlassen wird, als Clara mir plötzlich den Hörer aus der Hand reißt, ein trotziges »Wir gehen da hin!« ins Telefon plärrt und auflegt.

Der mörderische Ausdruck, der kurz zwischen ihren Luftkissen aufblitzt, bevor sie zurück ins Schlafzimmer stapft, verrät mir, dass es vielleicht doch keine so gute Idee war, sie in die Entscheidungsfindung mit einzubeziehen.

Ich sehe bereits die Schlagzeilen der nächsten Tage: »Blutbad auf Traumhochzeit«, »Tod im Romantikhotel«, »Albtraum in Scharlachrot« oder etwas dergleichen. Unter der Überschrift erkenne ich Clara, die blutverschmiert, aber triumphierend Lindas Ring – samt Finger – hochhält, der, wenn es nach Clara ginge, ohnehin ihr rechtmäßiges Eigentum ist. Denn wenn es um das Thema »Ring« geht, gibt es nur einen, der bereit wäre, weiter zu gehen. Und das wäre Gollum. Bei diesem Gedanken dämmert es mir: das seltsame Aufblitzen in Claras sonst so sanften Rehaugen … Jetzt erkenne ich darin auch die zwei Worte: »mein Schatz«.

Clara

AUSSICHT AUF ALBTRÄUME

Ich will sterben. Jetzt. Einfach einschlafen und nie wieder aufwachen. Den Schmerz nicht mehr spüren. Die heißen Tränen und diese brennende Leere, die sich wie ein Virus in mir ausbreitet. Ich lege mich wieder aufs Bett. Auf meine Seite. Die Einsamkeit kriecht über meine Haut und ich ziehe die Beine an. Wie ein kleiner Ball liege ich da und starre auf sein leeres Kissen. Alles sieht aus wie immer, aber mein Leben liegt in Trümmern. Es ist ein Kriegsgebiet, das aus Leibeskräften schreit. Träume in Scherben. Und ich mittendrin.

Die Wut, die ich eben noch gespürt habe, ist so schnell verpufft, wie sie aufgeflackert ist. Jetzt ist da nur wieder dieser Schmerz. Die Leere. Ich war mir so sicher. So unendlich sicher. Mit ihm. Beim Gedanken an sein wunderschönes Gesicht zieht sich alles in mir zusammen. Was, wenn er die Liebe meines Lebens war? Die einzige Chance auf das große Glück? Was, wenn nach ihm kein anderer kommt?

Ich setze mich abrupt auf und die Tränen finden neue Wege, ändern einfach die Richtung. Wenn es doch immer so einfach wäre. Ist es aber nicht und wird es auch nicht mehr. Ich habe mich gerade an seine Marotten gewöhnt. Mich mit ihnen abgefunden. Sogar mit denen, von denen ich anfangs dachte, dass ich unmöglich mit ihnen leben könnte. Ich hatte mich gerade voll und ganz für ihn entschieden. Für uns. Für die guten und die schlechten Zeiten. Für die Zukunft. Wir haben sogar schon übers Kinderkriegen gesprochen. Und jetzt ist alles vorbei. Für immer.

Meine Gedanken sind so schwer und grausam, dass ich meinen Kopf wieder zurück auf mein Kissen sinken lasse. Das Seufzen dehnt meine Brust und brennt in meinen Lungen. Liebeskummer ist wie eine Grippe. Verstopfte Nase, Gliederschmerzen und meine brennenden Augen fühlen sich an wie überreife Zwetschgen. Ich kann kaum etwas sehen. Vielleicht will ich es aber auch noch nicht sehen. Mein neues Leben. Vielleicht ist es besser so, ein bisschen blind. Zumindest für ein paar Stunden.

Wie konnte das passieren? Und wann ist es passiert? Gestern war ich noch der Hauptgewinn, das Sterne-Menü, auf das man sich den ganzen Tag freut. Heute bin ich nur noch der Beilagensalat, den eigentlich keiner will, den man nur für sein gutes Gewissen bestellt und bei dem die Vernunft einen zwingt, wenigstens ein paar Blatt zu essen, während man insgeheim nur eins will: das Dessert. Aber das ist Linda. Sie hat meinen Platz gestohlen. Es fühlt sich an wie früher bei der Reise nach Jerusalem und genau wie damals im Kindergarten stehe ich auch heute nur da und starre paralysiert auf den Stuhl, der eben noch mir gehört hat.

Ich hätte es wissen müssen. Oder zumindest ahnen. Ich meine, er war so seltsam die letzten Wochen. Seit diesem Projekt in Hamburg. Ich habe die Augen davor verschlossen und es auf die viele Arbeit geschoben – nicht auf die Kollegin, die ihn nach Hamburg begleitet hat. *Linda*. Damals war ich blind und jetzt bin ich ein Wrack. Matthias hat mich mit seiner Abfuhr gestern eiskalt erwischt und gnadenlos überrollt. Wie ein Schnellzug. Ich stand im Weg und musste weg. Ich bin der Kollateralschaden, der Klotz am Bein, das Relikt. Die Vergangenheit.

Als Hanna leise aus meinem Bad kommt und in der Tür

zum Schlafzimmer stehen bleibt, wundere ich mich kurz über ihre vollgestopfte Handtasche. Aber nicht genug, um sie darauf anzusprechen.

»Willst du da morgen wirklich hin?«, beginnt sie mit sanfter Stimme. »Du weißt, dass Matthias … Also … Es könnte sein, dass …« Sie sieht mich besorgt an und sofort ist da wieder diese Wut in mir. Natürlich weiß ich, dass er morgen dort sein wird. Immerhin hat Hannes mir seinen alten Freund Matthias überhaupt erst vorgestellt. Aber ich bleibe dabei: Ich gehe auf diese Hochzeit und wenn es nur ist, um Matthias den Spaß zu verderben. Ich könnte mich betrinken und jedem erzählen, wie schlecht er im Bett ist. Das wäre nicht mal ganz gelogen. Okay, es wäre gelogen, aber das wüsste ja niemand.

»Ja. Ich bin mir sicher. Absolut sicher.«

Ich drehe mich zur Seite und schaue auf die Uhr. Kurz nach acht. Hanna ist vor einer halben Stunde gegangen und ich würde sie am liebsten bitten, wieder zurückzukommen, um mit ihren aufbauenden Worten die finsteren Gedanken zu ersticken, die wie ungebetene Gäste durch meine Hirnwindungen schleichen, seit ich wieder alleine in dieser viel zu großen Wohnung liege. Es ist schon komisch. Ich dachte, heute würde der erste Tag vom Rest meines Lebens, stattdessen ist es der erste eines neuen Lebens geworden, das ich nicht haben will. Es ist, als wäre ich in einer grausamen Parallelwelt aufgewacht. Mit viel Glück ist das nur ein Albtraum. Ein ziemlich realer und vor allem langer Albtraum. Unwahrscheinlich.

Also, zurück auf Start. Als Single. Alleinstehend oder in meinem Fall alleinliegend. Das Schlimme ist dabei das Wort »allein«. Ich schiebe mich in die Mitte des Bettes und strecke beide Arme aus. Platz. Mehr Platz, als ich je füllen kann. Zu viel Platz. Zu viel Leere.

Mein Magen knurrt, aber allein beim Gedanken daran, etwas zu essen, wird mir schlecht. Na ja, vielleicht ein bisschen von der Tomatensuppe, die Hanna für mich … Tomatensuppe. O nein. Tränen schießen mir in die brennenden Augen. Matthias hat mir auch einmal Tomatensuppe gekocht, als es mir dreckig ging. Ich glaube, das war damals, als ich Lungenentzündung hatte und mich kaum noch bewegen konnte. Er hat sich für mich in die Küche gestellt und mir extra … Moment.

Stopp.

Was mache ich hier eigentlich?

Ich male mir unsere Vergangenheit schön, weil die Gegenwart so hässlich und die Wahrheit so ernüchternd ist, dass ich mich eigentlich betrinken sollte. Immerhin musste ich fast sterben, um eine Suppe von ihm zu bekommen. Wenn Matthias einen kleinen Schnupfen hatte, habe ich ihn tagelang bekocht und umsorgt, bin ihm nicht von der Seite gewichen. Und er? Eine Suppe. Mein Gott, das ist so armselig. Eine einzige Suppe. Ich glaube, sie war aus der Dose und hat nicht mal besonders gut geschmeckt. Allein die Tatsache, dass ich mir die blöde Suppe überhaupt gemerkt habe, zeigt doch, dass es etwas total Besonderes war. Etwas Außergewöhnliches. Ein Highlight? Kann das wahr sein? Eine beschissene Suppe in drei Jahren?

Bei diesem Gedanken vergeht mir der Appetit und mein Bauch füllt sich stattdessen abermals mit Wut. Sehr gut. Sie fühlt sich nämlich weitaus besser an als diese verdammte Leere.

Ich rapple mich auf, wische mit dem Handrücken über meine Wangen und streife ziellos durch die Wohnung. Ich bekomme in drei Jahren eine Suppe und Linda nach nur ein paar Wochen den Ring. Ist das fair? Kaum. Nur … Wie hat sie das gemacht? Ich meine, er wird sie heiraten. Heiraten! Ich konnte ihn in *drei Jahren* nicht dazu bringen, mir einen Scheißdiamantring an den Finger zu stecken. Ich gehe auf und ab. Okay, wie hat sie ihn dazu gekriegt? Gehirnwäsche? Manipulation? Vielleicht sollte ich ihn anrufen und fragen. Das Lachen, das meinen Mund plötzlich verlässt, ist eine sonderbare Mischung aus Verzweiflung und Fassungslosigkeit. Es besteht kein Zweifel. Ich bin eindeutig auf Selbstzerstörungskurs.

Langsam gehe ich in die Küche. Eine dunkle Seite in mir schielt auf das Küchenmesser und spielt kurz mit dem Gedanken, zu Matthias zu fahren – nicht um ihn zu fragen, wie Linda ihn rumgekriegt hat, sondern um ihn in feine Scheiben zu schneiden. Wie konnte er mir das antun? Und warum zum Teufel in unserem Lieblingslokal? Hätte er sich nicht wenigstens einen anderen Ort aussuchen können? Einen weniger demütigenden? Ich habe mich für meine Abfuhr extra noch schick gemacht. Das ist doch makaber.

Mit einem schweren Seufzer entscheide ich mich dann aber doch gegen das Messer und für das Telefon. Hanna ist wahrscheinlich noch unterwegs, aber Vero dürfte zu Hause sein. Ich schnappe mir mein Handy und gehe schnell in den Flur, wo ich kurz vor dem Spiegel stehen bleibe, um mir in die verquollenen roten Augen zu sehen. Immer neue Tränen laufen heiß und zäh über meine Wangen, fließen direkt aus meiner blutenden Seele.

Ich muss an Hanna denken und an dieses Unverständnis in ihrem Blick, als ich sie vorhin an der Wohnungstür verabschiedet habe. Die stumme Frage, warum ich mir das antue. Warum bestehe ich darauf, morgen auf diese verdammte Hochzeit zu gehen? Eine sehr gute Frage. Die Antwort? Vielleicht, weil Frauen das eben so machen. Wir rennen los und stürzen uns ins Verderben. Freiwillig. Kopfüber. Wir wissen, dass es wehtun wird, dass es einen Teil in uns umbringen wird. Vielleicht hoffen wir, dass es den Kummer trifft oder dass die Leere sich danach weniger leer anfühlt. Vielleicht tun wir es, weil wir es nur dann glauben können, weil es erst dann wahr ist, wenn wir es mit eigenen Augen gesehen haben, erst dann, wenn der Anblick uns das Herz zerreißt. Es ist eine Art Selbstmordversuch, bei dem man innerlich stirbt, aber körperlich überlebt. So etwas wie *seelischer* Suizid.

Im Moment klingt das sogar verlockend – zumindest für die Frau im Spiegel. Sie befindet sich auf dem schnellsten Weg zur Talsohle, nimmt gerade die Abkürzung, denn erst, wenn sie ganz unten auf dem unerbittlich harten Boden der Realität aufgeschlagen ist, kann es wieder bergauf gehen. Ja, sie ist im freien Fall. Auf dem Weg nach ganz unten. Gleich …

Kurz vor dem Aufschlag wähle ich schnell Veros Nummer. Sie weiß, was zu tun ist. Bestimmt. Während ich darauf warte, dass sie drangeht, kommen auch schon die ersten Zweifel. Vielleicht hat Vero doch recht. Vielleicht sollte ich wirklich nicht auf diese Hochzeit gehen, aber ich kann nicht *nicht* gehen. Ich *muss* einfach hin. Vielleicht brauche ich das, um abzuschließen. Andererseits … Was, wenn Matthias mein Herz gestern nur angebrochen hat? Was, wenn ich ihm dann morgen den endgültigen Todesstoß versetze? Also, meinem Herzen, nicht Matthias. Trotzdem: Ich muss die Frau sehen, die mein Leben ruiniert hat. Ich muss ihr in die Augen schauen, wissen, was sie hat, was mir fehlt, warum *sie* die Richtige ist.

Mit dem Telefon am Ohr gehe ich zurück ins Wohnzimmer und lausche weiterhin dem Rufton.

Und was, wenn es mir danach noch viel schlechter geht? Ich meine, wenn ich sie erst mal gesehen habe? Womit wir wieder bei der Frage angekommen wären, warum ich mir das antue. Warum? Keine Ahnung. Wahrscheinlich sind wir Frauen einfach gestört. Vielleicht genießen wir ja sogar die tragische Opferrolle, suhlen uns in unserem Leid, geben auf und somit jegliche Verantwortung ab. Klingt zumindest nicht unwahrscheinlich.

Moment.

Tue ich das gerade? Gebe ich auf? Ohne Gegenwehr? Ich bleibe abrupt stehen. Ist es vielleicht … noch gar nicht zu spät? Der böse Teil in meinem Hirn erinnert mich an Matthias' Gesichtsausdruck, als ich vor drei Wochen mit dem nicht gerade günstigen kleinen Schwarzen, das ich extra für die morgige Hochzeit gekauft habe, aus der Umkleidekabine getreten bin. Wo es einen solchen Blick gibt, gibt es auch einen Weg. Vielleicht wird es ja doch kein seelischer Suizid. Vielleicht wird ihm klar, dass er einen Fehler gemacht hat. Einen *gewaltigen* Fehler, für den er den Rest seines Lebens bezahlen wird.

Es hat mich Jahre gekostet, ihn auf unser gemeinsames Leben vorzubereiten. Auf seine Rolle als Mann an meiner Seite. Ich habe ihn dahin erzogen. Ich! Nicht sie! Dieser Ring gehört mir. Matthias gehört mir. Ich habe ihn mir erarbeitet – ihn mir verdient. Ihn und den Ring. Das ist meine Zukunft. Meine!

Und schon hat der böse Teil in mir eine Idee … und ich beginne, diesen Teil in meinem Hirn zu mögen. Mal sehen, was Vero davon hält, wenn sie endlich mal ans Telefon geht.

Vero

MEIN BLONDES EGO

Ich weiß, man sieht es mir nicht an. Nach außen hin wirke ich wie die Ruhe selbst, während ich mit dem Telefonhörer in der Hand zu Hause an meinem Laptop sitze. Kontrolliert, sortiert, alle Fäden in der Hand. Poker bis in den letzten Winkel meines Gesichts. Meine Stimme ist gelassen, meine Haltung aufrecht, mein blonder Kurzhaarschnitt sitzt perfekt. Ich habe meine kühle Fassade inzwischen so perfektioniert, dass sie zu einem Teil von mir geworden ist. Oder bin ich ein Teil von ihr geworden? Egal. Momentan ohnehin alles nur Show. Denn in mir brodelt es, mein Herz schlägt aufgeregt gegen meine Rippen und mein Puls rast. Da ist es wieder, dieses breite Grinsen, das sich immer öfter auf mein Gesicht verirrt und mich nicht mehr loslässt. Ich halte nur noch mit Mühe ein nervöses Kichern zurück. Ein Kichern, das ich schon lange nicht mehr gehört habe. Nicht mehr hören wollte. Aber seit ein paar Wochen spüre ich, wie eine mir nur allzu gut bekannte quirlige Blondine mit langer glänzender Mähne an der mühsam errichteten Fassade klopft und kratzt und dabei kichert. Mein altes Ich, von dem ich dachte, es für immer hinter mir gelassen zu haben.

Es mag Leute geben, die mädchenhaftes Gekicher und emotionale Achterbahnfahrten charmant finden – ich gehöre nicht dazu.

»Bist du noch dran?«, fragt Clara mit verheulter und zugleich irgendwie aufgeregter Stimme.

»Aber klar, Süße.« Ich versuche wirklich ihren Ausführungen zu folgen, aber meine Augen sind so abgelenkt, dass ich nicht auch noch zuhören kann. Außerdem ist da auch noch die verrückte Blondine, die gerade versucht, mit ihrem viel zu kurzen Rock über meine kühle Fassade zu klettern und von mir Besitz zu ergreifen. Sie will unbedingt nachsehen, ob PW 42 vielleicht schon …

»Vero! Tippst du etwa?«

Mist. »Ich? Nein!« Pause. Was hat Clara gerade gesagt? Irgendwas mit einem Plan. »Du hast also einen Plan?« Schweigen. Das hat sie doch gerade gesagt, oder? »Süße? Bist du noch da?« Ich seufze und verfluche mich, während meine Augen eine neue Nachricht auf Facebook entdecken. Mein Herz stolpert vor Aufregung gegen meinen Magen.

»Ja, irgendwas muss ich doch tun. Er wird sie sonst heiraten!« Clara putzt sich die Nase. »Ich meine, wir waren immerhin drei Jahre zusammen. Drei Jahre! Er kennt sie doch gar nicht! Linda! Wer heißt denn schon Linda?«

»Keine Ahnung.« O mein Gott, die Nachricht ist von ihm. Nervös und so leise wie möglich öffne ich sie. Ich kann nicht anders. Es ist nicht meine Schuld. Die Blondine hat es über die Fassade geschafft – und sie ist ein Sklave ihrer Neugier.

»Warum muss er sie denn gleich heiraten?«

Stille. Ich höre nur mein Herz, das mir bis ins Trommelfell schlägt, während ich beginne, seine Nachricht zu lesen. Jedes seiner Worte fühlt sich an wie eine leichte, zärtliche Berührung, jeder Gedanke, den er formuliert, wie ein …

»Du bist eine beschissene Freundin, die mir nicht zuhört!«

»Och, Süße, das verstehe ich«, sage ich, ohne zu wissen, worauf ich überhaupt antworte, denn alles, worauf ich mich im Moment konzentrieren kann, sind seine Worte, die sich als Gänsehaut auf meinem Körper ausbreiten. Das Nächste, was ich höre, ist das Freizeichen.

Verdammt.

Falsche Antwort.

Okay, ich kann sie verstehen. Ich habe nicht zugehört und das war scheiße. Und ja: Clara hat sich jeden einzelnen meiner zigtausend Heulkrämpfe angehört, an denen meistens Enzo schuld war. Zumindest an denen der letzten sieben Jahre. Clara hat mich aufgebaut und abgelenkt, wann immer Enzo und ich Streit hatten – und wir hatten oft Streit. *Früher zumindest.* Sie ist eindeutig die bessere Freundin. Allerdings ist sie auch sehr stur. Vier SMS, eine Mail, zwei Facebook-Nachrichten und acht lange Anrufe sollten reichen. Oder? Eben.

Ich lese erneut die ersten Zeilen der Nachricht, die meinen Herzschlag überhaupt erst dazu veranlasst hat, meine Ohren zu betäuben, als ich höre, wie die Haustüre ins Schloss fällt.

»Amore?« Enzo!

Ich schließe das Nachrichtenfenster ungefähr so gekonnt wie ein Anfänger im Computerkurs für Senioren und haue den Laptop schließlich so fest zu, als wäre der Bildschirm der störrische Kofferraumdeckel eines alten Golfs. Meine Finger sind taub und meine Hände zittern. Ich wische meine feuchten Handflächen an der schwarzen Stoffhose ab, atme tief ein und ignoriere das Pochen tief in meinem Bauch, das die Worte von PW 42 dort hinterlassen haben.

»Amore? Wo bist du?«

Ich versuche zu antworten, aber meine Stimmbänder wollen nicht. Ich räuspere mich, dann rufe ich in einem mir fremden Tonfall: »Im Arbeitszimmer!«

Als ich aufstehe, um ihm entgegenzugehen, fühlen sich meine Knie fremd an. Weiter weg und ungewohnt unsicher.

Während Enzo immer näher kommt, konzentriere ich mich mit aller Macht darauf, die aufgeregten Gedanken der Blondine wieder hinter meine kontrollierte Fassade zu verbannen. Ohne Erfolg.

»Ah, mi amore …« Enzo steht im Türrahmen und lächelt plötzlich dieses italienische Lächeln, in das ich mich damals auf den ersten Blick verliebt habe und das ich in letzter Zeit viel zu selten sehe. Diese funkelnden schwarzen Augen und diese vollen Lippen. Er kommt auf mich zu, nimmt mich in den Arm und küsst mich. Zärtlich. Mein Bauch reagiert sofort mit einem verräterisch lüsternen Pochen. Er scheint keinen Unterschied zwischen Enzos Kuss und den Worten von PW 42 zu machen.

»Was machst du hier?«, frage ich möglichst unaufgeregt, als seine Lippen sich von meinen lösen. »Sind deine Investoren etwa schon abgereist? Fällt das Geschäftsessen aus?«

»Nein. Die sind im Hotel, Koffer wegbringen. Wir treffen uns nachher gleich im Restaurant. Ich wollte vorher nur kurz vorbeikommen und schauen, ob du es dir vielleicht anders überlegt hast. Willst du nicht doch mitkommen?«

»Nein, das schaffe ich nicht.« Ich lächle entschuldigend. »Ich muss noch packen. Morgen ist doch diese Hochzeit und wir müssen früh raus, um die anderen abzuholen.«

»Welche Hochzeit?«

Ich atme tief ein und schlucke den Vorwurf hinunter. »Na, die von Hannes.«

»Welche … Ah. Die Hochzeit.« Erkenntnis macht sich auf Enzos Gesicht breit.

»Ja, genau. Die Hochzeit, auf die du mich begleiten wolltest.«

»Die ist morgen?«

»Ach, komm schon, Enzo. Wirklich?« Ich seufze eher resigniert als enttäuscht. »Was ist es dieses Mal?«

»Amore, es tut mir ehrlich leid, aber die Investoren bleiben bis morgen Nachmittag.«

Die aufgeregte Blondine ist mit diesen ernüchternden Worten komplett verschwunden und macht damit Platz für mein neues Ich – das Ich, das meine Untergebenen in der Arbeit vor Angst erstarren lässt wie kleine Kinder, die man bei etwas Verbotenem erwischt hat. Ich spüre, wie sich der kritische Gesichtsausdruck in meine Züge frisst. Er und der strenge Pixie-Haarschnitt runden die knallharte Fassade ab.

Ich habe mir nicht ohne Grund meine langen blonden Haare abschneiden lassen. Vorbei sind die Zeiten der scharlachroten Lippen und stark getuschten Wimpern. Ich war schon immer eine Macherin, versteckt hinter blonden Locken und einem Püppchengesicht. Alle haben nur die süße Fassade gesehen, die großen blauen Augen und die geschwungenen Lippen. Niemand hat mich bemerkt. Mich und mein Potenzial. Dann habe ich es kapiert. Ein Leitwolf trägt kein Make-up. Ein bisschen Mascara, sonst nichts. Bloß nicht zu feminin. Das wird einem im Büro sonst nur als Schwäche ausgelegt. Die neue Vero ist erfolgreich, tough und selbstständig. Die knallharte Karrierefrau. Und genau die schaut Enzo gerade direkt in die Augen und bohrt ihm ihren eisblauen Blick tief ins Hirn. Ich sehe ihn nur an, sage aber kein Wort. Es ist dieses berechnende Warten, das meine Kollegen und Mitarbeiter machen lässt, was ich will. Ich habe irgendwann verstanden, dass Schweigen und Warten zwei wirklich tolle Waffen sind. Man kann oft mehr bewegen, wenn man nichts sagt. Manipulativ? Mag sein. Aber man muss mit dem arbeiten, was man hat. Die eigenen Stärken erkennen und einsetzen, sonst wird man gefressen. Vor allem in dem Haifischbecken, in dem ich jeden Tag aufs Neue ums Überleben kämpfe. Ich kann inzwischen warten. Und schweigen. Ich habe es gelernt.

Die meisten Menschen halten das nicht aus. Ich habe es perfektioniert.

»Schau mich bitte nicht so an, Amore. Ich kann das morgen nicht absagen.«

Mist. Enzo kennt mich einfach zu gut. »Aber du hast es mir versprochen.«

»Ich weiß, aber du hast doch deine Mädels und ich kenne diesen Hannes gar nicht. Er ist *dein* alter Freund, nicht meiner.«

Alt? Kann sein. Und Freund? Wie man es nimmt. Er war einmal ein sehr *enger* Freund.

»Glaub mir, er wird mich nicht vermissen und ich hätte euch eh nur gestört. Jetzt, wo Clara auch alleine kommt, könnt ihr einen schönen Mädelsabend machen. Na?«

»Ja, ja. Ist schon gut.« Ehrlich gesagt, habe ich schon damit gerechnet, dass er nicht mitkommt. Er vergisst solche Dinge immer. Warum ich ihn diesmal nicht daran erinnert habe, weiß ich ehrlich gesagt nicht.

»Na, siehst du. Du brauchst mich gar nicht. Ihr werdet ohne mich sicher viel mehr Spaß haben. Frauen lieben doch Hochzeiten.«

Ich zucke kurz zusammen. »Nicht alle und das weißt du ganz genau. Ich hasse Hochzeiten.«

Er seufzt schwer. Ich spüre schon die unliebsame, aber altbekannte Wendung, die dieses Gespräch gleich nehmen wird. Wir biegen gerade ab: von Enzos gebrochenem Versprechen direkt auf die Hochzeits-Straße. Ich habe langsam das Gefühl, wir *wohnen* dort.

»Was hast du nur gegen das Heiraten?«

Und da wären wir. Beim Streitthema Nummer zwei im Hause Dutti/Klein: Heiraten. Der unangefochtene Spitzenreiter ist aber nach wie vor das »Kinder machen und an den Stadtrand ziehen«. Vor meinem inneren Auge sehe ich schon einen Haufen kleiner Enzos mit niedlichen schwarzen Knopfaugen und kleinen Schmollmündern herumtollen. Ich sehe Enzo im Gemüsebeet, der mir triumphierend seine frischen Tomaten präsentiert, und dann entdecke ich mich: in der tiefen Depression.

»Gut. Machen wir es einfach so: Ich fahre morgen allein auf die Hochzeit und werfe dir nicht vor, dass du schon wieder etwas vergessen hast, und dafür verschonst du mich damit, dass sich deine 94-jährige Nonna vor ihrem Tod nichts sehnlicher wünscht als unsere Hochzeit und noch mehr Enkelkinder.«

Ich sehe kurz Widerworte in seinem Blick aufblitzen, aber er lässt sie nicht raus. Nicht mehr. Früher hätte er spätestens jetzt angefangen, wild zu gestikulieren und mich leidenschaftlich anzubrüllen – und genau das hätte mich auf eine seltsame Art angemacht. Wir hätten uns gegenseitig fürchterliche Dinge an den Kopf geworfen, nur um uns dann schwitzend und stöhnend wieder zu versöhnen. Er hätte mich mit seinem muskulösen Oberkörper gegen die Wand gepresst und ich hätte seinen schweren Atem im Nacken gespürt. Enzo weiß, wie man mich nehmen muss. Im Leben und im Bett. Oder zumindest wusste er es einmal. Aber jetzt sehe ich, wie die Widerworte verpuffen und sein breiter Brustkorb sich senkt. Die Gefechte werden nur noch in unseren Köpfen ausgetragen, verborgen hinter einer harmonischen Fassade. Direkt neben der Blondine. Ich weiß nicht, wann das passiert ist, ich weiß nur, dass ich im Moment lieber am Laptop sitzen würde, als mit Enzo diesen lauwarmen Streit zu führen.

Kurz schaue ich auf die Uhr. »Es ist halb neun. Musst du nicht langsam mal los?« Während ich ihn mustere und auf seine Antwort warte, spüre ich genau, wie mir der fragende Gesichtsausdruck Falten auf meine Stirn zeichnet. Erschreckenderweise ist das Erste, woran ich denke, Botox.

»Ja. Du hast recht.« Er beugt sich zu mir und küsst mich sanft.

Ich schließe kurz die Augen und die Berührung seiner warmen Lippen reicht, um das Phantom in meinem Kopf wieder zum Leben zu erwecken: PW 42. Ich atme scharf ein und … augenblicklich bohrt sich das schlechte Gewissen zwischen meine Rippen. Obwohl es das gar nicht bräuchte. Das zwischen PW 42 und mir ist eigentlich völlig harmlos. Ich kenne ja noch nicht einmal seinen Namen und für ihn heiße ich nur Ve Lo. Ich atme tief in den Bauch. Hinunter zu dem warmen Pochen. Da ist nichts zwischen ihm und mir. Zumindest nichts Reales. Ich weiß noch nicht mal, wie er aussieht, denn man erkennt weder ihn noch mich auf einem unserer Fotos. Wozu auch?

Zugegeben, natürlich male ich ihn mir in meinem Kopf aus und ich liebe dieses Gesicht, diesen Körper, seine Hände und das, was er in meiner Vorstellung damit anstellt. Dieser Gedanke peitscht einen heißen Schauer über meinen Rücken.

»Ist alles okay?« Enzo streicht mir über die Wange. »Du glühst ja!«

»Alles bestens. Ich bin nur … fertig«, lüge ich, während mir das Blut schon wieder so laut durch die Ohren pocht, dass ich keinen klaren Gedanken fassen kann. Das muss aufhören!

»Amore, hast du Fieber?« O nein. Jetzt macht er sich auch noch Sorgen. Am Ende sagt er noch das Essen ab. »Wenn es dir schlecht geht, sage ich das Essen ab.«

»Nein, das ist wirklich nicht nötig«, antworte ich schnell und versuche zu lächeln.

»Sicher?«

»Wirklich, Schatz. Es geht mir gut.«

Vor vier Jahren hätte es keine solchen Gespräche gegeben. Und auch nicht diese Gedanken. Ach was, vor vier?

Vor zwei. Da wäre ich vermutlich gerade auch schweißgebadet, aber nicht wegen irgendwelchen Phantomen, sondern weil Enzo mir gegeben hätte, was ich brauche.

Er lächelt mich sanft an. »Bei mir wird es heute vermutlich spät.«

»Und ich muss morgen ziemlich früh raus.« Ich stelle mich auf die Zehenspitzen und küsse ihn kurz. Seine Lippen sind warm und vertraut. »Wir sehen uns dann am Sonntag.«

»Wenn ich es irgendwie schaffe, komme ich nach.« Ein weiteres leeres Versprechen.

Er lächelt mich an, dann verschwindet er mit einem letzten Luftkuss im Hausflur und wirft die Tür hinter sich zu.

Einen Augenblick lang stehe ich wie festgeklebt da, während die aufgeregte Blondine medaillenverdächtig über die Fassade springt und zurück an den Laptop sprinten will. Zu seiner Nachricht. Ich fürchte, sie fängt gleich an, ungeduldig zu winseln.

Was mache ich da nur? Ich liebe Enzo. Das tue ich wirklich, aber … da sind keine Schmetterlinge mehr. Oder nur noch zwei. Und die haben Angst im Dunkeln. Deswegen sitzen sie nur blöd rum. In meinem Bauch hat lange nichts geflattert und es war mir egal. Ehrlich. Ich war glücklich mit meinem Leben. Bis mich PW 42 vor vier Wochen und drei Tagen mit einer alten Freundin verwechselt hat, die zu Schulzeiten denselben Spitznamen hatte. Seitdem schreiben wir uns und seitdem weiß ich leider auch wieder, wie es sich anfühlt, wenn das Leben bis in die letzte Zelle dringt.

Ich atme tief ein, gehe zurück zu meinem Laptop und klappe den Bildschirm auf. Plötzlich fliegt ein ganzer Schwarm Schmetterlinge durch meinen Bauch und die Vorfreude kribbelt mir bis in die Beine. Ein Lächeln stiehlt sich auf meine Lippen, als seine Nachricht erneut vor mir auftaucht.

Du verfolgst mich, bist überall. Ich habe eine weitere Nacht mit dir verbracht und dieser Traum hat mich noch heute Morgen unter der Dusche und dann den ganzen Tag über begleitet. Selbst wenn ich jetzt nur daran denke … Meine Fingerkuppen, die federleicht über deinen Körper gleiten, ihn erkunden, dein flacher Atem auf meiner Haut, deine heißen Lippen an meinem Hals, dein leises Stöhnen an meinem Ohr, während ich … Den Rest behalte ich vorerst lieber für mich. Ich bin noch in der Arbeit und das könnte sonst ziemlich peinlich werden.

Was ich damit sagen will? Ich denke an dich. Immer. Andauernd. Ich bin süchtig nach dir. Auch wenn ich dich noch nie gesehen habe, bist du mir doch näher als jeder andere Mensch, und ich empfinde längst mehr für dich, als ich mir eingestehen will – eingestehen sollte. Ich frage mich trotzdem, ob du vielleicht dasselbe empfindest. Aber daran darf ich gar nicht erst denken. Dann müsste ich nämlich mein Leben komplett ändern. Doch was, wenn ich dazu bereit wäre, du aber nicht?

Ich weiß, so war das nicht geplant, aber: Ich will wissen, wer du bist, wie du heißt. Ich will dich kennenlernen, nein, ich muss dich kennenlernen. Du bist bei mir, den ganzen Tag über, aber das reicht mir nicht mehr. Ich will deine Stimme hören, dich ansehen, dich berühren, dich spüren. Ich will wissen, wie sich deine Lippen auf meiner Haut anfühlen, wie es klingt, wenn du sehnsüchtig meinen Namen seufzt, und ob meine Fingerspitzen wirklich diesen fast verzweifelten Ausdruck in dein Gesicht zaubern können. Vor allem aber brauche ich den Beweis, dass es dich wirklich gibt.

Im Moment bist du diese unwiderstehliche Aneinanderreihung von Worten, Gedanken und Hoffnungen. Du bist wie eine gute Seele, die in meinem Laptop wohnt, und zugleich bist du die Frau mit der ich das Bett teile, aber die nie neben mir liegt, wenn ich wach werde.

Was ist das zwischen uns? Ein Hirngespinst? Ein heißer Flirt? Mehr? War es Zufall, dass ich dich angeschrieben habe? Oder Schicksal? Was es auch war, ich bin bereit weiterzugehen, bereit für den nächsten Schritt. Für die Realität.

Jetzt liegt es an dir. Wenn du das nicht willst, verstehe ich es, aber dann müssen wir aufhören, einander zu schreiben. Ich kann mich nicht den ganzen Tag auf etwas freuen, das niemals echt sein wird. Und ich will nicht in Träumen leben.

Ich bin übers Wochenende verreist, aber kommende Woche bin ich geschäftlich für ein paar Tage in München. Ausreden zählen nicht. Ich habe Zeit, wann immer du Zeit hast.

xxx P.

Die Bilder, die seine Worte in mir aufleuchten lassen, schwirren wirr durch meinen Kopf, die Schmetterlinge fliegen aufgeregt durch meinen Bauch und mein Herz schlägt mir bis in den Hals. Ich atme flach und ich spüre, wie ein dünner Schweißfilm meine Haut überzieht. Treffen? Unmöglich! Wenn ich das tue, dann verrate ich alles, was mir die letzten Jahre etwas bedeutet hat. Dann sind es nicht mehr nur mehr oder weniger harmlose Nachrichten. Dann wird es real. Dann hat das Phantom ein Gesicht und wenn er so aussieht, wie seine Worte klingen, dann wird er mein Leben ruinieren. Also, das mit Enzo. Ich kann ihn nicht treffen. Auf keinen Fall. Das wäre so, als würde man einen Selbstmordattentäter zum Abendessen einladen, und hoffen, dass es gut geht. Nein. Das kann ich nicht machen. Oder?

Hanna

NACHBARLIEBE

Nachdem ich mal wieder eine halbe Ewigkeit nach einem Parkplatz gesucht habe, gehe ich nun endlich die Stufen zu meiner Wohnung hinauf. Ich bilde mir ein, noch immer Claras miese Laune auf meiner Haut zu spüren. Ihr Unglück und die Enttäuschung, die Trauer und das Gefühl der Ablehnung. Irgendwie ist all das wie ein klebriger Film an mir haften geblieben. Ich muss duschen. Dringend.

Wenn ich ganz ehrlich bin, habe ich Matthias nie besonders gemocht, aber *das* hätte ich ihm echt nicht zugetraut – nicht nur, weil ich dachte, dass er für so eine Aktion viel zu sehr mit seinen Prinzipien verheiratet ist. Bei diesem Gedanken sehe ich wieder Claras aufgedunsenes Gesicht vor mir, die fleckige Haut und die abgeschürften Stellen um ihre kleine Nase.

Weil unglückliche Menschen manchmal wirklich dumme Dinge tun, wenn Träume wie Seifenblasen zerplatzen und Welten in sich zusammenfallen, habe ich heimlich den Inhalt ihres Medizinschranks in meiner Handtasche verschwinden lassen. Sicher ist sicher.

Bevor ich gegangen bin, habe ich noch ihre Luftkissenaugen mit einem abschwellenden Gel behandelt und ihr eine Suppe gekocht, die sie aber vermutlich nicht essen wird. Auf dem Weg zum Auto habe ich dann die Hochzeitseinladung von Helen und Jürgen aus Claras Briefkasten verschwinden lassen, was schwerer war, als ich gedacht hätte.

Ich habe weiß Gott keine dicken Hände, trotzdem wäre ich um ein Haar stecken geblieben. Aber was macht man nicht alles für eine gute Freundin?

Jetzt bin ich endlich zu Hause. Oder zumindest fast. Ich wohne im fünften Stock und wie jedes Mal, wenn ich die gefühlten zehntausend Stufen hochsteige, verfluche ich die Tatsache, dass dieser dämliche alte Kasten keinen Aufzug …

»Bist du dir sicher?«

O nein, bitte nicht.

»Soll ich nachsehen?«

Nein! Noch bevor ich ihn sehe, höre ich seine Stimme und erstarre. Mein Nachbar! Ich hasse den Kerl! Na gut, »hassen« ist vielleicht ein bisschen viel, aber ich kann ihn nicht leiden. Ihn und seine blöde Frisur. Und wie oft er sich in meine Gedanken verirrt. In meine nicht jugendfreien Gedanken. Meistens ist er nackt und hat diesen *Blick*. Zuerst waren es nur so ein, zwei feuchte Träume, für die ich ja nichts kann, aber dann kamen die Phantasien dazu. Tagsüber. Vor allem beim Duschen.

Ich weiß auch nicht, was es ist. Er hat etwas. Etwas, das ich nur schwer beschreiben kann. Vielleicht ist es dieser Ausdruck in seinen Augen. Jedes Mal, wenn sich unsere Blicke treffen, ist es so, als würde ich durch seine tiefblauen Augen hindurch direkt in seine komplexen und tiefen Gedankengänge stürzen. Sie sind wie Canyons.

Ja, das alles ist ziemlich beunruhigend. Beängstigend. Auch weil er ein verheirateter Mann ist. Woher ich das weiß? Sein Klingelschild hat es mir verraten. Nicht, dass ich spioniert hätte oder so. Es ist mir einfach aufgefallen. Genauso wie sein hellbraunes, leicht lockiges Haar, durch das er sich immer wieder fährt. Jedes Mal, wenn er das tut, ertappe ich mich dabei, wie ich meine Finger in seinen perfekt zerzausten Locken vergraben möchte. Allein beim

Gedanken daran kribbeln meine Fingerspitzen. Er hat diesen leichten Dreitagebart, der seinen Kiefer noch männlicher aussehen lässt. Genauso auffallend: die Tatsache, dass er eineinhalb Köpfe größer ist als ich. Und seine breiten Schultern erst! Er ist so dieser Typ intellektueller Naturbursche mit verwaschener Jeans und schickem, grob gestricktem Pullover. Am besten steht ihm übrigens Dunkelblau … Wo war ich? Egal. Er ist jedenfalls die Sorte Kerl, die denken *und* Holz hacken kann. Also, zumindest sieht er so aus, als könnte er Holz hacken. Ich kann trotzdem nicht wirklich sagen, was es ist, das mich dauernd an ihn denken lässt. Auf diese … spezielle Art. Sein markantes Gesicht? Dieser Mund? Oder vielleicht doch einfach diese denkenden Augen, die eine Sprache sprechen, die ich nicht verstehe, die ich aber unbedingt lernen will.

Vermutlich ist es alles und dieses »Alles« bringt mich gerade dazu, dass ich noch immer mucksmäuschenstill auf den Stufen zwischen dem vierten und fünften Stock stehe und lausche. Gott, ich bin so erbärmlich. Aber ich will ihn jetzt wirklich nicht sehen. Vor allem, weil ich mir bildlich vorstellen kann, wie plump und offensichtlich meine Gedanken bei seinem Anblick gleich in meinem Gesicht herumliegen werden. Mir wurde schon oft attestiert, dass ich niemals Poker spielen sollte. Ich wäre in kürzester Zeit bankrott.

Was bitte macht er da so lange? Er redet und redet – mit einer Frau. Wahrscheinlich mit seiner Frau. Mit Frau Reuter, der ich immer beim Sex zuhören muss. Jede Nacht. Scheißpappkartonwände. Es macht mich völlig fertig. Mit geschlossenen Augen ist es so, als lägen die Reuters mit mir im Bett. Ich nehme an, das war auch der Grund für die ersten Träume. Ich meine, das musste ja irgendwann passieren. Auch das mit den Phantasien. Ich kenne ihn ja fast nur stöhnend.

»Soll ich noch mal im Auto nachsehen?«

Ach ja, seine Stimme habe ich eben vergessen. Jedes Mal, wenn ich sie höre, läuft mir ein warmer Schauer über den Rücken und mein Magen schrumpft auf die Größe einer Glasmurmel zusammen. So wie jetzt.

»Nein, warte, ich hab ihn in die Handtasche gesteckt.«

»Sicher?«

»Irgendwo muss der verdammte Schlüssel doch …«

Ah. Der Haustürschlüssel ist verschwunden. Es kann also noch dauern. Plötzlich komme ich mir vor wie damals in der Oberstufe, als ich mich vor meinem heimlichen Schwarm versteckt habe. Das war der Tiefpunkt. Der Nullpunkt. Aber ich bin nicht mehr die verängstigte Hanna von damals. Ich habe es gar nicht nötig, mich in Fluren zu verstecken. Oder in Treppenhäusern. Ich wohne hier! Und genau genommen, wohne ich hier schon viel länger als er!

Bevor ich mir eingestehen muss, wie idiotisch der letzte Gedanke gerade war, gebe ich mir einen Ruck. Ich atme tief ein, befehle meinem Kinn und meiner Brust, sich zu erheben, und gehe die letzten Stufen hoch.

Und da steht er. Reuter. Neben ihm seine zierliche blonde Frau mit einem Rock, den ich im ersten Augenblick fast übersehen hätte. Das ist nicht mal ein Minirock. Auf einer Skala von Maxi bis Mini ist der hier nicht mal vertreten. Nano, vielleicht.

»Ah, hallo.« Er lächelt mich an. Ja, stimmt, sein Lächeln habe ich vorhin auch vergessen. Es ist absolut umwerfend – aber tabu, immerhin ist er verheiratet.

Deswegen antworte ich lieber schnell mit einem möglichst kühlen »Hallo«, während ich zwischen Claras Medizinschrankinhalt und der dämlichen Hochzeitseinladung meine Wohnungsschlüssel suche – aber nicht finde. Das darf doch wohl jetzt nicht wahr sein …

Ich wende den Reuters schnell den Rücken zu. Mir

bricht der Schweiß aus und meine Finger beginnen zu zittern, während mir ihre Blicke tiefe Löcher in den Rücken bohren. Das unangenehme Schweigen steht inzwischen wie ein 200-Kilo-Mann zwischen uns, der sich nur sehr schlecht ignorieren lässt. Hanna, beeil dich!

»Brauchen Sie Hilfe?«

»Hilfe?«, frage ich ertappt und drehe mich ruckartig um. Etwas zu unwirsch, wie ich im nächsten Augenblick feststelle, denn meine vollgepackte Tasche rutscht unvermittelt von meiner Schulter und schlägt geräuschvoll auf dem Parkettboden auf. Und wie bei dem berühmten Marmeladenbrot landet sie natürlich so, dass sich Claras kompletter Medizinschrankinhalt auf dem Boden ergießt. Es wirkt fast, als hätte meine Tasche das absichtlich gemacht. So als hätte sie sich gerade übergeben.

Ich sehe meinem Nachbarn an, dass er etwas Gemeines sagen will, höre schon den Tonfall und den blöden Scherz, der gleich auf meine Kosten gehen wird. Als er dann aber die Berge von Schmerzmitteln und Schlaftabletten sieht, verschluckt er die Boshaftigkeit und an ihre Stelle tritt Mitleid. Dieser Ausdruck in seinen Augen ist wie ein Kinnhaken, der mich wie aus dem Nichts k. o. schlägt. Na toll. Jetzt wird er bestimmt denken, dass seine Nachbarin psychisch labil ist. Kurz vorm Selbstmord.

Ich bücke mich schnell nach den gefühlten vierhundert Packungen, von denen ein paar im hintersten Winkel des Flures gelandet sind. Na, wenigstens habe ich meinen Schlüssel gefunden. Er liegt direkt vor meinem linken Knie. Ich atme tief ein und beginne damit, Claras Medikamente wieder in meiner Handtasche zu verstauen.

Erst krabble ich allein auf dem Hausflur herum, wenig später sind wir zu dritt und ich hasse diesen Augenblick. Warum muss gerade *er* mir helfen? Er und seine Sex-Frau.

Als ich nach der letzten Packung greife, berühren sich unsere Finger für den Bruchteil einer Sekunde und ich spüre diese winzige Berührung wie einen Stromschlag. Er jagt von Zelle zu Zelle und hinterlässt einen unsichtbaren Brandfleck auf meiner Haut.

»Hier.« Er streckt mir die extrastarken Schlaftabletten entgegen.

»Danke.« Ich stopfe die Packung in meine Tasche, stehe schnell auf und verschwinde, ohne mich zu verabschieden, in meiner Wohnung.

Etwas über eine Stunde später bin ich frisch geduscht und habe den peinlichen Kotzanfall meiner Handtasche gerade fast erfolgreich verdrängt, als es an der Tür klingelt. Ich wickle mir schnell ein Handtuch um den Körper, ein zweites um den Kopf und gehe in den Flur. Es braucht mehrere Anläufe, bis ich erkenne, wer da vor der Tür steht, weil ich bei den ersten acht Versuchen immer mit meinem blöden Handtuchturban gegen die Tür stoße, so als würde er versuchen, mich vor einem Fehler zu bewahren, was ich selbstverständlich nicht kapiere. Als ich endlich durch den Türspion hindurch erkenne, wer da geklingelt hat, bin ich einen kurzen Augenblick davon überzeugt, an Wahnvorstellungen zu leiden.

»Frau Bischof? Sind Sie da?«

Mein tiefenverstörtes Gehirn meldet meinen gelähmten Stimmbändern, dass sie sprechen sollen, also räuspere ich mich. »Ähm, ja?«

»Ich wollte nur mal nach Ihnen sehen.«

Er wollte bisher *nie* nach mir sehen. Warum …

»Geht es Ihnen gut?«

Na wunderbar. Jetzt denkt der doch tatsächlich, ich will mich umbringen. Wenn ich das vorgehabt hätte, wäre er mit seinem Besuch allerdings etwas spät dran.

»Frau Bischof?«, fragt er beunruhigt.

Es reicht. Einen kurzen Moment vergesse ich, dass ich außer zwei Handtüchern nichts trage, und reiße die Tür auf.

»Ich habe nicht vor, mich umzubringen! Sie können also ruhig wieder dazu übergehen, mich zu ignorieren.«

Der Blick, der mich jetzt trifft, ist nicht beunruhigt. Oder mitleidig. Im Gegenteil. Seine tiefblauen Augen wandern ungeniert meine nackten Schenkel entlang. Sie folgen den vielen Wassertropfen, die kitzelnd über meine Haut laufen. Ich stehe nur da und starre ihn an, während seine Augen einen Ausflug über meinen Körper machen.

Gott, er sieht toll aus. Und damit meine ich so *richtig* toll.

Unsere Blicke bleiben aneinander hängen. Ich versinke im Ozeanblau, während er im Teichgrün badet. Meine Gedanken driften von mir weg, immer weiter, bis nur noch ein einziger übrig bleibt. Mehr Hirnaktivität lässt sein Gesichtsausdruck momentan einfach nicht zu. Sparflamme im Kopf, Feuerwerk und Flächenbrand im Bauch. Kurzschluss. Denkstopp. Brennende Blicke und prickelnde Fingerspitzen. »Carpe diem«-Gedanken.

Dann passiert etwas, das man sonst nur aus kitschigen Romanen und Endzeitfilmen kennt: Er macht einen schnellen Schritt auf mich zu, packt mich und drückt mich gegen die offene Wohnungstür. Seine Lippen treffen meine so unerwartet, dass es einen Moment braucht, bis meine Augen den Befehl »Schließen!« anstandslos befolgen. Wir küssen uns, als hinge unser Leben davon ab. Atemlos taumeln wir rückwärts in die Küche, sein muskulöser Körper immer gegen meinen gepresst, während ich mich an ihm festhalte. Er verschlingt mich und meine Gedanken. Die Phantasien waren gut, aber *nichts* im Vergleich zur Realität. Dieser Kuss ist überall, seine Lippen, seine Hände … Er flutet mein Hirn und rumort in meinem Magen.

Erst fällt der Turban, dann das Handtuchkleid, dann spüre ich auch schon den puscheligen Küchenläufer unter meinem Rücken und … es kümmert mich nicht. Im Gegenteil. Es gefällt mir. Sehr sogar. Hallo? Bin das ich? Diese schwer atmende nackte Frau auf meinem Küchenboden? Schwer atmen tue ich seit Monaten grundsätzlich allein und nie, wirklich *nie*, auf dem Küchenboden. Das passt nicht zu mir. Nichts davon. Aber … O mein Gott! Ich liebe diese Frau. Wer sie auch ist. Ich liebe die Tatsache, dass sie ihm gerade das T-Shirt vom Leib reißt und auf den Boden wirft. Ich liebe, dass sie, ohne mit der Wimper zu zucken, zwischen ihre ineinander verknoteten Körper greift und die Knöpfe seiner Jeans öffnet, und am meisten liebe ich, dass ich mitmachen darf. Oder ist das gerade eine Nahtoderfahrung? Wahnvorstellungen? Ich meine, jeder, der mich kennt, weiß, dass mir spontaner Sex nicht ähnlich sieht. Nein, ich bin keine große Verführerin. Ich nehme zwar die Pille, aber sicher nicht wegen meiner spontanen Sexabenteuer, sondern weil ich ohne sie eine schlechte Haut bekomme. Also nein, ich bin keine Femme fatale, ich bin unheimlich verklemmt. Oder sollte ich sagen »war«? Denn das, was ich gerade tue, ist alles andere als verklemmt.

Mein Nachbar liegt inzwischen splitterfasernackt auf mir und ich kenne nicht einmal seinen Vornamen. Ich fürchte allerdings, der passende Zeitpunkt, danach zu fragen, ist längst verstrichen, spätestens als er sich vorhin nach einem längeren Kampf aus den Fängen seiner Boxershorts befreit hat.

Ich kann seinen flachen Atem an meinem Nacken spüren. Seine Hände halten mich fest, während sich sein Becken zwischen meine Beine drängt. Alles in mir zieht sich zusammen, meine Haut kribbelt. Ich höre mich schwer atmen. Die Art, wie er mich anfasst, wischt jeden klaren

Gedanken aus meinem Kopf. Seine Lippen auf meiner Haut jagen mir einen Schauer nach dem anderen über den Rücken. Ich spüre die Schwere seines Körpers, seinen Brustkorb an meinem, seine Hüften zwischen meinen Beinen und mein Körper antwortet auf all das mit einem brennenden Pulsieren tief in meinem Bauch. Seine Finger gleiten über meine überempfindliche Haut und meine Brustwarzen ziehen sich unter seinen Fingerspitzen zusammen, während ich ihm mein Becken entgegenhebe. Ich kann kaum noch atmen. Ich will diesen Mann. Jetzt. Es ist mir egal, wie er heißt, solange er nur weitermacht. Ich will spüren, wie er mich ausfüllt, will mich vergessen, in seinen Armen. Ich will seine Lippen, seinen Mund. Ich schlucke hart, öffne die Augen und finde seinen Blick. Diesen Blick, der das dumpfe Pochen in meinem Bauch plötzlich ticken lässt wie eine Zeitbombe, die nur er entschärfen kann. Mein Körper spannt sich an, sehnt sich nach ihm, bettelt. Die Ungeduld windet mich. Seine Erregung stemmt sich gegen meinen Bauch. Seine Augen halten meine und ich verliere mich in ihrer Tiefe. Er greift zwischen unsere Beine. Alles kribbelt, meine Haut brennt und meine Brust hebt und senkt sich. Die Luft steht unter Strom, meine Muskeln unter Spannung. Erwartungsvoll. Er sieht mir tief in die Augen, während er langsam in mich eindringt. Ich japse nach Luft, zittere am ganzen Körper. Seine Härte dehnt mich. Pulsiert. Dann fängt er endlich an, sich langsam zu bewegen und ich stöhne unvermittelt auf. Er gleitet tief in mich, dann wieder aus mir heraus, wieder hinein. Ich spüre ihn jetzt überall, schmecke ihn, rieche seinen Duft, fühle seine Haut unter meinen Händen, bin wie im Rausch. Seine Muskeln zeichnen sich bei jeder seiner Bewegungen ab, drücken sich mir entgegen, schwellen an und entspannen sich. Er wird schneller, intensiver. Sein Körper reibt an meinem, treibt mich immer näher an den

Abgrund, lässt mich schamlos aufstöhnen. Alles in mir zieht sich zusammen, meine Muskeln zucken. Ich weiß nicht, ob ich schreie, ich weiß nicht, ob ich noch atme, ich spüre nur diese gewaltige Welle, die kurz davor ist, sich über mir zu brechen, die leuchtenden Funken, die in meinem Kopf sprühen. Auch sein Körper spannt sich an, wird immer härter, schneller. Mein Becken folgt seinem Rhythmus, ich winde mich unter ihm, vergesse alles um mich herum – und lasse los. Meine Gefühle implodieren und die Welt bleibt für einen kurzen Moment stehen. Ich höre ihn aufstöhnen. Das ist der Augenblick, in dem ich mich aufbäume, in dem ich unter ihm explodiere und fortgerissen werde. Die Lust rauscht durch meinen Körper, die Euphorie tanzt, das Leben dringt in jede Zelle. Ich tauche ein in ein buntes Meer aus funkelnden Lichtern, aus dem ich nicht mehr auftauchen möchte. Nie mehr.

Mein Gott, wäre ich doch schon früher zur Schlampe geworden.

Ich liege schwitzend auf dem Küchenboden, außer Atem, überglücklich. Die Schwere seines Körpers lässt mich innerlich federleicht über den Dielenboden schweben. Ich spüre ihn noch immer tief in mir. Spüre, wie mein Körper sich um ihn schmiegt, ihn festhält, so als wollte er ihn noch nicht gehen lassen. Sein Kopf liegt an meiner Schulter und auf meinen Lippen spüre ich dieses irre breite, irre zufriedene Lächeln. Ein Lächeln, das ich in dieser Form noch nie gespürt habe. Himmel, Herrgott, ist Sex etwas Tolles!

Die Nachwehen meines Orgasmus jagen noch immer warme Schauer durch meinen Körper und dringen bis in die hinterste Ecke. Mein Nachbar hat Stellen in meinem Inneren entdeckt, die vor ihm noch keiner gefunden hat. Stellen, von deren Existenz nicht einmal *ich* etwas wusste. Wenn man es so betrachtet, war ich stellenweise noch

Jungfrau und nur, weil ich eben zur Schlampe geworden bin, bin ich es jetzt nicht mehr.

Gott, es geht mir so gut. *Er* ist so gut. Himmlisch. Gigantisch! Ich fand Sex immer toll, na ja, zumindest meistens, aber das gerade eben war nicht einfach nur gut. Es war … Ich kann es nicht einmal in Worte fassen. So als hätte ich mein Leben verschlafen und wäre eben erst von einem heftigen Orgasmus aus dem Tiefschlaf gerissen worden. Ich würde am liebsten aufs Dach klettern und der ganzen Welt zurufen, dass ich, Hanna Bischof, gerade absolut wahnwitzig-phantastisch-überirdischen SUPER-SEX hatte! Mit meinem Nachbarn! Mit meinem … verheirateten Nachbarn. Plötzlich jagt eine eiskalte Welle durch meinen Körper. O nein. O nein, o nein, o nein!

»Hmmm.« Das tiefe Brummen dieses genüsslichen »Hmmms« vibriert bis tief in meinen Bauch und die Schlampe in mir reibt sich bereits die Hände. Was ist nur los mit mir?

Ich drehe meinen Kopf nach links und bekomme einen neuen Panikschub: Die Wohnungstür steht sperrangelweit offen. Ah! Ich setze mich so ruckartig auf, dass ich meinem Nachbarn beinahe das Rückgrat breche, mit der Schulter ramme ich sein Kinn. Er stöhnt auf und ich spüre, wie er meinen Körper verlässt. Ich ignoriere die Enttäuschung meiner Schlampe, springe auf und hechte in Richtung Tür. Bei dem Versuch bleibe ich an seinem Bein hängen.

»Au!«, ruft er und rappelt sich auf.

Dann sieht auch er die offene Tür und bricht in schallendes Gelächter aus. Ich gebe ihr einen festen Tritt und sie fällt scheppernd ins Schloss. Als ich mich umdrehe, kniet er noch immer auf dem Boden und lacht. Und ich weiß, dass ich diesen Augenblick niemals vergessen werde.

Clara
DER PLAN

Gestern verlief mein Leben noch in geregelten Bahnen. Ich dachte, ich steuere in den sicheren Hafen der Ehe, stattdessen bin ich in einer Kleinstadt mit dem entzückenden Namen »Verderben« gelandet. Hier sind nur ich und mein gebrochenes Herz. Und mein verletzter Stolz. Und meine geschwollenen Augen. Aber nur vorübergehend, denn: Ich werde hier nicht bleiben. Ich gehöre nicht hierher. Ich gehöre in eine Welt mit zeitlos eleganten »Grace Kelly«-Hochzeitsroben mit Spitzenbesatz und Pfingstrosenblumengestecken. In ein paar Monaten werde *ich* die Frau sein, die an Matthias' Seite strahlend und wunderschön den ersten Tag vom Rest ihres Lebens begeht. Oder den ersten bis zur Scheidung. Ja, alle *meinen,* ich sei naiv, aber das bin ich keineswegs. Ich kenne die Statistiken und ich erwarte kein Märchen. Ich erwarte noch nicht einmal ein Happy End. Ich gehe sogar von einer Scheidung aus. Aber wenn die Realität schon so real sein muss, kann man dann nicht wenigstens einen Tag lang so tun, als wäre sie eben doch ein Märchen?

Seit ich denken kann, will ich diesen Tag und ich werde ihn Linda ganz bestimmt nicht kampflos überlassen. Okay, eigentlich ist kämpfen nicht mein Stil, weder gegen Frauen noch für Männer. Ich bin es eher gewohnt, dass man um mich kämpft, nicht umgekehrt. Aber die Umstände verlangen es, denn morgen wird Linda neben ihm stehen, sie wird von meinem Tellerchen essen und auf meinem Stühlchen sitzen und vielleicht wird sie sogar mit meinem Prinzen tanzen, aber *ich* werde mich in zehn Jahren von ihm scheiden lassen – denn morgen beginnt die Rückeroberung von Matthias. Es ist sinnlos, darauf zu hoffen, dass es jeden Augenblick an der Tür klingeln wird. Er wird nicht mit einem riesigen Strauß Rosen vor mir auf die Knie gehen und mich anflehen, ihm zu verzeihen. Das sollte er zwar, aber das wird nicht passieren. Nein. Ich muss aktiv werden. Ich kann nicht darauf warten, dass mein Leben von alleine ins Gleisbett zurückfindet. Ich muss eigenhändig die Weichen stellen. Da meine beiden besten Freundinnen aber leider gerade etwas Besseres zu tun haben, starte ich die Operation »Rückeroberung« eben alleine und ich weiß auch schon, wie.

Ich sitze mit meinem Laptop auf dem Schoß im Bett und grinse. Teuflisch. Linda *denkt* vielleicht, sie hat gewonnen. Sie denkt, das war's: Spiel, Satz und Sieg. Mag sogar sein, dass sie den Matchball hat, aber noch ist nichts entschieden. Widerstandslos werde ich ihr mein Leben jedenfalls nicht überlassen und die Lösung meines Problems liegt nur einen Mausklick entfernt. Heutzutage kann man alles kaufen. Man muss nur bereit sein, dafür zu zahlen. Und das bin ich.

Ich lese noch schnell das Kleingedruckte auf der Website der Personalagentur »You're the One«. Das klingt alles seriös und akzeptabel. Okay, na dann, los! Konzentriert richte ich mein Kundenkonto mit Kreditkartennummer, E-Mail-Adresse, aussagekräftigem Profilfoto, Angaben zu Alter und diversen Vorlieben ein. Immerhin sollen sie auch den Richtigen für mich finden – innerhalb von nur wenigen Minuten. So lautet zumindest das Versprechen für das nicht gerade günstige Premium-Paket »Kurzentschlossene«. Dann drücke ich auf »Senden« und mein

Grinsen wird breiter. Es passt kaum noch in mein Gesicht. Lasst die Spiele beginnen.

Ein paar Minuten sitze ich nur da und spiele nervös mit meinen Fingernägeln. Wieso dauert das bitte so lange? »In wenigen Minuten«, hieß es. Jetzt sind es schon sieben. Vielleicht war das doch keine so gute Idee mit dem … Ein leises »Bing!« aus meinem E-Mail-Postfach erlöst mich schließlich von meinen Qualen. Ich überfliege die kurze Nachricht.

Sehr geehrte Frau von Werth,

wir freuen uns, dass Sie sich für »You're the One« entschieden haben.

Wir haben den perfekten Begleiter für Sie.
Von Ihren Angaben ausgehend, möchten wir Ihnen folgenden Kandidaten vorschlagen.
Bitte klicken Sie auf **Nik (24)**. Sie werden dann direkt zu ihm weitergeleitet.

Falls Sie noch Fragen haben, stehen wir Ihnen jederzeit unter der unten angegebenen Hotline zur Verfügung.

Mit freundlichen Grüßen
Ihr »You're the One«-Team

Ich liebe das Internet, seine unbegrenzten Möglichkeiten und all die jungen Start-up-Unternehmen, die ihren Kunden in weniger als vierundzwanzig Stunden das liefern, was sie sich wünschen. Sogar einen Traumprinzen. Auf Knopfdruck. In sieben Minuten.

Ich folge dem Link und liebe meinen Plan. Er ist wirklich gut – und sogar verdammt gut aussehend, wie ich gerade feststelle, als ich mir die Seite von Nik (24) genauer ansehe.

Mein Blick bleibt an seinem Foto hängen, auf dem mich ein ziemlich heißer junger Mann mit schwarzen Haaren und unfassbar strahlenden grünen Augen anlächelt. Perfekt. In meinem Fall heißt der Traumprinz also Nik, ist vierundzwanzig Jahre alt und verdammt sexy. Je länger ich ihn mir ansehe, desto besser gefällt mir Operation »Rückeroberung«. Ich mag sein Lächeln und die langen Wimpern. Schnell klicke ich auf einen roten »You're the One«-Button unter seinem Foto und bestätige meine Entscheidung. Als ein paar Sekunden später ein weiteres »Bing!« die zweite Runde im Kampf um Matthias einläutet, atme ich tief ein und nicke zufrieden.

Nun gut, das wäre also geschafft. Nur wenn ich Matthias zurückerobern will, sollte ich mindestens so heiß sein wie mein Begleiter. Ich muss mich von meiner besten Seite zeigen. Da ich momentan aber noch wie die verzweifelte Version meiner selbst aussehe, sollte ich mich schleunigst in die Badewanne begeben und dann einen möglichst langen Schönheitsschlaf halten.

Ich betrachte noch ein letztes Mal Niks hübsches und zugleich maskulines Gesicht. Er hat wirklich wahnsinnig tolle Augen. Ich beuge mich etwas näher zum Monitor meines Laptops. Smaragdgrün. Man könnte fast meinen, sie funkeln.

Dann reiße ich mich, wenn auch nur ungern, von seinem Profil los und gehe in Richtung Badezimmer. Auf dem Weg dorthin bleibe ich im Flur kurz stehen und betrachte die alten Urlaubsfotos, die darauf hinweisen, dass hier bis vor ein paar Stunden noch ein glückliches Paar gewohnt hat. Ein echt entzückendes Paar. Matthias und ich Arm in Arm vor den Pyramiden. Matthias und ich mit den Niagarafällen im Rücken. Matthias und ich vor einem Redwood-

Baum. Da waren wir noch glücklich. Wenn – bei genauerer Überlegung – auch nicht immer gut gelaunt. Das sieht man auf den Fotos natürlich nicht, aber ich weiß es noch. Bei den Pyramiden war Matthias schlecht drauf, weil die Klimaanlage im Bus nicht richtig funktioniert hat. Er war verschwitzt und genervt, während ich von diesen beeindruckenden Bauwerken vollkommen fasziniert war und versucht habe, ihn irgendwie aufzuheitern – was mir abends im Hotelzimmer dann auch gelungen ist.

Mit einem Seufzen verschwinde ich im Bad und begutachte meine Augen im Spiegel. Die Schwellung ist zum Glück bereits etwas abgeklungen. Während ich ein weiteres Mal das kühlende Gel auftrage, das Hanna mir vorbeigebracht hat, lasse ich leise summend die Wanne vollllaufen.

Das etwas zu heiße Wasser brennt auf meiner Haut. Sie zieht sich zusammen, als wollte sie vor der Hitze fliehen. Ich lehne mich zurück und schließe die Augen, entspanne mich oder versuche es zumindest, aber: Was, wenn der Plan nicht aufgeht? Was, wenn er nicht eifersüchtig wird? Was, wenn er sie trotzdem heiratet? Ich setze mich ruckartig auf und starre auf die weißen Fliesen vor mir. Was, wenn er sie liebt? Was, wenn … Daran darf ich gar nicht erst denken!

Stopp.

Ich werde mich jetzt einfach entspannen und schön dösen. Ich werde keine Gedankenberge wälzen und auch nicht an die Hochzeit morgen denken. Ich werde mich jetzt beruhigen und mich ablenken. Aber wie?

Ich strecke mich ein wenig und greife nach einer der Zeitschriften auf dem Fenstersims. Auf dem Titel der obersten ist eine wirklich dürre Frau abgebildet, die eher aussieht wie ein Kind. Allerdings schürzt sie die Lippen lasziv und präsentiert ein kurzes Kleid in einer seltsam verrenkten Pose. Die Überschrift ist eindeutig das Fetteste auf diesem Hochglanzcover: »Der (multiple) Orgasmus-Glow: Die effektivste Schönheitskur der Welt.« Ja, klar. Orgasmus-Glow. Wunderbar. Wer's glaubt. Wahrscheinlich erwarten mich in der Zeitschrift auch noch so wunderbar hilfreiche Themen wie »Lach dich glücklich« oder »Iss dich schlank«. Da stelle ich mich doch lieber meinen dunklen Ängsten.

Mit einem Seufzen lasse ich die Zeitschrift zu Boden gleiten. Clara, entspann dich einfach. Ich lehne mich wieder zurück, schließe die Augen, atme tief ein und aus, spüre, wie sich jeder Muskel meines Körpers langsam entspannt. Einer nach dem anderen. Ich lasse mich noch ein bisschen tiefer ins warme Wasser gleiten, lausche dem leisen Tropfen des Wasserhahns und lasse die Gedanken an Matthias zu. Ich versuche allerdings, nicht daran zu denken, was er mir gestern angetan hat, sondern erinnere mich daran, warum ich ihn Linda nicht kampflos überlassen kann. Ich sehe ihn vor mir: in Ägypten auf dem Hotelbett. Das Hemd offen und in Boxershorts liegt er da und lächelt mich an. Ich höre das leise Surren der Klimaanlage, sehe in seine hellgrauen Augen, die mich beobachten, während ich mir langsam die Träger meines Sommerkleids über die Schultern streife. Die gekühlte Luft richtet meine Brustwarzen auf. Sie reiben gegen den leichten Stoff, als mein Kleid zu Boden gleitet. Bei diesem Anblick geht sein Atem schneller und er schluckt. Sein durchtrainierter Körper zeichnet sich unter dem leicht verschwitzten Sommerhemd ab. Seine Augen sind wie Hände, die über meinen Körper streichen. Ich gehe auf ihn zu. Nackt bis auf das schwarze Spitzenhöschen. Seine Erektion stemmt sich gegen die anliegenden Boxershorts. Die Erinnerung daran, wie er sich plötzlich aufsetzt, nach mir greift und mich ruckartig aufs Bett zieht, läuft mir heiß den Rücken hinunter. Der Urlaubsfilm in meinem Kopf lässt mich mit einem Mal flacher atmen. Meine Brüste ragen aus dem heißen Wasser und die kühle Luft lässt mich erschauern. Mit geschlossenen Augen folge ich meinen Gedanken zurück zu Matthias und gleite mit der Hand zwischen meine Beine.

Ich spüre seinen sanften Kuss. Seine Lippen auf meinen. Er streicht mit dem Daumen über meine Haut und lächelt. Seine Augen funkeln eisgrau. Der kühle Luftzug, der jetzt meinen Nacken trifft, wird in meinem Kopf zu seinem Atem. Seine Lippen, die fast meine Haut berühren. Während ich meine Fingerspitzen sanft bewege, stelle ich mir vor, es wären die von Matthias. Ich genieße seine zärtliche Berührung, seinen Blick und dieses leichte Kribbeln. Er gleitet auf dem Hotelbett nach unten, küsst meinen Bauch, meine Leisten, dann schaut er hoch, seine Augen funkeln smaragdgrün. Was? Da flackert plötzlich etwas in mir auf, etwas, das einen kurzen Stromschlag durch meinen Körper jagt. Ein Gesicht, das nicht hierher gehört, das sich jetzt aber über das von Matthias legt. Strahlend grüne Augen, lange Wimpern, markante Kieferknochen, schwarzes Haar. Nik? Was macht der denn hier? Sein Blick brennt auf meiner Haut und etwas in mir zieht sich genüsslich zusammen. Ich kann kaum noch atmen, doch der Film in meinem Kopf läuft weiter und mit ihm bewegen sich meine Finger. Sie setzen sich über jegliche Vernunft hinweg und baden in seinem Anblick. Nik stützt sich auf seinen muskulösen Armen ab, bewegt sich langsam zu mir hoch, kommt auf mich zu wie ein Raubtier auf seine Beute und sieht mich einfach nur an. Fordernd. Wartend. Lauernd. Matthias' Sommerhemd und Boxershorts sind einem schwarzen Shirt und dunklen Anzughosen gewichen. Ich spüre den teuren Stoff und der Gedanke daran, wie sich seine Haut darunter anfühlen könnte, jagt einen weiteren heißen Schauer über meine Haut. Als ich zu ihm aufsehe, setzt mein Herzschlag für einen Moment aus. Seine funkelnden Augen halten mich fest – wie Hände. Ich spüre seine Nähe, nehme seinen Duft wahr, warm und zugleich männlich. Da verstummt plötzlich das Surren der Klimaanlage, das ägyptische Hotelzimmer verschwindet. Es wird dunkler und ich spüre weiches Leder unter meiner Haut, höre ein sanftes Motorengeräusch, das in meinem Brustkorb leicht vibriert. Wir sind auf der Rückbank eines teuren Wagens, sind uns plötzlich so nah, in einem viel zu engen Raum. Aber allein die Art, wie er mich noch immer ansieht, bringt etwas tief in mir zum Pulsieren. Erst langsam, dann immer schneller. Er beugt sich über mich, schiebt meine Knie auseinander, ohne den Blickkontakt zu brechen, und zieht mich an sich. Ich spüre seinen Brustkorb an meinem und unsere Lippen berühren sich fast. Mein Körper reagiert auf ihn, unwillkürlich und überraschend heftig. Das ist … nicht der Plan. Ich denke schnell wieder an Matthias und das klimatisierte Hotelzimmer, aber mit dem Gedanken an ihn ebbt das Pulsieren schlagartig ab. Das Adrenalin fällt, mein Atem wird flacher, tiefer, unaufgeregter. Schwerelos treibe ich im Wasser. Ich sehe Matthias vor mir, im Anzug, wie er gerade gelangweilt auf seinem Smartphone herumtippt. Verdammt. Da wird es plötzlich wieder dunkler, ich spüre teures Leder unter meiner Haut und diese grünen Augen blitzen wieder auf. Plötzlich ist alles intensiver. Ich atme scharf ein. Nik zieht mich fest an sich und mir entweicht ein leises Stöhnen. Er ist nicht sanft, nicht zärtlich. Plötzlich bedecken fremde Lippen meinen Körper, küssen meinen Hals, meine Brüste. Seine Zungenspitze zeichnet eine heiße Linie hinab zu meiner Hüfte, zwischen meine Beine. Ich gebe auf, versinke willenlos in dieser Vorstellung, falle kopfüber in die Phantasie, während meine Fingerspitzen Wellen purer Elektrizität durch meinen Körper jagen. Sein Kopf wandert tiefer und die Erregung kriecht kribbeld über meine Haut. Ich atme flach, fast hektisch, voller Erwartung, Vorfreude. Als er plötzlich aufhört, sehe ich flehend zu ihm hinab. Er findet meinen Blick und in den Tiefen seiner Augen schimmert ein wissendes Lächeln. Bei der ersten Berührung seiner Zunge atme ich scharf ein. Ich genieße die Bewegungen, das leichte Zucken meiner Muskeln, die Anspannung, die ich seufzend ausatme. Ich winde mich unter ihm, warte auf den Moment, in dem ich falle. Doch kurz bevor ich so weit bin, hört er plötzlich auf und lässt mich erneut schwer atmend zurück. Mein von Lust getrübter Blick sucht ihn und findet ein Grinsen, das mich angestrengt schlucken lässt. Er genießt die Macht, die er über mich hat, über meinen Körper und die Bilder in meinem Kopf. Das heiße Kribbeln schiebt sich zäh über meine Brüste in meinen Bauch. Ich will mehr. Sofort. Er kniet zwischen meinen Beinen, zieht sich das Shirt über den Kopf und lässt meinen Blick über seinen definierten Körper tasten. Die Linien seiner Leisten geben die Richtung vor und meine Augen folgen ihnen. Als er den obersten Knopf seiner Hose öffnet und mich dabei herausfordernd ansieht, seufze ich auf. Die Lust verlässt meinen Mund und vibriert durch meinen Brustkorb. Jeden Augenblick. Es wird nicht mehr lange dauern. Die bloße *Vorstellung*, mit diesem Mann zu schlafen, brennt in meinen Gedanken und startet einen neuen Film, der mich schwer atmen lässt: sein nackter Körper endlich auf meinem, seine nackte Haut, die über meine reibt, seine Hände, die mich erkunden, seine Erregung, die sich hart an meinen Bauch presst, dann zwischen meine Beine. Muskeln, die sich anspannen. Jeden Moment werde ich explodieren. Ich winde mich, stöhne auf und suche Halt, doch der Film läuft erbarmungslos weiter. In der Sekunde, als er sich mit diesem hungrigen Brennen in den Augen über mich beugt, mein Becken an sich zieht und dann endlich tief in mich eindringt, mich komplett erfüllt, atme ich scharf ein und erstarre. Die gewaltige Welle bricht in meinem Kopf und schwappt über den Wannenrand. Ich japse nach Luft.

Als ich die Augen öffne, liegt das Bad warm und pulsierend vor mir. Meine Muskeln zucken noch leicht. Mein Körper bebt und vibriert.

Nur langsam dringt die Realität zu mir durch.

Ich liege hier in der Wanne und …

Oh.

Das kam unerwartet. Aber, mein Gott, war das gut. Und was diesen Glow angeht: Ich spüre ihn schon in meinem Gesicht. Aber ich glaube, da geht noch was.

Bei diesem Gedanken höre ich eine fremde, tiefe Männerstimme kurz in meinem Kopf auflachen und schließe voller Vorfreude die Augen.

Hanna

GEHIRN-ERWACHEN

Ich sitze fest im Sattel meines Nachbarn und reite meinem nächsten Höhepunkt entgegen. Das Leben flutet mich, die Lust bäumt sich in mir auf und ich mich mit ihr. Seine Hände führen mich und dann stirbt das letzte Fünkchen Vernunft bei der Explosion in meinem Kopf. Da ist nichts mehr. Nur mein Körper. Es fühlt sich an, als würden alle meine Zellen in diesem Augenblick Macarena tanzen. Danke, Nachbar. *Danke.*

Ich falle neben ihm aufs Bett und wir bleiben schwer atmend nebeneinanderliegen. Ich habe selten so viel Zeit mit einem Mann verbracht, in der kein einziges Wort gesprochen wurde. Ach, was erzähl ich da? Noch nie! Aber wie auch? So was passiert Menschen wie mir für gewöhnlich nicht, kann es ja auch gar nicht, weil Menschen wie ich alles daransetzen, das Leben berechenbar zu machen. Wir brauchen Kontrolle und Struktur. Wir machen uns andauernd wegen jedem Mist Sorgen, halten uns an Regeln, ganz gleich, wie blöd sie sind, und treffen keine Entscheidungen, weil wir uns bis ins Mark davor fürchten, dass die, die wir letztlich treffen, die falschen sein könnten. Deswegen erleben wir nichts. Wir entschlafen nicht erst am Ende unseres Lebens. Wir tun es einfach schon währenddessen, so als eine Art Übung für die Ewigkeit, und ich bin die Königin.

Zumindest normalerweise.

Denn im Augenblick steht Panik-Hanna – so habe ich jetzt mal mein altes Ich genannt – neben uns und schüttelt noch immer ungläubig den Kopf. Soll sie doch, ist mir egal. Sie und ihre Gedanken haben keinen Platz in meinem Kopf. Da sitzt die Schlampe und würde am liebsten gleich wieder Rodeo reiten.

Mein Blick fällt auf die Uhr. Es ist Viertel nach elf, und er ist noch immer hier. Ja, ich weiß, ich hätte ihn rauswerfen sollen, aber … Ich konnte es nicht. Die Schlampe hat es nicht zugelassen. Keine Ahnung, wie sie das geschafft hat. Ich glaube, sie hat irgendwas von »Jetzt ist es doch eh schon zu spät, lass es uns also wenigstens genießen« gesagt. Das klang ziemlich überzeugend – vor allem als mein Nachbar nach dem Lachanfall mit diesem *Blick*, von dem ich seit Wochen träume, auf mich zugekommen ist und mich wieder an sich gezogen hat.

»Ich … muss gehen, leider«, sagt Reuter noch immer außer Atem und schaut mich an. Irgendwie hat es mir besser gefallen, als wir nicht gesprochen haben.

»Okay.« Was soll ich sonst sagen? Danke?

Er steigt aus dem Bett und verlässt das Schlafzimmer. Splitterfasernackt. Ich schaue ihm hinterher, als wäre er ein menschlicher Nachtisch, der einen Spaziergang durch meine Wohnung macht. Als er sich kurz umdreht, ertappt er mich beim Starren und grinst – und dieser Ausdruck in seinem Gesicht zaubert ein warmes Kribbeln in meinem Magen.

»Ich muss morgen echt früh raus«, sagt er lachend und ich nicke.

Einen Moment frage ich mich, ob das eine Lüge ist. Morgen ist schließlich Samstag, aber ich will mir den Augenblick nicht verderben. Noch nicht. Er wird ohnehin verpuffen und zu einer Erinnerung werden, die ich von nun an nur noch mit meinem Vibrator teilen werde.

Ich höre, wie er draußen seine Jeans vom Boden aufhebt. Zu meiner Überraschung kommt er dann wieder ins Schlafzimmer, voll bekleidet geht er auf mich zu, setzt sich neben mich auf das Bett und sieht mich lächelnd an.

»Das war unbeschreiblich.«

»Finde ich auch.«

Dann küsst er mich. Richtig. Wurde ich je wirklich geküsst? Ich meine, *so*? Wie jetzt? Ich lehne mich in diesen Kuss und versinke in seinen Lippen. In meinen Fingern kribbelt der Gedanke, ihm die Jeans einfach wieder auszuziehen.

Als hätte er diesen Gedanken gehört, fängt er plötzlich an zu lachen. »Wenn ich jetzt nicht gehe, dann gehe ich gar nicht mehr.«

Und ich wünsche mir plötzlich, er würde nie wieder gehen.

»Bis bald.« Er streicht mir die Haare aus dem Gesicht, steht auf und geht.

Ich sehe ihm nach und ganz tief in mir drin danke ich meiner Handtasche für ihren Kotzanfall im Flur. Ich danke dem Leben für diesen Tag. Für die neue Hanna. Und für den besten Nachbarn, den man sich nur wünschen kann.

Als ich kurz darauf selbst aufstehe und die Küche betrete, lächle ich den Teppich am Boden an. Ich erinnere mich noch genau, wie mein letzter Exfreund mich zu diesem puscheligen Läufer für die Küche überredet hat. Sebastian, der fremdgehende Hipster-Idiot. Ich weiß nicht, wie oft ich ihn bereits zum Sperrmüll bringen wollte. Also, den Teppich. Ich mochte ihn nie, aber jetzt liebe ich ihn und ich kann mir nicht vorstellen, dass ich jemals einen anderen haben will.

Mein Blick fällt auf die Küchenuhr. Zwanzig nach zwölf. Ich sollte duschen und mich schleunigst schlafen legen. Immerhin will Vero mich morgen um Viertel nach sieben abholen – außerdem habe ich ein paar neue Bilder im Kopf, von denen ich möglichst bald träumen möchte. Bei diesem Gedanken klaube ich die Handtücher vom Boden auf und gehe wie auf Watte ins Bad.

Während ich erschöpft, aber glücklich über die Innenseiten meiner klebrigen Oberschenkel schrubbe und die frischen Erinnerungen an den *supersten* Sex meines Lebens abwasche, erwacht endlich mein Gehirn. Die Realität dämmert. Sie tut es langsam, so als wollte sie nicht, dass ich mir beim Aufschlagen wehtue. Aber der Aufschlag kommt. Hart. Das ist der Augenblick, in dem das Grinsen meine Lippen auf Nimmerwiedersehen verlässt. Was habe ich mir nur dabei gedacht? Ich setze mich auf den Wannenrand und starre auf die grünen Wandfliesen vor mir, während das Wasser munter weiterprasselt. Die Erkenntnis ist so groß und schwer und immens, dass Schlampen-Hanna wie eine Seifenblase zerplatzt. Panik-Hanna ist zurück und ich bin fast froh, sie zu sehen.

Ich nehme meine übliche Panikroute. Zur Spüle, am Tisch vorbei, zum Kühlschrank und wieder zurück. Komm schon, Vero, geh dran. Es ist noch vor Mitternacht. Ich weiß, dass du noch wach bist. Ich lasse es noch ein paarmal klingeln, aber sie geht nicht ans Telefon. Verdammt. Ich könnte Clara anrufen, aber die hat gerade echt andere Sorgen als meine Panikattacke. Kurz spiele ich mit dem Gedanken, sie trotzdem anzurufen, nur um zu fragen, ob sie etwas braucht. So als fiesen Alibi-Anruf, bei dem es mir eigentlich nur darum geht, sie zu fragen, was ich jetzt tun soll. Armselig, ich weiß, unfreundschaftlich und gemein. Ich schäme mich auch dafür. Ehrlich, das tue ich, aber ich *muss* mit jemandem reden. Mein Therapeut hätte jetzt sicherlich wieder diesen »Die wird es auch nicht mehr lernen«-Blick und er hätte recht. Ich werde Clara jetzt einfach anrufen. Mir doch egal, was mein blöder Therapeut denkt. Andererseits. Was soll ich ihr bitte sagen? »Du, ich hatte eben so ganz spontan Sex mit meinem Nachbarn. Stundenlang. Immer und immer wieder und es war gigantisch. Wie es dazu kam? Na, du weißt schon, das Übliche. Er hat eben geklingelt und dann führte eins zum anderen. Er ist übrigens verheiratet.« Na, wohl eher nicht.

Wie konnte das passieren? Ich meine, da bin ich ein Mal spontan. *Ein Mal.* Da habe ich den ersten und vermutlich auch einzigen One-Evening-Stand meines Lebens und was mache ich? Oder sollte ich besser sagen, was mache ich *nicht*? Also, als Kontrollfreak habe ich heute echt versagt. Gott verhüte! Bei diesem Gedanken sehe ich die Zellteilung in mir stattfinden. Vor meinem inneren Auge beobachte ich, wie ein Fötus im Zeitraffer heranwächst und sehe mir selbst über die Schulter, während ich ein Formular ausfülle und bei »Vater des Kindes« ein trauriges »mein verheirateter Nachbar Reuter, dessen Vornamen ich nicht kenne« angebe. Geschieht mir aber auch recht.

Ich atme einmal tief durch. Gut, die Pille habe ich heute genommen, aber nicht wie sonst um zwölf Uhr mittags, sondern erst um Viertel vor neun, abends, direkt nachdem ich von Clara zurück war. Fast neun Stunden zu spät! Meiner Haut ist so etwas ja egal, aber meinem Uterus? Wer weiß? Und wenn Reuter so etwas öfter macht, also, ungeschützt seine Frau betrügen, dann will ich mir gar nicht vorstellen, was ich mir in den letzten Stunden so alles eingefangen habe. Untenrum. Ich sehe mich schon blass und völlig abgemagert in einem Krankenhausbett sterben. Dieses Bild lähmt meine Beine und ich bleibe mitten auf meiner Panikroute stehen – und beginne leicht zu hyperventilieren. Angenommen, ich wäre tatsächlich schwanger, also, ich meine, ich bin es wahrscheinlich nicht, aber wenn doch, dann muss ich doch wenigstens wissen, wie der

Vater meines Kindes mit Vornamen heißt. Oder? Außerdem muss ich wissen, ob er an einer Geschlechtskrankheit leidet. Vielleicht ist es ja noch nicht zu spät. Wenn man es rechtzeitig … also sofort. Ich muss. Jetzt. Nebenan.

Während ich krampfhaft versuche, normal zu atmen, bewege ich mich wie ferngesteuert in Richtung Flur, nehme den Schlüssel und verlasse die Wohnung.

Meine Fingerkuppe schwebt über dem Klingelknopf. Noch gibt es ein Zurück. Noch könnte ich die letzten paar Stolzkrümel aufsammeln und schnell wieder in meine Wohnung fliehen. Mein Therapeut würde mir wahrscheinlich raten, einmal tief durchzuatmen und mir genau zu überlegen, ob meine Ängste begründet sind oder ob ich sie mir nur einbilde, um von meinem eigentlichen Problem abzulenken. Ich glaube ja, ich habe gar kein Problem. Bis auf die potenzielle Schwangerschaft und die Geschlechtskrankheit, versteht sich.

Oder reagiere ich vielleicht doch über? So ein bisschen? Ist das wieder so eine dämliche Panik-Hanna-Aktion, bei der ich mich gleich grundlos um Kopf und Kragen reden werde?

Gerade als die Zweifel meinen Zeigefinger vorsichtig und wie an einem unsichtbaren Band vom Klingelknopf wegziehen wollen, scheint etwas anderes in mir etwas dagegen zu haben und gibt sich und somit mir einen Ruck. Vielleicht war es die Schlampe. Oder der Fötus. Das klirrende Geräusch lässt mich jedenfalls unvermittelt zusammenzucken. Ich mustere meinen Finger vorwurfsvoll, so als führte er ein Eigenleben am Ende meiner Hand und als wäre mir das gerade zum ersten Mal aufgefallen. Verdammter Verräter.

Als ich Schritte höre, meldet sich noch einmal der Fluchtinstinkt. Er hyperventiliert. Noch könnte ich abhauen.

Noch würde ich es schaffen, bevor die Tür aufgeht. Zumindest denke ich das. Was aber, wenn nicht? Die Vorstellung, dass er noch sieht, wie ich panisch die Tür hinter mir zuwerfe, ist mir so entsetzlich peinlich, dass ich stehen bleibe. Was habe ich mir bloß dabei gedacht? Ich meine, ernsthaft.

Ich höre eine Hand am Türknauf, spüre einen Blick durch den Spion und in derselben Sekunde den Schweißfilm, der sich eng um meinen Körper spannt. Zu spät. Als die Tür aufgeht, wünsche ich mir nichts sehnlicher als ein sehr tiefes Loch im Boden.

»Hallo. Frau Bischof, richtig?« Frau Reuter steht in einem großen, weißen Männer-T-Shirt vor mir, das ungefähr so lang ist wie ihr Nanorock von vorhin, und lächelt mich freundlich an.

»Ich, ähm, ja«, stottere ich.

»Ach, wie nett. Möchten Sie reinkommen? Wir haben nicht viel da. Ist fast alles noch in den Umzugskisten. Aber einen Tee könnte ich Ihnen anbieten.« Sie macht einen kleinen Schritt zur Seite. »Ich bin mir sicher, dass Thomas Sie auch gerne kennenlernen würde.«

Thomas! »Ähm.« Ich würde sagen, *Thomas* hat mich bereits näher kennengelernt.

»Es würde uns wirklich freuen.«

Uns. Hat sie das »uns« gerade betont? Weiß sie etwa, dass … Oder bilde ich mir das nur ein? War es bedeutungsschwanger? O nein, kein gutes Wort.

Ich stehe vor der freundlich lächelnden Frau Reuter und bekomme keinen Ton heraus. Alles ist still. Bis auf die Brause der Dusche, unter der Thomas vermutlich gerade die Überreste unseres One-Evening-Stands abwäscht. *Unseres* One-Evening-Stands. Der beste Sex meines Lebens.

Die Gesprächspause hängt noch immer träge in der Luft, wie zäher Morgennebel, der sich nicht lichten will. Verdammt noch mal, Hanna, reiß dich zusammen! Immerhin hast du geklingelt, nicht sie.

»Ein anderes Mal wirklich gerne. Danke. Aber der Grund, weswegen ich Sie so spät störe«, sage ich und bin erstaunt über den festen Ton meiner Stimme. »Bei mir in der Wohnung riecht es irgendwie nach Gas. Ich wollte nur fragen, ob Ihnen auch etwas aufgefallen ist.«

Hoppla, wo kam diese geniale Lüge denn gerade her?

»Nach Gas?« Frau Reuter schaut sich um, als würde das Gas bestimmt gerade hinter ihr stehen. »Ähm, nein. Nein, mir ist nichts aufgefallen.«

»Ach so. Dann ist es wohl nur meine Leitung«, antworte ich und lächle ein angestrengtes Lächeln. »Danke und gute Nacht. Und bitte entschuldigen Sie nochmals die Störung.«

»Sie haben wirklich nicht gestört«, antwortet sie freundlich. »Ich werde Thomas gleich fragen, ob ihm vielleicht etwas aufgefallen ist.« Ihr Lächeln wird breiter und zeigt mir perlweiße Zähne. Vielleicht ist Thomas ja Zahnarzt. »Danke, dass Sie uns Bescheid gegeben haben.«

Uns. Uns! UNS! »Aber das versteht sich doch von selbst«, sage ich möglichst freundlich. »Wofür hat man denn Nachbarn? Schönen Abend noch.«

»Ihnen auch und noch mal vielen Dank.«

In dem Augenblick, als ich höre, wie hinter ihr die Badezimmertür geöffnet wird, drehe ich mich um und verschwinde schnell in der Dunkelheit meiner Wohnung.

Allein.

Hier gibt es kein uns.

Hier gibt es nur mich und die Schlampe – und Panik-Hanna mit ihren kranken Fötus-Gedanken.

Vero

DAS ZIEL ODER WEG HIER?

Meine schlechte Laune macht mich tatsächlich noch ungeduldiger, was bei jemandem wie mir schwer möglich ist, denn ich bin Gottes Prototyp der Ungeduld. Er hat mich als schlechtes Beispiel erschaffen. Meine Ungeduld hat aber auch ihre guten Seiten. Zum Beispiel im Job. Ich habe mein Studium in Rekordzeit hinter mich gebracht und bin die Karriereleiter im Eiltempo nach oben geklettert. Wozu Zeit verlieren? Raus aus den engen Studentinnenjeans, rein in den seriösen Hosenanzug und los. Nicht umsonst leite ich mit erst siebenundzwanzig Jahren eine kleine, aber umsatzstarke Abteilung einer großen Investmentbank. Das soll mir erst mal jemand nachmachen.

Ich seufze und schaue auf die Uhr. Ich wette, Clara hat für die Weltreise gepackt, die wir seit Jahren planen. Ich glaube ja inzwischen, wenn man etwas länger als ein Jahr plant, wird man es nie tun. So viel zu unserer Weltreise.

In dem Augenblick, als ich zum vierten Mal hupe, geht endlich die Tür auf und eine hübsche Brünette mit einem Schuss »Audrey Hepburn« verlässt den prunkvollen Jugendstilaltbau. Keine verkörpert das kleine Schwarze so wie Clara. Ihre Beine wirken noch länger, die Haut noch makelloser, die Taille noch schmaler. Sie trägt Perlen, als wäre es das Normalste der Welt für eine Frau Mitte zwanzig. Die Haare trägt sie hochgesteckt und ihre dunkelbraunen Augen liegen verborgen hinter der großen Prada-Sonnenbrille, bei der sie bei jedem Blinzeln mit den Wimpern an die Gläser stößt. Ein Problem, das ich gerne hätte. Sie sieht einfach atemberaubend aus. Welcher Mann bei Verstand verlässt so eine Frau? So eine Vision? Sie gleitet über den Gehweg. Schwerelos. Schwebend. Für den vollkommenen Auftritt fehlen eigentlich nur noch eine aufgebrachte Fotografenmeute, eine Entourage und ein Heer von Bodyguards. Sie hievt ihren Trolley in den Kofferraum, dann öffnet sie die Tür.

»Wie geht es dir?«, frage ich.

Sie schenkt mir ein kleines Lächeln, so als wäre ich ein Fan, dem sie eine Freude machen will. »Gut, danke«, antwortet sie, während sie neben mir einsteigt, die Tür zuzieht und sich anschnallt.

»Du siehst absolut …«

»Können wir dann los?«, fällt sie mir ins Wort. »Wir sind spät dran und Hanna wartet vermutlich bereits.«

Spät dran? Als wenn das meine Schuld wäre! Aber ich bin so perplex, dass ich nicht weiß, was ich sagen soll, also entscheide ich mich für ein vielsagendes Schweigen, während die Wut ein kleines Entspannungsbad in meinem Bauch nimmt und ich endlich losfahre.

»Ach ja, bevor ich es vergesse.« Sie nimmt die Sonnenbrille ab und ich erwarte verheulte rote Augen und geschwollene Tränensäcke, doch stattdessen strahlt mich ein riesiges Paar schokoladenbraune, perfekt geschminkte, unschuldige Rehaugen an. »Wir müssen noch einen kleinen Zwischenstopp einlegen.«

»Einen Zwischenstopp?«, frage ich und spüre, wie sich die »Ich bin fassungslos«-Falte tief zwischen meine Augenbrauen legt. »Was für einen Zwischenstopp?«

»Das dauert nicht lang und es liegt auf dem Weg«, antwortet sie verständnislos. »Mach kein Drama draus.«

Ich seufze laut. »Kein Drama?«

»Es ist wichtig.«

»Also, wenn es wirklich so wichtig ist, wieso hast du es denn nicht schon vorher erledigt?«, frage ich und drücke aufs Gaspedal, um die Ampel noch zu kriegen.

»Ich war gestern anderweitig beschäftigt. Trauern, leiden, Selbstmordgedanken, du weißt schon … Aber es wundert mich nicht, dass du dich nicht daran erinnerst.«

Mist. Stimmt. Scheiße. »Wo muss ich hinfahren?«

»Erst mal zu Hanna.« Im Augenwinkel sehe ich Clara lächeln. »Dann zum Sendlinger Tor.«

Hanna steht auf dem Gehweg und wirkt verloren. Ihr schulterlanges, aschblondes Haar flattert im kalten Novemberwind. Als sie uns entdeckt, erkenne ich plötzlich einen genervten Unterton in ihrem Blick. Kein Wunder, sie wartet vermutlich bereits seit einer Viertelstunde in der Kälte. Schließlich winkt sie und lächelt, aber sie wirkt verändert. Vielleicht sind es die hohen Schuhe und das rostrote Cocktailkleid, das unter ihrem schwarzen Kurzmantel hervorlugt. Hanna trägt sonst nie Kleider. Sie ist der Jeanstyp. Aber … das ist es nicht. Es ist etwas anderes und ich weiß nicht, ob es etwas Gutes oder etwas Schlechtes ist.

Während Hanna ihre Reisetasche im Kofferraum verstaut, beobachte ich sie im Rückspiegel. Sie ist eine von diesen Frauen, die gar nicht wissen, wie schön sie eigentlich sind. Das habe ich immer an ihr gemocht. Clara mag die klassische Schönheit sein – und keine Sorge, sie weiß es genau –, aber ich fand Hanna schon immer viel interessanter. Vielleicht, weil sie nicht perfekt ist. Sie hat etwas Mädchenhaft-Schüchternes an sich, was durch ihre großen hellgrünen Augen unterstrichen wird, die einen kleinen Tick zu weit auseinander in ihrem zarten Gesicht liegen. Da ist so eine Tiefe in ihrem Blick. Man kann sofort sehen, wie viel unter der Oberfläche passiert, wie intelligent sie ist. Ihr Gesicht scheint nur aus diesen vielsagenden, seegrünen Mandelaugen zu bestehen. Nichts, was ablenkt. Die schmalen geschwungenen Brauen sind nur ein dezenter Rahmen. Die helle Haut mit den kleinen Sommersprossen, die Stupsnase, alles hält sich zurück, damit ihre Augen den großen Auftritt haben können. Nur ihr kleiner, stets ungeschminkter Schmollmund verlangt nach Aufmerksamkeit. Hanna ist die Kindfrau, die unschuldige Lolita mit dem schweren Blick. Nicht naiv, sondern nachdenklich. Wäre ich ein Mann, wäre ich Hanna und ihren Augen auf den ersten Blick verfallen, denn Hanna ist genau wie ihr Gesicht. Vollkommen in ihrer Unvollkommenheit. Außer natürlich, sie hat wieder eine ihrer Panikattacken und stolpert nervös durchs Leben. Aber heute ist es weder das eine noch das andere. Oder beides? Jedenfalls sieht sie irgendwie mitgenommen aus.

Hanna steigt hinten ein, schnallt sich an und lächelt. Aber es ist ein besorgtes Lächeln, eines, das ihre Augen nicht erreicht.

»Ist alles okay?«, frage ich und drehe mich zu ihr um.

»Ja. Alles gut.« Ihr Lächeln wird zur Grimasse.

»Sicher?«

»Alles bestens.« Sie sieht mir an, dass ich ihr nicht glaube. »Ich habe nur nicht so gut geschlafen. Das ist alles.«

Obwohl ich das Gefühl nicht loswerde, dass sie nicht die ganze Wahrheit sagt, lächle ich sie kurz an und starte den Wagen.

Clara

DISKRET UND SMOKING HOT

Gott, bin ich nervös. Gleich ist es so weit. Ich sitze möglichst still da und konzentriere mich darauf, nicht mit dem Bein zu hippeln, während Vero immer wieder zu mir rüberschaut. Schuldbewusst – und das zu Recht. Sie weiß, dass etwas nicht stimmt, und ich spüre, dass sie nachfragen will, aber die Chance auf eine Antwort hat sie gestern verspielt.

Wir fahren in Veros Volvo Richtung Sendlinger Tor. Nein, wir rasen. Auch wenn ich noch immer wütend auf sie bin, muss ich doch zugeben, dass ich mag, wie schnell sie fährt. Vero fährt wie ein Mann. Ganz im Gegensatz zu mir.

Je näher wir dem Ziel kommen, desto enger werden die Faust um mein Herz und der Drehstock, der meinen Magen in die Mangel nimmt. Hoffentlich sieht er so aus wie auf dem Foto – und in meinen Badträumen. Bitte, lieber Gott, falls es dich gibt und falls du mich hören kannst, bitte, bitte, lass ihn phantastisch aussehen und ja, ich weiß, dass du viel wichtigere Dinge zu tun hast, aber das ist für jemanden wie dich doch ein Kinderspiel.

»Wohin fahren wir?«, fragt Hanna und schaut sich um. »Geht es in Richtung Autobahn nicht da lang?« Sie zeigt nach rechts.

»Wir müssen nur noch schnell einen kleinen Zwischenstopp einlegen«, antwortet Vero und schaut entschuldigend in den Rückspiegel. »Dauert nicht lang.«

»Warum?« Hanna beugt sich interessiert zu uns nach vorne.

»Wir holen noch jemanden ab.« Ich halte mich am Türgriff fest, während Vero eine Kurve nimmt.

»Was?« Vero wirft mir einen kurzen irritierten Blick zu und konzentriert sich dann wieder auf die Straße. »Ich meine, wen?«

»Meine Begleitung.« Sie hat mir gestern also wirklich nicht zugehört. Nicht ein Wort von dem, was ich gesagt habe, ist bei ihr angekommen. Ich fasse es nicht. »Du erinnerst dich? Mein Plan? Ich habe dir gestern am Telefon davon erzählt.«

»Ah, ja. Stimmt.« Vero blickt stur nach vorne auf die Straße. Lügnerin. »Wie heißt deine Begleitung noch mal?«

»Netter Versuch.« Ich versuche, meine Stimme möglichst eisig klingen zu lassen und schaue eisern aus dem Beifahrerfenster. »Fahr einfach zum Sendlinger Tor.«

»Wir halten am Sendlinger Tor? Sehr gut!«, stößt Hanna erleichtert aus. »Dann kann ich noch kurz in die Apotheke.«

»Geht es dir nicht gut?«, frage ich und drehe mich zu ihr um. »Was brauchst du denn?«

»Nichts!« Sie sieht mich so erschrocken an, als hätte ich sie gerade gefragt, ob wir mal zusammen in einen Swingerklub gehen wollen.

»Warum willst du dann zur Apotheke?«, fragt Vero. Aha. Für Hannas Probleme interessiert sie sich also.

Hanna blinzelt mich verwirrt an. Hinter ihren Augen mahlen die Mühlen. Ist doch eine simple Frage.

»Nur Kopfschmerztabletten«, antwortet sie zögernd.

Wem sie damit etwas vormachen will, weiß ich auch nicht.

»Du, warte, ich glaube, ich hab ein paar Aspirin dabei«, sagt Vero, während sie das Lenkrad herumreißt und mit quietschenden Reifen auf einem halblegalen Parkplatz zum Stehen kommt.

»Ich vertrage doch nur Ibuprofen«, antwortet Hanna, schnallt sich ab und steigt so schnell aus, dass es mich spontan eher an eine Flucht erinnert. »Bin gleich zurück.« Dann knallt sie die Autotür zu und läuft davon. Das war definitiv eine Flucht.

Gerade will ich Vero fragen, ob nur ich Hanna heute komisch finde, da sehe ich ihn. Und in der Sekunde weiß ich, dass Gott mich gehört haben muss.

»Da!«, platzt es aus mir heraus. »Schau! Da ist er!«

Vero zuckt kurz zusammen. »Wer?«, fragt sie und folgt meinem Blick.

Ich atme erleichtert aus und lächle. »Nik.«

»Nik? Wer zum Henker ist Nik?«

Ich schaue sie nur an, schüttle ungläubig den Kopf und versuche meine ganze Enttäuschung in nur einem Blick zu sammeln. Als Vero nicht darauf reagiert, mache ich ein abschätziges Geräusch, springe aus dem Wagen, werfe hastig die Tür hinter mir zu und gehe Nik entgegen.

Mein Gott, ich fasse es nicht. Das Foto war *nichts* im Vergleich zur Realität. Sein Anblick lässt mir spontan einen warmen Schauer über den Rücken laufen. Schwarze Haare, groß, schlank, klasse Körper. Heiß. Extrem heiß. Er tippt gerade konzentriert auf seinem Smartphone herum, was mir die Gelegenheit gibt, ihn noch ein bisschen länger ungeniert anzusehen. Warum er als Escort und nicht als Model arbeitet, ist mir schleierhaft. Bei dem Gesicht. Seine schlanken Finger gleiten elegant über das Display und ich muss daran denken, was sie gestern mit mir angestellt haben. Auf dem Rücksitz. In meinem Kopf. Erst flackern nur einzelne Momentaufnahmen auf, seine Lippen, seine Berührungen, sein nackter Körper – und schon will der Film in meinem Kopf von Neuem loslegen.

Schnell mache ich einen Schritt auf ihn zu und räuspere mich. »Nik?«

Überrascht schaut er auf und seine grünen Augen hauen mich um. Wahnsinn. Als er mich erkennt, beginnt er zu lächeln und kommt auf mich zu. Sein rechter Mundwinkel lächelt dabei etwas mehr als der linke, was mir sofort gefällt. Was mir aber noch viel besser gefällt: Mit ihm an meiner Seite kann heute nichts schiefgehen. Matthias wird vor Eifersucht zergehen und reumütig zurückgekrochen kommen, denn Nik ist göttlich. Aber was hatte ich erwartet? Wenn sich Gott für einen einsetzt, dann richtig.

»Clara.« Seine Stimme klingt wie ein guter Rotwein. Dunkel, warm, voll.

»Ja, ähm. Hi!« Und sie macht mich jetzt schon leicht betrunken.

»Freut mich.« Nik küsst mich sanft auf die Wangen. O mein Gott, er riecht nach Sex. Ich glaube, es gibt Düfte, die uns Frauen einreden, dass ein Mann gut im Bett ist, und erst im Nachhinein wissen wir dann, dass wir wieder nur dem Duft auf den Leim gegangen sind. Doch bei Nik glaube ich, ist es nicht nur der Duft. Immerhin verdient er damit sein Geld. Es ist sozusagen sein Job. Oder ein Teil davon. Zumindest denke ich das. Ehrlich gesagt, habe ich keine Ahnung. Aber irgendetwas sagt mir, dass Nik sein Handwerk versteht, und sofort schießen mir wieder die Bilder von gestern in den Kopf – und mir wird heiß. Meine Güte, Clara! Krieg dich mal wieder in den Griff!

»Mich auch.« Ich schlucke und lächle. »Wollen wir?«

»Gerne.« Er hält mir seinen Arm einladend entgegen. Gut aussehende Männer mit Manieren. Klar, dass man für die heutzutage zahlen muss. Ich seufze und hake mich unter. »Sollte ich außer den Infos auf deinem Profil und deinem Plan für heute Abend noch etwas wissen?«

»Nein, ich denke, das reicht fürs Erste.« Ich spüre sein

Lächeln und den rechten Mundwinkel. »Außer du hast noch Fragen?«

»Eine Frage habe ich tatsächlich.« Der Ausdruck in seinen dunkelgrünen Augen legt sich wie eine warme Hand um mein Herz. »Er soll eifersüchtig werden, richtig?«

Ich atme tief ein und nicke. »Ja.«

»Wie weit darf ich gehen?«

Hanna

Panik-Hanna schlägt zurück

»Wo hat sie denn *den* auf einmal her?«, frage ich, während ich mich völlig außer Atem auf die Rückbank fallen lasse und die Autotür schließe. Irritiert beobachte ich Clara und einen jungen Mann im Smoking, der irgendwie so aussieht, als wäre er direkt aus einem Modemagazin geklettert. Der Begriff »smoking hot« jagt mir durch den Kopf und mir entweicht das erste kleine Grinsen des Tages. Ich dachte schon, es wäre tot.

Bei dem Stichwort »hot« erinnert sich mein blödes Gehirn aber leider auch sofort wieder an Thomas und unseren gigantischen Küchenbodensex. Thomas. Ich versuche ihn mir im Anzug vorzustellen, aber leider hat mein Hirn den Sinn des Spiels nicht verstanden, denn es zeigt mir Thomas viel lieber nackt auf mir drauf. Verdammt. Das frisch geschlüpfte Grinsen rutscht sofort wieder aus meinem Gesicht und verwandelt sich in ein verräterisches Brennen tief in mir.

»Wo sie ihn auch herhat«, sagt Vero entgeistert und starrt aus dem Fenster. »Ich finde ja, sie hätte uns beiden auch so einen mitbringen können.«

»Ja«, antworte ich schnell und versuche, an alles zu denken, nur nicht an Thomas. Ich atme tief ein und suche nach sicheren Gedanken. Die Hochzeit. Perfekt. Ich denke an das Brautpaar. An die Kirche. Ja, das ist gut. An den Priester, der … plötzlich doch wieder wie Thomas aussieht und mir verbotene Blicke zuwirft. Ich werde noch wahnsinnig!

»Ich glaube, der ist nicht echt.« Als ich nicht antworte, weil ich gerade gegen die versauten Phantasien der Schlampe ankämpfe, dreht Vero sich zu mir um. »Wie geht es eigentlich deinem Kopf?«

»Meinem Kopf?!« Dem geht es prima, der dreht gerade einen kleinen Porno.

»Na, hast du nicht Kopfweh?« Das Mitleid in ihren Augen wandelt sich langsam in Skepsis.

»Ach so, die Kopfschmerzen. Ja, die … die sind schon fast weg. Habe schon was genommen«, antworte ich und greife instinktiv nach meinem Handy, obwohl ich es gar nicht brauche, außer vielleicht, um mich daran festzuhalten.

Eigentlich sollte ich erleichtert sein, okay, vielleicht nicht gerade erleichtert, aber wenigstens ein bisschen entspannter. Die Apothekerin meinte, es sei äußerst unwahrscheinlich, dass ich schwanger bin. Nahezu unmöglich. Halleluja! Nicht so hoffnungsvoll hat sie sich bei dem Thema »Krankheiten« gezeigt. Ich sehe noch ihren rügenden Blick und dieses leicht missbilligende Kopfschütteln, das man sonst nur Teenagern zuwirft, die sich völlig verantwortungslos und dumm verhalten haben. Und genau so fühle ich mich. Wie ein absoluter Vollidiot. Sie hat mir jedenfalls einen Chlamydien-Test und einen HIV-Test empfohlen. Außerdem gebe es noch die Ansteckungsmöglichkeiten für Hepatitis, Tripper, Syphilis und vieles mehr. Ich soll am Montag am besten bei einem Arzt anrufen und einen Termin vereinbaren, hat sie gesagt. Auf die Frage, welchen Arzt, hat sie kurz gezögert und mir meinen Hausarzt empfohlen. Dann hat sie mir zum Abschied noch einen Traubenzucker geschenkt. Was Traubenzucker bringen soll, weiß ich auch nicht. Als ob der mein Problem lösen würde!

Ich starre aus dem Fenster und warte noch immer auf das schlechte Gewissen, aber sosehr ich es auch herbeiwünsche, ich habe keins. Auch wenn die Schlampe es anders sieht, ich hätte das gestern nicht tun dürfen. Aber ich habe es getan. Immer und immer wieder und es war so unbeschreiblich großartig, dass die Konsequenzen einfach grauenhaft sein *müssen*.

Ich rutsche nervös auf dem Rücksitz hin und her und versuche endlich wenigstens einen klaren Gedanken zu fassen, aber es geht nicht. Ich bin nicht ich selbst. Mein Körper spielt völlig verrückt, so als hätte Thomas eine Fernbedienung und würde noch immer alle Knöpfe gleichzeitig drücken. Das Resultat? Eiskalte Hände, unkontrollierte Adrenalinschübe, immer mal wieder einen Mitschnitt von unserem One-Evening-Stand und natürlich dieses ungeheuer nervige Pochen in meinem Unterbauch. Seit dem Küchenboden fast ein Dauerzustand.

Ich starre auf mein Handy und beim Anblick des Displays in meiner Hand kommt mein Hirn auf eine großartige Idee. Ich habe ja langsam den Eindruck, mein Kopf liefert seit gestern Nacht immer dieselben tollen Vorschläge, aber wenn ich doch ohnehin schon an den Vater meines nicht vorhandenen Kindes denke, nicht mit Vero sprechen möchte und gerade warten muss, könnte ich doch noch mal ganz kurz sein Facebook-Profil besuchen. Vielleicht hat er seine Privatsphäre-Einstellungen ja in den letzten zwanzig Minuten geändert. Unwahrscheinlich, aber nicht unmöglich. Meine Finger tippen … und da ist er. Das Profilfoto zeigt ihn nach wie vor in einem Regencape von hinten vor einem beeindruckenden Alpenpanorama. Die Fotoalben sind leider noch immer alle gesperrt. Pfft. Nur die Infos, die ich nicht haben will, prangen mir erneut entgegen: »verheiratet mit Nathalie Reuter« und »vier gemeinsame Freunde«, wovon drei eigentlich nicht meine

Freunde sind. Es sind eher entfernte Bekannte. Nur der vierte, der hat mich eiskalt erwischt. Hannes. Hannes, der Bräutigam. Als ich das gestern Nacht entdeckt habe, war ich kurz davor, Vero und Clara abzusagen. Ich meine, was, wenn er seinen Facebook-Freund Thomas Reuter zur Hochzeit eingeladen hat? Andererseits … Ich denke an meinen Therapeuten und atme tief in den Bauch, ganz hinunter, bis zu diesem lästigen Pochen. Hannes hat über neunhundert Freunde bei Facebook und die werden ja wohl kaum alle auf der Hochzeit sein. Hannes kennt Gott und die Welt. Und ich neige zur Paranoia. Thomas wird bestimmt nicht dort sein. Kein Grund zur Panik oder zur Absage. Außerdem hätte ich Vero und Clara einen Grund nennen müssen, warum ich plötzlich nicht mehr auf die Hochzeit will. Ich hätte sie anlügen müssen und darin bin ich wirklich ganz grauenhaft. Letzten Endes hätte ich den beiden von meinem Sex mit dem Ehebrecher erzählen müssen und das wäre jetzt wirklich das Letzte, was …

»Erde an Hanna?« Vero sieht mich erwartungsvoll über den Rückspiegel an.

»Ja?« Sogar ich höre die Panik in meiner Stimme.

»Also, wenn du nicht neben diesem Nik sitzen willst, ist das jetzt die letzte Chance, nach vorne umzuziehen. Außer natürlich, du willst neben Nik sitzen.«

Was? Nein, bloß nicht. Das fehlte noch. *Ich* hatte meine Dosis Testosteron bereits. Während ich mein Smartphone zurück in meine Tasche stecke, versucht mein Hirn angestrengt abzuwägen, ob es in meinem Fall nicht vielleicht doch eher eine Überdosis war. Keine Ahnung. Wahrscheinlich.

»Was ist? Kommst du nun nach vorne oder nicht?«

Ich nicke, stoße schwungvoll die Tür auf und donnere sie gegen einen Widerstand. Einen eher weichen Widerstand. Da ist nur ein dumpfes Geräusch, gefolgt von einem überraschten Baritonaufschrei. Mist. Heute ist ja wirklich mein Tag. Kurz spiele ich mit dem Gedanken, die Türe einfach wieder zu schließen und Vero zu bitten, Vollgas zu geben, aber dann entscheide ich mich doch für die erwachsene Lösung: Ich werde mich der Situation stellen.

»Verdammt noch mal!« Der Bariton klingt jetzt nicht mehr überrascht, sondern wütend. »Pass doch auf!«

Ich denke kurz, dass es etwas spät ist, mich brüllend darauf hinzuweisen, dass ich besser aufpassen solle, fürchte aber die ellenlange und zeitraubende Diskussion, die dem folgen könnte, und beiße mir auf die Zunge. Wir sind sowieso schon viel zu spät dran. Also justiere ich noch schnell meinen unschuldigen Gesichtsausdruck mit mädchenhaftem Augenaufschlag und steige aus. Dann sehe ich ihn. Vor mir kniend. Der Ausdruck in meinen Augen ist mit einem Schlag nicht mehr mädchenhaft. Da ist gar keiner mehr. Blank.

»Hanna?« Er sieht mich ungläubig an.

»Sebastian!« Ich stehe nur da und sehe ihm dabei zu, wie er sich das Schienbein reibt und mich jetzt von unten anlächelt. Er hat sich kaum verändert. Er trägt lediglich das dunkelbraune Haar etwas kürzer, der Bart ist etwas länger und die Hipster-Brille etwas größer. Ich erkenne das hellblaue Hemd, das so gut zu seinen Augen passt und das Karojackett, das ich ihm mal geschenkt habe. Ich mochte die Kombination immer sehr. Er sieht darin immer aus wie … Nein! Stopp. Das darf nicht wahr sein. Er ist der Feind. Was bildet er sich ein, einfach wie aus dem Nichts vor mir aufzutauchen? Ist diese Stadt etwa nicht groß genug für uns beide? Von allen Gehwegen musste es wohl unbedingt *meiner* sein. So als hätte es ihm damals nicht gereicht, mir meine Würde und meinen Stolz zu nehmen.

Ich will gerade zu einem zweiten Schlag mit der Tür ausholen, dieses Mal gegen seinen Schädel, da steht er auf und legt seine Hände auf meine Schultern. Ich erstarre unter seiner Berührung.

»Mensch, ist das schön, dich zu sehen.«

Bitte? Schön? SCHÖN? War etwa nur ich bei unserem letzten Zusammentreffen dabei? Oder bin ich einfach die Einzige, die sich daran erinnert? Ich ringe nach Worten und nach Luft, spüre noch immer nichts außer dem Wunsch, ihm die Autotür mit voller Wucht ins Gesicht zu rammen. Wo bitte ist die Schlagfertigkeit, wenn man sie mal braucht? Natürlich, sie hat wie immer etwas Besseres zu tun, als mir beizustehen. Es ist nämlich leider so, dass die Schlagfertigkeit und ich seit jeher eine, sagen wir, Warteschleifenbeziehung führen. Sie ist grundsätzlich mit jemand anderem im Gespräch und sagt mir, dass der nächste gute Spruch ganz sicher für mich reserviert ist, nur dass ich ihn meist nicht mehr brauche, wenn er dann endlich kommt – vier Tage später unter der Dusche.

»Hallo. Sebastian.« Na großartig.

Er lächelt mich frech an. »Wolltest du mich erschlagen?«

»Nein, tut mir leid.« Ich verlagere mein Gewicht nervös von einem High Heel auf den anderen und überlege kurz, mich jetzt einfach umzudrehen und wegzugehen. Egal wohin. Hauptsache weit.

Ich höre, wie eine Autotür sich öffnet, dann das leicht hektische Tippeln von Stilettos auf Asphalt.

»Hanna, was ist … Sebastian?!« Veros Stimme lässt seinen Namen wie einen Vorwurf klingen und irgendetwas ganz tief in mir lächelt.

»Vero, hallo!«, antwortet er mit diesem Lächeln, das mich immer schwach gemacht hat. Dieses Lächeln ist an allem schuld. Es hat ihn gleich in der ersten Nacht in mein Bett gebracht, kurz darauf in mein Herz und acht Wochen später in meine Wohnung. Seit diesem Lächeln traue ich meinen eigenen Entscheidungen nicht mehr über den

Weg. Dieses Lächeln war wie ein Kippschalter für mein Hirn.

Seine Augen wandern zwischen Vero und mir hin und her. »Ihr seht super aus! Was ist der Anlass?«

»Hochzeit.« Doch meine halbherzige Antwort wird vom Straßenverkehr verschluckt.

»Dafür brauchen wir keinen Anlass«, sagt Vero kalt und nimmt mich bei der Hand. »Außerdem sind wir spät dran. Tschüss.«

Im Augenwinkel bemerke ich, wie Clara und Nik gerade wortlos an uns vorbeigehen und auf dem Rücksitz verschwinden.

»Hanna, warte.« Sebastian greift nach meinem Arm und ich fühle mich spontan wieder wie mein siebenjähriges Selbst im Sorgerechtsstreit meiner Eltern. »Nur eine Sekunde.« Er lächelt mich an. »Bitte.« Verdammt.

»In Ordnung«, sage ich seufzend und nicke Vero zu. »Ich bin sofort da.«

Sie schaut mir fest in die Augen, dann lässt sie meine Hand los, wenn auch nur widerwillig. »Eine Minute. Wir müssen echt los.«

Sie wirft Sebastian einen letzten bösen Blick zu, dann setzt sie sich ins Auto.

»Du siehst umwerfend aus.« Sebastian macht einen großen Schritt zurück und betrachtet mich von oben bis unten. In diesem Augenblick denke ich daran, dass Thomas' Augen nur ein paar Stunden zuvor genau dieselbe Route genommen haben, woraufhin wir dann auf dem plüschigen Küchenteppich gelandet sind – zu dem Sebastian mich überredet hat. Meine Gedanken fahren mit mir Karussell und die Hitze steigt mir ins Gesicht. Das Pochen erinnert mich an Thomas in mir, an den Ausdruck in seinen Augen, als er …

»Und wie geht es dir so?«, unterbricht Sebastian den

Film, der gerade wieder vor meinem inneren Auge ablaufen wollte.

»Small Talk? Echt jetzt?«, antworte ich überraschend gereizt. »Erst servierst du mich eiskalt ab, bist nicht mehr zu erreichen, und jetzt ist alles, was dir einfällt, ein lauwarmes ›Und wie geht's dir so?‹. Ich meine, ernsthaft?« Wer ist diese Frau? Und wie bringe ich sie dazu, zu bleiben? Muss die Schlampe sein. Ich habe nie so mit Sebastian geredet. Aber vielleicht hätte ich das mal tun sollen, denn sein Gesichtsausdruck ist unbezahlbar.

Doch er fängt sich schnell wieder, greift wortlos in die Innentasche seines Jacketts und streckt mir etwas entgegen, das wie ein alter Papierfetzen aussieht.

»Was ist das?« Zögerlich nehme ich den kleinen Fetzen und drehe ihn um.

»Ich habe es immer bei mir.« Er lächelt, nur kurz.

Es ist ein Foto. Von mir. Sogar die Schlampe ist kurz sprachlos. Ich schaue in seine hellblauen Augen und mein Herz macht eigenartige, ruckartige Bewegungen.

»Warum?« Ich schüttle leicht den Kopf, während mein Puls immer schneller schlägt. »Was ist mit … Wie hieß sie noch?«

»Claudia.« Sein Tonfall ist überraschend kühl.

»Claudia«, sage ich und nicke. »Richtig.«

»Das ist schon lange vorbei«, gibt er zu und blickt kurz zu Boden.

»Aha.« Das wollte ich immer. Ich wollte, dass er leidet und ich wollte, dass er mich genau so ansieht, wie er mich gerade ansieht. Flehend, um Verzeihung bittend. Und jetzt? Jetzt habe ich tatsächlich das Bedürfnis, ihn in den Arm zu nehmen und zu trösten, okay, vielleicht nicht gerade zu trösten, aber ihn in den Arm zu nehmen. Das ist doch krank. Er hat mich damals verlassen. Für Claudia.

Er nimmt mir das Foto aus der Hand und steckt es wieder ein. »Ich hab in letzter Zeit echt oft drüber nachgedacht, dich anzurufen, aber ich habe mich irgendwie nicht getraut.« Und wieder sieht er mich mit seinen traurigen blauen Augen an. Das ist fast noch schlimmer als sein Lächeln, denn ich merke, wie mein wild pochendes Herz weich wird.

»Das verstehe ich«, entgegne ich schnell und möglichst kalt, doch ich spüre meine heißen Wangen und bilde mir ein, dass meine roten Ohrläppchen vor lauter Herzrasen und Pulsschlag hektisch vibrieren. »Das wäre auch keine gute Idee gewesen.«

»Und jetzt?« In seiner Stimme flackert ein kleines Fünkchen Hoffnung. »Kann ich dich mal anrufen?«

Will ich, dass er mich anruft? Noch bevor ich mir über eine Antwort Gedanken machen kann, klopft Clara von innen hektisch gegen die Scheibe und zeigt auf eine imaginäre Uhr an ihrem Handgelenk.

»Hanna?« Er sieht mich gespannt an.

»Sebastian, ich ...«

»Komm schon.«

»Ich muss los.« Und mit diesen drei Worten lasse ich ihn auf dem Gehweg zurück.

Vero

GEISTER DER GEGENWART

Ich setze den Blinker und biege rechts ab. Wir holpern über einen langen matschigen Feldweg, flankiert von weichen Hügeln und abgemähten Äckern, die im Sommer sicherlich schöner aussehen als im Moment. Weniger matschig. Seit Wochen hat es fast ausschließlich geregnet. Mal aus Eimern, mal nur Nieselregen. Typisches Novemberwetter eben. Alles grau in grau. Erst heute Vormittag auf der Autobahn hat sich rechtzeitig zur Hochzeit meines alten Freundes Hannes die Sonne blicken lassen und alle Wolken vom Himmel verscheucht. Glück muss man haben.

Als ich außer idyllischer Agrarlandschaft und blauem Himmel in einiger Entfernung nur einen herbstlich leuchtenden Wald sehe, frage ich mich langsam, aber sicher, ob wir hier am Ende der Welt wirklich richtig sind, und riskiere einen kurzen Blick auf die Navigations-App meines Handys neben mir. Noch einhundert Meter. Aha. Ich glaube der App jetzt einfach mal.

Die tief stehende Sonne blendet mich und das intensive Blau des Himmels lässt die Herbstblätter noch bunter erscheinen. Als ich inmitten der Farbexplosion aber endlich den alten Glockenturm von St. Benedict entdecke und als dann auch noch die Umrisse der mittelalterlichen Kirche vor uns auftauchen, atme ich erleichtert auf. Nicht nur, weil wir es – meinem Bleifuß sei Dank – noch vor dem

Ja-Wort hierher geschafft haben, sondern auch, weil diese Höllenfahrt tatsächlich ein Ende nimmt. Hanna mit ihrer komischen Laune, Clara mit diesem Nik und dann noch das ganze Für und Wider wegen Sebastian waren einfach zu viel für mich. Als wäre es aber noch nicht ärgerlich genug, dass Clara in Erwägung zieht, Sebastian könnte sich wirklich geändert haben – und sei es nur, um mir zu widersprechen –, musste auch Nik plötzlich mitdiskutieren. Ehrlich gesagt frage ich mich, wie er darauf kommt, überhaupt mitreden zu *dürfen*, und auch warum er glaubt, dass sich irgendjemand für seine blöde Meinung interessiert! Das ist doch lächerlich! Er denkt es jedenfalls und natürlich hat er Sebastian verteidigt. Ich weiß nicht, ob er es getan hat, weil er sich irgendwie dazu verpflichtet gefühlt hat, Claras Meinung zu sein, oder ob es daran lag, dass er als einziger Mann seinen Artgenossen in Schutz nehmen wollte. Vermutlich beides. Dabei kennt er noch nicht mal die ganze Geschichte. Kann er ja gar nicht. Er ist ja eben erst aus seinem Männermodemagazin gestiegen. Wer ist der Typ überhaupt? Ich meine, niemand hat je von ihm gehört, und jetzt plötzlich … Egal. Die ganze Diskussion hat mich jedenfalls tierisch genervt.

Die Krönung war dann noch der Stau, in den wir auf der Autobahn geraten sind. Ich bin zwar sofort auf die Landstraße ausgewichen und habe mich von meinem Smartphone lotsen lassen, aber wegen meinem Bleifuß mussten wir dann leider noch einmal tanken und weil es wegen dem Stau für einen Stopp im Hotel einfach nicht mehr gereicht hätte, haben wir uns auf der Tankstellentoilette noch schnell den letzten Schliff verpasst. Na ja, ich zumindest. Clara und ihr Modell sahen ohnehin schon perfekt aus und bei Hanna war nicht das Outfit das Problem. Ich hatte jedenfalls den Eindruck, ich sehe aus, wie ich mich fühle, deswegen habe ich mich zum ersten Mal seit langer Zeit wieder zu rotem Lippenstift hinreißen lassen und meine Wimpern stärker getuscht.

Die Fahrt war jedenfalls ein Desaster. Erst wurde eifrig diskutiert und dann nur noch geschwiegen. Ich weiß ehrlich gesagt nicht, was schlimmer war. Nik und seine dämliche Männermeinung oder Hanna und ihre unheimliche Semi-Leichenstarre. Sie hat stur aus dem Fenster gesehen und sich nicht bewegt. In über drei Stunden gab es genau eine Regung von ihr – und zwar ausgerechnet dann, als mein Handy gepiept und damit eine neue Nachricht auf Facebook angekündigt hat. Ich hätte vor Schreck fast einen Unfall gebaut und was macht Hanna? Sie greift nach meinem Handy, das zwischen uns in der Ablage liegt. Und ich? Ich sehe sie bereits mein peinliches Geheimnis laut vorlesen, als meine Hand vom Lenkrad schnellt und ihr das Telefon unvermittelt aus der Hand reißt. Diese Handbewegung hatte etwas von einer Ohrfeige und als wäre das noch nicht genug, wurde diese Geste auch noch von einem panischen »Nein!« begleitet. Hanna ist kurz zusammengezuckt, hat aber nichts weiter gesagt. Sie hat sich nichts anmerken lassen, stattdessen hat sie einfach wieder aus dem Fenster gesehen. Ja, ich habe etwas überreagiert. Na gut, ich habe total überreagiert. Das haben mir spätestens Claras und Niks Blicke auf dem Rücksitz klargemacht, die ich vorgegeben habe nicht zu bemerken.

Mit einem erleichterten Seufzen parke ich das Auto, stelle den Motor ab und meine drei Mitfahrer verlassen fluchtartig den Wagen, noch bevor ich mich abgeschnallt habe. Großartig. Dankbarkeit sieht anders aus. Mit einem Seufzen greife ich nach meinem Handy, aber gerade als ich Facebook aufrufen will, kommt eine Akkuwarnung und das Display wird schwarz. Mist. Ich vergesse immer wieder, wie viel Strom die dämliche Navigations-App verbraucht. Toll. Ganz toll. Jetzt erfahre ich nie, ob ich Hanna umsonst angeschrien habe. Einen Augenblick frage ich mich, ob es vielleicht Enzo war, der mir geschrieben hat, dass er doch noch kommt, aber Enzo schreibt mir nie über Facebook. Er ruft an. Okay, dann war es wahrscheinlich doch PW 42. Vielleicht ist es dann aber auch besser so. Vielleicht soll ich das nicht jetzt lesen. Vielleicht würde das meine Laune komplett ruinieren.

Ich greife nach meiner winzigen Handtasche und ziehe den Schlüssel aus dem Zündschloss. Wenn es nicht PW 42 war, ist es sowieso unwichtig, und wenn er es war, will ich es nicht wissen, weil es dann vermutlich ein Abschied ist. Ich habe ihm noch immer nicht auf seine letzte Nachricht geantwortet. Auf die schönste Liebeserklärung, die ich seit Langem bekommen habe. Ich bin so unglaublich lächerlich. Was habe ich erwartet? Gut, als die ganze Schreiberei anfing, habe ich gar nichts erwartet. Aber was habe ich mir nur dabei gedacht, als die Nachrichten persönlicher wurden – und intimer? Die letzten *vier* Wochen. Wohin sollte das alles führen? Die Möglichkeit auf ein neues Leben kam mir für keine Sekunde in den Sinn. Und überhaupt, ich habe Enzo.

Ich steige aus und die Absätze meiner Schuhe bohren sich in den Schlamm. Der beste Untergrund für Stilettos. Phantastisch. Es wird immer besser. Ja, genau so habe ich mir das gedacht. Das trockene Herbstlaub liegt als raschelnde, goldbraune Tarnschicht auf dem Boden, der sich nicht entscheiden kann, ob er nasser Kies oder einfach nur kalter Matsch ist. Nach dem Regen der vergangenen Wochen dürfte das heute eine eher schlammige Angelegenheit werden.

Ich atme tief ein und wünschte plötzlich, der Tag wäre bereits vorbei. Ich wünschte, ich könnte diese albernen Schuhe ausziehen und nach München zurückrasen. Allerdings hat das nicht wirklich viel mit dem Matsch zu tun und auch nicht damit, dass ich mich mit meiner einen besten Freundin gerade eine Stunde lang gestritten und die andere unnötig angekeift habe. Die Wahrheit ist: Ich mag Hochzeiten nicht. Gut, ich hasse sie. Vor allem diese hier, was auch damit zu tun hat, dass ich mich ein bisschen davor fürchte, Hannes wiederzusehen. Es ist beängstigend, wenn aus den Geistern der Vergangenheit Geister der Gegenwart werden. Warum müssen auch ständig irgendwelche Leute heiraten?

Von meinen Mitfahrern ist nichts mehr zu sehen und so stapfe ich sehr unlady-like in Richtung Kirche und bin bald von einer Traube von mir fremden Hochzeitsgästen umgeben. Auf dem Vorplatz begrüßt man sich, lächelt, schüttelt Hände, ein Kellner drückt mir ein Glas Champagner in die Hand. Alle sind festlich gekleidet und gut drauf. Alle lachen, grinsen, scheinen glücklich. Vielleicht sind sie es. Oder aber, sie verstecken ihre miese Laune hinter einem gespielten Lächeln. So wie ich. Was zum Teufel will ich hier? Wessen Schnapsidee war es, hierfür zuzusagen? Ich glaube, es war Clara, die Matthias das ganze Heiraten schmackhaft machen wollte. Dumm nur, dass er heute wohl mit Linda hier sein wird.

Meine von all der Hochzeitsstimmung überforderten Augen suchen nach meinen Freundinnen und entdecken Hannes auf der Treppe zur Kirche. Er ist allerdings auch schwer zu übersehen mit seinen ein Meter neunzig und den hellblonden Haaren. Sofort spüre ich einen kleinen Stich in der Herzgegend. Los, Vero, bring es schon hinter dich. Geh einfach hin und sag kurz »Hallo«.

Ich atme tief ein und lasse die Luft langsam wieder aus, dann gebe ich mir einen Ruck und gehe los. Über den kiesigen Kirchenvorplatz. Als ich die Steintreppen endlich erreiche, sind meine Schuhe bereits ruiniert.

»Vero!« Sein Strahlen ist echt. Keiner kann so etwas spielen. Oder sagen wir so, Hannes könnte es nicht. Zumindest der Hannes, den ich kenne. Die Tatsache, dass wir uns seit Ewigkeiten nicht mehr gesehen haben, hält ihn nicht davon ab, mich in eine Umarmung zu schließen, die meinen Rippen Angst macht, und mir einen feuchten Kuss auf die Wange zu drücken. Ich spüre seine Wärme und seinen galoppierenden Herzschlag.

In genau diesem Augenblick scheinen sich meine Brüste an seinen breiten Brustkorb zu erinnern. Dunkel, aber die Erinnerung ist da, wenn auch ungebeten. Der Gedanke, dass Hannes und ich über Jahre hinweg eine ziemlich, na ja, nennen wir es, »körperbetonte« Freundschaft geführt haben, ist fehl am Platz, aber die Frage, ob er seiner Angetrauten in spe davon erzählt hat, drängt sich nun doch von meinem Hirn auf meine Zunge.

»Weiß sie es?«, flüstere ich, noch immer gefangen in dieser etwas zu innigen Umarmung.

»Das von uns?«, flüstert er zurück.

»Nein, wer Kennedy erschossen hat. Natürlich das von uns!«

Er lacht in mein Ohr und ich spüre, wie sein Brustkorb kurz vibriert. Ein vertrauter Klang und ein vertrautes Gefühl.

»Nein.« Ich bilde mir ein, dass er an meinem Haar riecht, aber vielleicht atmet er auch nur. »Und du den Mädels?«

»Kein Wort.«

Clara

PHASE I

Nik und ich stehen vor der Kirche und sehen gut aus. Das war der Plan. Er hält mich im Arm und ich halte über seine Schulter hinweg heimlich Ausschau nach Matthias. Die Nervosität frisst sich wie Säure durch meinen Körper und mein Magen zieht sich auf Tennisballgröße zusammen. Was, wenn das eine blöde Idee war? Was, wenn Nik vielleicht doch die falsche Strategie ist? Plötzlich bin ich mir gar nicht mehr so sicher, dass mein ach so genialer Plan wirklich so genial ist. Ich schwimme im Adrenalin, meine Hände sind eiskalt, alles in mir ist angespannt. Was, wenn er Linda wirklich liebt? Ich spüre das verräterische Brennen in meinen Augen und greife instinktiv nach meiner Sonnenbrille, aber Nik schüttelt nur den Kopf.

»Keine Sonnenbrille.«

»Aber …«

»Das sieht sonst so aus, als würdest du dich verstecken«, fällt er mir ins Wort. Ja, das war auch Sinn der Sache, denke ich und schlucke. »Der Typ soll sehen, wie atemberaubend du aussiehst. Du hast wunderschöne Augen.«

Dieser Satz legt sich warm um mein Herz und lässt es unvermittelt gegen meine Rippen stolpern. Einen kurzen Moment frage ich mich, ob er das gerade wirklich so gemeint hat oder ob das Teil meines »Kurzentschlossene«-Pakets ist.

»Und? Wo ist er?«, fragt Nik, legt seine Hand an meine

Wange und streichelt mit dem Daumen sanft über meine Haut, was den winzigen Härchen in meinem Nacken den Befehl gibt, sich aufzurichten.

»Keine Ahnung«, sage ich, schließe nur kurz die Augen und genieße den warmen Schauer, der mir jetzt über den Rücken läuft.

»Gefällt dir das?« Als ich die Augen wieder öffne, sieht er mich zufrieden an.

»Was?« Ich blinzle mehrmals.

»Na, das.« Und schon wieder streift er sanft über meine Wange und eine weitere Gänsehaut überfällt mich. »Gefällt es dir?«

»Hm-hm«, seufze ich und konzentriere mich darauf, diesmal meine Augen offen zu halten.

Ich spüre den edlen Stoff seines Hemdes unter meinen Fingerspitzen. Darunter seine Haut. Da mir vorhin hier im Schatten der alten Kirche etwas kühl war, hat er sein Jackett geöffnet und mich meine kalten Hände auf seinen warmen Rücken legen lassen – so wie das frisch verliebte Paare nun einmal machen. Dann hat er die Arme um mich gelegt und mich an sich gezogen.

»War das ein Ja?« Er lächelt mich zufrieden an.

»Ja.« Ich lächle zurück. »Es gefällt mir, aber es lenkt auch ein bisschen ab. Vor allem das mit der Wange.«

»Tut mir leid. Kommt nicht wieder vor.« Sein rechter Mundwinkel lächelt ein bisschen mehr, als Nik seine Hand wieder auf meine Hüfte legt und mich näher zu sich zieht. Instinktiv lege ich meinen Kopf an seine Schulter und meine Nasenspitze berührt leicht seinen Hemdkragen. Meine Güte, riecht der gut. Eine Mischung aus Waschpulver, Aftershave und Mann. Mit seinem Duft in der Nase suche ich nach Matthias' Gesicht. Vielleicht kommt er ja doch nicht. Das wäre taktvoll von ihm – und wahrscheinlich sogar besser, denn wenn ich ganz ehrlich bin, weiß ich nicht, ob ich den Anblick von ihm und seiner Linda ertragen könnte. Andererseits kann ich mir nicht vorstellen, dass Matthias nicht auf die Hochzeit eines seiner besten Freunde geht. Ich atme tief ein. Nein, er wird kommen, er muss kommen. Das ist meine Chance, ihn zurückzugewinnen und ihm klarzumachen, dass wir zusammengehören. Er kommt bestimmt, denn es sieht ihm gar nicht ähnlich, kurzfristig abzusagen, andererseits sieht es ihm auch nicht ähnlich fremdzugehen und bis gestern Abend hätte ich auch nicht gedacht, dass Matthias der Typ wäre, der sich einfach mit anderen Frauen verlobt. So kann man sich irren.

Ich scanne die Menschenmenge über Niks Schulter hinweg, als ich plötzlich spüre, wie er mit seinen Fingern sanft über meinen Rücken streichelt, und wieder breitet sich ein warmer Schauer genüsslich auf meinem Körper aus, der meine volle Aufmerksamkeit für sich beansprucht.

»Warum tust du das?«

»Was?«, flüstert er und ich weiß, dass seine Lippen nur wenige Millimeter von meiner Stirn entfernt sind. »Etwa das hier?« Seine Fingerspitzen malen verführerische Muster zwischen meine Schulterblätter.

»Ja, genau das«, hauche ich, während sich jedes noch so kleine Haar an meinem Nacken langsam aufstellt.

»Soll ich es lassen?« Diese Frage legt sich warm auf meine Haut, dann ist sie weg. »Ich kann aufhören.«

»Das habe ich nicht gesagt.« Ich schlucke angestrengt und bemerke erst jetzt, dass ich die Augen schon wieder geschlossen habe. »Aber *warum* tust du es?«

»Für den Fall, dass er uns gerade zusieht, soll es doch überzeugend aussehen, oder?«

»Ja. Sicher.« Die kleine, überraschend spitze Enttäuschung lässt mich unvermittelt die Augen öffnen und die herbstliche Farbpracht schmerzt in meinem Schädel. Natürlich.

Clara, das ist sein Job, dafür wird er bezahlt, dafür hast du ihn engagiert. Das war der Deal. Außerdem bist du nicht seinetwegen hier. Das Ziel heißt Matthias.

Niks Lippen streifen sanft meine Schläfe. Mein Gott, er macht mich fertig. Meine Augenlider ergeben sich, fallen einfach wieder zu, und ich unterdrücke ein Seufzen.

»Was machen wir eigentlich, wenn er nicht kommt?« Ich meine, ein Lächeln in seiner warmen, weichen Stimme zu hören. Er hat eine tolle Stimme. Rau und doch samtig. Tief und voll und …

»Was?«, frage ich verwirrt, als der Inhalt seiner Worte zu mir durchsickert.

»Was machen wir, wenn er nicht kommt?« Er hält kurz inne.

Ich öffne die Augen und blinzle ein paarmal gegen das Sonnenlicht. Matthias wird kommen. Ganz bestimmt wird er das. Andererseits. Sonst ist er immer so pünktlich.

»Glaub mir, er …« Da steht er plötzlich, links von uns, direkt vor mir, wie aus dem Nichts, genau in meinem Blickfeld. Und ich erstarre. In dem Moment, als ich ihn erkenne, bohrt sich ein Widerhaken in mein Herz und schiebt alle Luft aus meinen Lungen.

»Was ist los?«, flüstert Nik besorgt.

»Da.« Mehr bekomme ich im Moment nicht heraus, denn mit einem Mal ist er wieder da, in all seiner überwältigenden Brutalität: der brennende Trennungsschmerz. Ein Blick auf den Mann, der einmal mir gehört hat, ein einziger Blick in seine hellgrauen Augen, die früher nur mich gesehen haben, und alle Wunden reißen gleichzeitig auf. Der Anzug passt ihm wie angegossen. Als er sich mit den Fingern durch die dunkelblonden Haare fährt, kann ich nicht anders, als mir den goldenen Ring vorstellen, den er tragen wird, als Zeichen für »bis dass der Tod euch scheidet«, und das Gegenstück darf auf keinen Fall an Lindas Finger stecken.

»Da?« Nik zieht mich mit einem Mal noch enger an sich heran – und meine Knie werden noch ein bisschen weicher. »Matthias? Ist er da? Jetzt?«

»Ja.« Ich drehe mich in seine Umarmung, weg von Matthias, und sehe ihn an. Panisch. Aber Nik lächelt nur. Wieder lächelt die rechte Seite etwas mehr. Ich weiß nicht, ob es Niks Lächeln ist, seine Hände auf mir oder Matthias, der nicht einmal zwei Meter neben mir steht, aber in diesem Augenblick perlt das Adrenalin aufgeregt in meinem Brustkorb wie schäumender Champagner. Beängstigend schäumender Champagner.

»Wo?«

»Na, da!« Ich sehe wieder zu Matthias hinüber. Nur kurz, aber lange genug, um sie wahrzunehmen. Linda, die in seiner Ellenbeuge hängt wie ein klappriger Regenschirm. Und auch lange genug, um ihn zu bemerken, im Sonnenlicht aufblitzend: *meinen Ring*. An ihrem Finger. Da bekomme ich plötzlich keine Luft mehr.

Nik dreht sich kurz so, dass er einen unauffälligen Blick auf Matthias werfen kann, und ich höre ein leises, abfälliges Schnauben. »Doch nicht etwa der Blonde, oder?«, fragt er ungläubig.

Jeder Atemzug sticht. So muss es sich anfühlen, erstochen zu werden.

»Clara?«

»Doch, genau der«, flüstere ich und bekomme das Bild nicht mehr aus dem Kopf: mein Matthias und diese schreckliche Linda, an deren Finger mein Ring glitzert. Der Schmerz bohrt sich zwischen meine Rippen und schnürt sich eng um meine Brust. Alles brennt.

In diesem Augenblick wird mir klar, dass ich das nicht kann. Ich bin noch nicht so weit. Ich werde kläglich versagen und meine Chancen, Matthias wiederzubekommen, für immer zunichtemachen. Wie soll ein emotionales Wrack wie ich denn bitte gegen eine glitzernde Verlobte ankommen? Eben.

»Auf *den* stehst du?« Nik sieht mich irritiert an. »Clara, das ist nicht dein Ernst. Der Typ ist 'ne Pfeife.«

Was? Ist er nicht. Das Stechen ebbt ab und überlässt der Enttäuschung das Feld – und der Wut.

»Es tut mir wirklich wahnsinnig leid, wenn dir mein Männergeschmack nicht gefällt«, flüstere ich patzig, während mein Mund ganz trocken wird. »Aber ja: Das ist Matthias.«

Da spüre ich plötzlich seinen Blick im Rücken und die Wut verpufft. Alles, was übrig bleibt, ist das Brennen in meinen Augen und der Widerhaken in meinem Herzen. Ich zwinge mich, auf Niks Hemdkragen zu starren, während ich verzweifelt versuche, die Tränen, die sich gerade ankündigen, zu unterdrücken. O nein. So wird das nichts. So wird das nichts. So …

»Clara?« Nik sieht noch immer lächelnd zu mir herab, obwohl ich in seinen Augen eine Spur Sorge entdecken kann. »Alles in Ordnung bei dir?«

»Er hat uns gesehen. Er … Wir … Nik.« Mein Herz rast und das beunruhigende Champagnergefühl von eben ist jetzt der nackten Panik gewichen. Es ist zu früh. Ich kann ihm noch nicht gegenübertreten. Ich schaffe das nicht. Ich muss hier weg!

»Das … Das war eine bescheuerte Idee.« Ich will einen Schritt aus Niks Umarmung machen, doch er hält mich fest. »Nik, der Plan war … Können wir einfach gehen? Jetzt? Bitte?«

»Nein.« Nik lässt mich nicht los. »Du kriegst das hin.«

»Was?« Warum lächelt er immer noch?

»Vertrau mir.« Da nimmt er mich plötzlich bei der Hand

und dirigiert mich in Richtung Kirche. Weg von Matthias, dessen Blick ich noch immer in meinem Rücken spüre.

»Was soll das?«, flüstere ich, gehe aber mit.

»Er soll nicht denken, dass du darauf wartest, ihn zu sehen.«

»Ach, dann ist es also besser, wenn er sieht, wie ich vor ihm flüchte?«, frage ich irritiert und muss mich darauf konzentrieren, nicht zu stolpern.

»Er wird gleich etwas ganz anderes sehen.«

»Aha, und was?«

»Uns.«

Hanna

ZURÜCK AUS DER GEGENWART

Clara ist mit Nik gerade in der Kirche verschwunden, Vero umarmt Hannes und ich stehe schon seit ein paar Minuten etwas abseits und schaue mich um. Möglichst so, dass keiner merkt, wie angespannt ich bin. Immerhin könnte rein theoretisch Thomas hier sein. Also, für den unwahrscheinlichen Fall, dass das Schicksal einen ziemlich gemeinen Sinn für Humor hat – oder mich einfach bestrafen will. Für den vielen Sex. Vielleicht ist das der Kater.

Kaum zu glauben, dass ich mich noch vor ein paar Tagen auf diese blöde Hochzeit gefreut habe. Jetzt stehe ich hier und verstecke mich vor einer Facebook-Freundschaft. Ich stehe hier, umgeben von zweihundert Hochzeitsgästen, und bisher ist von Thomas nichts zu sehen. Trotzdem. Bei meinem Glück ist es echt besser, keine Aufmerksamkeit auf mich zu ziehen. Erst die Fast-Schwangerschaft und die Geschlechtskrankheiten, dann Sebastian und die Autofahrt des Horrors, da fehlt eigentlich nur noch Thomas mit seiner Frau, um meiner Selbstachtung den Todesstoß zu versetzen. Ich verstecke mich jedenfalls im Moment lieber. Sicher ist sicher.

Ich fühle mich wie ein Storch im Salat, als ich mich endlich in Bewegung setze und mich mit meinen verdammt unbequemen hochhackigen Schuhen am Rande des Kirchenvorplatzes durch riesige Laubberge in Richtung Haupteingang kämpfe. Ein einsamer Storch in einem großen Salat. Ja, ja, so eine Hochzeit ist etwas ganz Wundervolles und so, aber ich habe es trotzdem echt satt, die Einzige ohne +1 zu sein. Nicht nur heute. Immer. Und es wird von Hochzeit zu Hochzeit schlimmer. Je älter man wird, desto geringer wird die Single-Dichte, bis sie irgendwann gegen null geht – oder noch schlimmer gegen eins. Gegen mich. Wie heute. Außer mir scheinen nämlich alle in Begleitung zu sein. Gut, Vero ist auch alleine da, allerdings hat sie mit Enzo zumindest ein theoretisches +1. Warum er nicht dabei ist, weiß ich nicht, aber sie ist heute so schlecht gelaunt, dass ich sie lieber nicht danach frage. Als ich ihr vorhin im Auto die Nachricht vorlesen wollte, habe ich einen Moment gedacht, sie reißt mir nicht nur das Handy aus der Hand, sondern auch gleich den Kopf mit ab – buchstäblich. Keine Ahnung, was in sie gefahren ist. Die alte Vero hätte nicht so reagiert. Manchmal vermisse ich sie. Im Moment zum Beispiel.

Als ich am Seitenschiff der Kirche ankomme, wird mir von einem hübschen Kellner ein Glas Champagner angeboten. Kurz zögere ich, aber dann nehme ich es doch, immerhin bin ich nicht schwanger. Außer die Apothekerin hat gelogen, aber das hat sie nicht. Warum sollte sie mich auch anlügen? Schließlich heißt es doch immer: »Fragen Sie Ihren Arzt oder Apotheker.« Und das habe ich getan.

Als mein Blick kurz über die Gäste streunt, wird mir schnell klar, dass ich mir mein Leben ganz schnell schöntrinken muss, um den Abend und die Nacht zu überstehen. Das Champagnerglas wird mein Rettungsring und ich klammere mich daran fest, während ich all die wunderschönen Frauen in ihren sauteuren Kleidern betrachte. Sie und die gut aussehenden Männer in Maßanzügen an ihrer Seite und die niedlichen pausbäckigen Kinder, die alle aussehen wie Miniaturerwachsene.

Und ich? Alleine, in einem langweiligen Kleid, das perfekt zu mir passt. Ich hätte einfach absagen sollen. Dann wäre ich im Moment zwar auch alleine, aber wenigstens zu Hause. Es hätte weder den beunruhigenden »Sebastian versus Autotür«-Zwischenfall gegeben noch die Autofahrt des Grauens. Wenigstens sieht es bisher so aus, als wären die Reuters nicht da. Nicht auszudenken. Warum bin ich noch mal hier? Ach ja, ich habe die Entscheidung gestern lieber einer verheulten Wahnsinnigen überlassen. Tja, selbst schuld.

Ich nehme einen großen Schluck Champagner und ertrinke in Glück. Dem Glück der anderen. Angeregte Gespräche, lachende Gesichter, strahlende Augen, euphorische Hochzeitsmienen, aufwendige Hochsteckfrisuren und ich in meiner einsamen Mittelmäßigkeit mittendrin.

Ich glaube, ich bin echt am Tiefpunkt angekommen.

Vor zwölf Stunden wollte ich noch der ganzen Welt zurufen, wie großartig ich mich fühle, und jetzt? Ich habe die Hose meines verheirateten Nachbarn geöffnet und von der verbotenen Frucht gekostet. Seither ist nichts mehr so, wie es war. Das Ärgerliche an so einer nachbarschaftlichen »Sex des Jahrhunderts«-Erfahrung ist nämlich, dass sie endet. Ich meine, bis gestern war ich mit meinem mittelmäßigen Sexualleben zufrieden. Oder sagen wir so, Panik-Hanna war damit zufrieden. Sie wusste es ja nicht besser. Aber das war vor der Schlampe und ihren Exzessen. Was habe ich mir nur dabei gedacht? Wie soll ich Thomas bitte je wieder gegenübertreten? Soll ich ihm etwa am Briefkasten einfach einen schönen Tag wünschen und mein galoppierendes Herz und dieses unerträgliche Pochen in meinem Bauch ignorieren? Eher nicht.

Meine Augen machen einen weiteren kleinen Erkundungsflug, um von meinem traurigen kleinen Dasein abzulenken und bleiben plötzlich an etwas hängen.

Nein.

Bitte nicht.

Scheiße.

Das kann nicht sein. Einen Moment lang stehe ich nur da, starre direkt in sein Gesicht, sehe das ansteckende Lachen, das er ihr schenkt, als sie den Kirchenvorplatz betreten. Mein Hirn versucht zu begreifen, dass er keine Sehstörung ist, wehrt sich aber mit Händen und Füßen gegen die Erkenntnis. Trotzdem: Da steht er. Obwohl es nicht sein kann. Neben ihm seine Frau. Sie ist hübsch mit ihren glänzenden blonden Haaren, der zierlichen Figur und den langen Beinen. Ich sehe, was ihm an ihr gefällt. Sie lacht. Sie ist glücklich, weil sie nicht weiß, was er getan hat. Was *wir* getan haben – und wie oft wir es getan haben.

Bei diesem Gedanken spüre ich Magensäure meine Kehle hinaufkriechen und meine Hände beginnen, leicht zu zittern. Mein Körper wird zum Fremdkörper, der mir nicht mehr gehorcht. Ich schätze, das ist die Strafe.

Warum? Und warum ich? Und warum er? Ich meine, sie sehen so glücklich aus. Sie sind ein »Wir«. Aber warum dann der One-Evening-Stand? Warum musste er mir zeigen, wie schön das Leben sein kann, wenn er nicht vorhatte zu bleiben? Meine Augen baden in seinem Anblick. *Er muss früh raus.* Ja, da hat er nicht gelogen. Aber wann hätte er auch lügen sollen? In den fünf Sätzen, die wir gesprochen haben? Und da zähle ich jetzt einfach meine ekstatischen Ausrufe wie »O Gott, ja gleich« oder »Hör nicht auf!« oder »Ja! Ja! Ja!« nicht mit. Wer tut so etwas? Wer fällt einfach so über seine nichtsahnende Nachbarin her? Ja, gut, okay, ich habe mich nicht wirklich dagegen gewehrt. *Ist ja gut, ich habe mitgemacht!*

Was ist besser? Etwas zu erleben, auch wenn es nur dieses eine Mal geben wird? Oder ist das Vermissen danach im Vergleich zu den paar Momenten – okay, Stunden – der Erfüllung nur eine bleischwere Last, die letztlich die Erinnerung an den Gefühlsrausch nach kürzester Zeit erstickt? Ich meine, der Sex war nicht von dieser Welt. Er hat mir ein Stückchen mehr Leben gezeigt. Ein Stückchen von mir. Eine Seite, die sonst im Schatten meiner ständigen Panik verkümmert wäre. Einfach so. Schlummernd und stumm. Jetzt ist sie wach und sie will mehr. Blödsinn. Sie will nicht einfach nur mehr. Sie will ihn.

Ich mache ein paar Schritte zurück – auf der Suche nach einem Versteck. Mein Hirn und mein Magen fahren Achterbahn. War es ein Fehler? Oder längst überfällig? Ich weiß es nicht. Ich weiß nur eines: Thomas hat mein Leben verändert und aus dem Jetzt gibt es kein Zurück.

Clara

READY FOR TAKE-OFF

Ich spüre das alte Eichenholz im Rücken. Wir sind fast alleine in der Kirche. Niks Oberkörper ist nur wenige Zentimeter von meinem entfernt, seine Hände ruhen rechts und links von meinem Körper, an der Hinterseite des offenen Portals. Hier stehen wir, für die gleich in das Gotteshaus strömenden Gäste kaum sichtbar, aber doch gerade sichtbar genug, wenn jemand nach uns Ausschau halten sollte.

Ich spüre Niks Wärme, sehe, wie sich sein Brustkorb langsam hebt und senkt. Sein Sex-Duft steigt mir zu Kopf – und lenkt mich dankenswerterweise von meiner eisigen Angst ab.

»Und was jetzt?«, flüstere ich atemlos.

»Keine Sorge, sie werden jeden Moment da sein.«

»Und was passiert, wenn …« Doch weiter komme ich nicht. Niks Lippen treffen meine und lassen alles verstummen. Den Rest meiner Frage und jeden weiteren Gedanken. Meine Augenlider kapitulieren vor diesem Moment, vor diesen fremden Lippen, die sich überraschend gut anfühlen und meine sofort betören. Ich falle in diesen Kuss. Hals über Kopf. Mit einem leisen Seufzen erwidere ich ihn, ziehe Nik an mich, meine Finger graben sich in sein Haar, mein Körper drängt sich an seinen. Ich spüre den Champagner, der sich in dieser Sekunde mit dem Adrenalin in meinem Blut vermischt und jede Zelle erreicht. Alles kribbelt. Ich höre nur noch den Puls in meinen Ohren und spüre meinen staccatoartigen Herzschlag. Er küsst mich mit einer Wucht, die mich taumeln und innerlich in die Knie gehen lässt. Meine Gedanken verpuffen. Ich schwebe in diesem Augenblick, während seine starken Arme mich festhalten, spüre seinen muskulösen Körper, seinen schweren Atem, seine warmen Hände, die über meinen Rücken gleiten, seine Zunge, die mit meiner tanzt. Ich atme tief diesen Duft ein, der mich umgibt. Dann plötzlich ein Räuspern. Und noch eines. Aber ich spüre nur Niks Hände auf mir, seine Lippen auf meinen, höre unseren beschleunigten Atem, das leise Stöhnen, das sich seiner Kehle entringt, als unsere Lippen einen perfekten Rhythmus gefunden haben. Ich vergesse alles um mich herum, bestehe nur noch aus diesem Kuss, aus seinen Berührungen, aus meinem Körper, der sich an seinen drängt, um ihm noch näher zu sein. Beim dritten Räuspern lösen sich Niks Lippen von meinen und ich öffne enttäuscht die Augen.

»Clara?« Ich höre Matthias' Stimme und sehe seinen verstörten Gesichtsausdruck, aber mein Hirn schwimmt noch immer in diesem Kuss und ich kann nicht anders, als zu grinsen.

Als ich nicht reagiere, streckt Nik seine Hand aus. »Hey, ich bin Nik und Sie sind?«

Vero

DER ZEUGE

Hannes entlässt mich aus der Umarmung und wir sehen einander an. Ich kenne ihn so gut. Oder sollte ich sagen »kannte«? Wir haben einen Lebensabschnitt geteilt. Clara, Hanna, er und ich. Wenn ich an unsere WG in der Klenzestraße denke, ist das ein ganzes Leben her. Seltsam, dass er jetzt heiratet. In meiner Welt gehörte Hannes immer in die ledige Schublade. Klar waren da ein paar Frauen, aber eben keine, die ihm wirklich etwas bedeutet haben. Und dann war da noch ich. Hannes hat mich zum Lachen gebracht – und zum Orgasmus, ohne dass irgendwer davon wusste. Ja, wir hatten eine tolle Zeit zusammen. Er war wirklich gut im Bett und ich habe ihm blind vertraut, wahrscheinlich weil ich ihn nicht geliebt habe. Er konnte mir nicht wehtun. Wir waren einfach sehr intime Freunde. Bis Enzo kam. Oder hat es davor schon aufgehört? Ach, ich weiß es nicht mehr. Das mit unserer Freundschaft wäre aber nach Enzo sowieso nicht gut gegangen. Nicht bei den sexuellen Leichenbergen in unserem Keller. Enzo hätte das gerochen. Wie ein Bluthund. Er wäre allein bei der Vorstellung, dass ein anderer Mann mich nackt gesehen, geschweige denn angefasst hat, komplett ausgerastet. Bei dem Gedanken muss ich lächeln. Vielleicht weil ich diesen Enzo schon so lange nicht mehr gesehen habe. Aber es gab ihn.

»Es ist echt schön, dich zu sehen«, sagt Hannes und

grinst. »Ich war mir nicht sicher, ob ihr kommen würdet. Wo ist denn Enzo?«

»Der muss sich spontan um Investoren kümmern.«

»Das tut mir leid.«

»Mir auch.« Tut es das? Oder sage ich das nur, weil es mir leidtun sollte? Weil es scheußlich wäre, wenn es mir egal wäre?

»Wo sind denn die Mädels?«

Ich will gerade antworten, als ein leicht übergewichtiger Kerl mit zwei großen Grübchen in den Wangen Hannes auf die Schulter tippt. Er lächelt mich entschuldigend an und seine Grübchen werden noch tiefer. »Du, Hannes, tut mir leid, dass ich euch unterbreche, aber da gibt es ein Problem mit der Sitzordnung.«

»Was für ein Problem?«

»Ich habe es auch nicht ganz verstanden, aber …« Während der Mann mit den Grübchen irgendwas von Sitzordnung und kurzfristigen Änderungen erzählt, driften meine Augen zum Eingang der Kirche, wo ich Hanna entdecke, die mich mit panisch geweiteten Augen ansieht.

Als sich unsere Blicke treffen, zuckt sie kurz zusammen und verschwindet schnell im Inneren der Kirche. Es wirkt fast so, als würde sie vor etwas flüchten oder sich verstecken. Vielleicht tut sie das. Vor mir? Ja, ich war etwas zu grob, aber warum muss sie auch so sensibel sein? Ich habe sie vorhin im Auto ja noch nicht mal richtig angeschrien. Wenn die wüsste, wie ich teilweise mit meinen Angestellten rede. Ich sollte es ihr trotzdem erklären. Ich sollte ihr sagen, warum ich mich vorhin so seltsam benommen habe, aber ich weiß nicht, wie, und ich bin nicht die Einzige, die wie ihr psychisch labiles Alter Ego durch die Gegend rennt. Es scheint fast so, als hätte heute jede von uns ihr eigenes dreckiges Geheimnis, mit dessen selbstauferlegtem Schweigegelübde sie zu kämpfen hat.

»Hannes, ich gehe mal eben und lasse dich deine Gäste begrüßen.«

»Warte, Vero. Nur einen Moment«, sagt er und hält meine Hand fest. »Ich möchte dir unbedingt noch jemanden vorstellen.«

»Okay?« Im ersten Moment denke ich, es geht um den störenden Grübchenmann, doch der ist schon längst wieder verschwunden. »Wen denn?«

»Wen?« Er lacht kurz und sieht mich amüsiert an. »Was habe ich die letzten Jahre nur ohne dich gemacht?« Hannes zieht mich hinter sich her und ich ahne Schreckliches. »Maus?«

Nein. Bitte nicht.

»Maus?«

Bitte … Zu spät. Da steht sie, ganz in Weiß. Ihr goldblondes Haar hochgesteckt, ein langer graziler Nacken, ein durchtrainierter, aber femininer Rücken. Das Kleid lässt sogar einen Hochzeitsmuffel wie mich innerlich seufzen.

»Maus?«

Sie unterhält sich gerade angeregt mit einer älteren Dame, dreht sich aber um, als sie seine Stimme hört. Ich weiß nicht, was mich mehr fasziniert, ihr Lächeln oder das leuchtende Blau ihrer Augen.

»Schatz, da bist du ja!«

Sie springt auf ihn zu und küsst ihn. Einfach so. Es ist ein Impuls, dem sie folgt. Mein Herz zieht sich bei diesem Anblick neidisch zusammen und ich bilde mir ein, die rosarote Liebesblase zu sehen, die die beiden umgibt und den Rest der Welt ausschließt. Die Frage, ob die von Enzo und mir vielleicht geplatzt ist, ohne dass ich es bemerkt habe, stelle ich mir lieber erst gar nicht.

»Maus, das ist Vero.« Hannes strahlt erst sie, dann mich, dann wieder sie an.

»Vero? *Die* Vero?« Jetzt strahlt auch sie und streckt mir

die Hand entgegen. »Endlich habe ich ein Gesicht zu den ganzen legendären Geschichten.«

»Ich bin mir sicher, er hat übertrieben.« Das Lächeln liegt unnatürlich steif in meinem Gesicht und ich spüre, wie mir die Hitze in die Wangen steigt.

Gerade als Hannes ansetzt und ein paar der witzigsten Vero-Anekdoten auspacken will, blicke ich nervös zur Seite – und entdecke einen Mann in der Menge. Für einen kurzen Moment wird alles still, dumpf, als wäre mein Kopf unter Wasser. Da ist nur noch dieser Blick, der mich und jeden meiner Gedanken kurzzeitig einnimmt. Er steht einfach nur da, die Augen auf mich gerichtet, und sieht mich an, als wäre ich ein offenes Buch, in dem er liest. Er ist älter als ich, aber auf eine gute Art, die *grau melierte* Art, die bei genauerer Betrachtung sogar verdammt attraktive graumelierte Art. Schlank, gut aussehend und aufrechte Haltung. Außerdem hat er eines dieser klassischen Männergesichter, maskulin und kantig, aber trotzdem elegant und gebildet. Ja, es ist das Gesicht eines Denkers. Die Intelligenz liegt in jedem seiner Züge. Er lehnt entspannt an einem Stehtisch mit einem Champagnerkelch in der Hand und unterhält sich mit einer zierlichen blonden Frau und einem gut aussehenden Mann, der ihn um einen halben Kopf überragt. Gut, »unterhalten« ist vielleicht ein bisschen übertrieben, eigentlich steht er nur daneben und sieht mich an.

Als ich unseren Blickkontakt nicht unterbreche, meine ich, kurz etwas in seinen Augen aufblitzen zu sehen. Er trinkt den Rest des Champagners in einem Zug leer, stellt das Glas ab und entschuldigt sich. Dann kommt er auf mich zu, ohne mich auch nur einen Moment aus den Augen zu lassen. Mein Herzschlag reagiert auf den Ausdruck in seinem Blick, der mich noch immer gefangen hält, abtastet, kennenlernen will. O Gott.

Die Art, wie er sich in seinem dunkelgrauen Anzug bewegt, während er auf mich zukommt, ist so natürlich, als würde er ihn andauernd tragen. Sogar im Bett. Erst jetzt fällt mir auf, dass sein Blick durchaus als … hungrig interpretiert werden könnte. Einen Moment spiele ich mit dem Gedanken zu fliehen, doch erstens wäre es ziemlich unhöflich, mitten in einer von Hannes' Vero-Anekdoten wegzurennen, zweitens kann mit diesen halsbrecherischen Schuhen von Rennen gar keine Rede sein und drittens will etwas ganz tief in mir, dass ich stehen bleibe. Warum ich allerdings auf dieses eigenartige »etwas ganz tief in mir« höre, weiß ich nicht.

»Vero?«, bricht Hannes' Stimme in meine Gedanken und katapultiert mich zurück ins Hier und Jetzt.

»Hm?« Ich hebe interessiert die Augenbrauen und wende mich ihm schnell zu.

»Ist alles okay?« Er sieht mich etwas besorgt an.

»Sicher, was sollte sein?« Mein Herz rast, mir ist plötzlich unglaublich heiß und … Da fällt es mir wie Schuppen von den Augen: Dieses »etwas ganz tief in mir« ist die verdammte Blondine! Nein. Nicht jetzt.

»Alles in Ordnung mit dir?«

»Was? Ach, tut mir leid, ja, ich bin nur müde. Der ganze Stress die letzten Wochen …« Das kann man immer sagen. Müdigkeit und Stress sind allgemein anerkannt und immer eine passende Antwort.

»Ich weiß genau, was du meinst.« Hannes' Blick wandert kurz auf einen Punkt neben mir und seine Züge hellen sich augenblicklich wieder auf. »Ah, Phil!«

Einen Moment später umarmt er den grau melierten Kerl, der aus der Nähe noch besser aussieht. Kleine Lachfältchen um die stahlblauen Augen, ein markantes Kinn, glatt rasiert. Als sich unsere Blicke dieses Mal treffen, zuckt ein heißer Stromschlag durch meinen Körper. War das gerade ein leises Kichern? War das gerade ich?! O nein. Schnell wische ich mir das dämliche Blondinen-Grinsen aus dem Gesicht und tausche es gegen ein freundlich interessiertes Vero-Lächeln.

»Wo hast du gesteckt? Ich habe dich schon gesucht!« Selbst während ihm Hannes auf die Schulter klopft, bleibt Phils Blick auf mich gerichtet. »Bist du eben erst gekommen?«

»Nein. Ich bin schon eine Weile da«, antwortet er. Der Klang seiner Stimme ist das Kommando für mein Herz noch schneller zu schlagen.

»Mina.« Er wendet sich der Braut zu und küsst ihre Hand. »Du siehst atemberaubend aus.«

»Danke«, antwortet sie verlegen.

Ich bin mir nicht sicher, ob sie gerade einen kleinen Knicks gemacht hat, denn ich kann nicht anders, als diesen Phil anzustarren. Sein Blick findet meinen.

»Und Sie sind?«, fragt er und sieht mich auf eine Art an, die meine Knie weich werden lässt.

»Wie unhöflich von mir«, sagt Hannes schnell. »Ihr beiden kennt euch ja gar nicht. Phil, das ist Vero, eine meiner ältesten Freundinnen. Vero, das ist Phillip, mein Trauzeuge.«

»Freut mich, Phillip«, sage ich und halte ihm schnell meine Hand entgegen.

Mit einem Lächeln nimmt er sie und führt sie an seine Lippen. »Mich auch.«

Clara

PHASE 2

Meine Lippen kribbeln noch immer von diesem Kuss und meine Wangen glühen. Matthias' fassungsloser Blick wandert zwischen Nik und mir hin und her, so als würde er darauf warten, dass Nik sich endlich bei ihm entschuldigt, oder als würde er hoffen, dass er sich in Luft auflöst wie ein böser Geist, der nur in seinem Kopf lebt.

»Wer ich bin?«, fragt Matthias angesäuert.

»Na, ich nehme mal an, ein Freund von Clara«, antwortet Nik lächelnd. »Sonst hätten Sie uns wohl gerade kaum unterbrochen.«

»Ein Freund?« Matthias ringt um Fassung. Er scheint einen Moment lang zu vergessen, dass er nicht mehr der Mann an meiner Seite ist. Stattdessen sieht er mich an, als hätte er mich *in flagranti* beim Fremdgehen erwischt. Doch dann fällt ihm offensichtlich wieder ein, wer die Frau neben ihm ist, der man ansieht, wie unwohl sie sich gerade fühlt.

»Ja, das bin ich. Matthias Voigt, sehr erfreut«, antwortet er steif und legt schnell seinen Arm um Lindas Schultern. Dann lächelt er plötzlich so, als hätte er meinen perfiden Plan durchschaut. »Und das ist meine Verlobte, Linda.«

Jedes Wort bohrt sich tiefer in mein Herz. Der Widerhaken ist zurück. Seine. Verlobte. Linda. Ich fasse es nicht. Er stellt mir hier allen Ernstes die Frau vor, mit der er mich erst betrogen und für die er mich dann gestern auch noch sitzen gelassen hat. Gestern!

Ich reiche ihr die Hand und versuche, sie mit meinem Blick zu töten. Leider ohne Erfolg.

»Hallo.« Mehr habe ich ihr nicht zu sagen.

»Schön, dich endlich mal kennenzulernen«, sagt Linda und zeigt dann auf Nik und mich. »Und woher kennt ihr beide euch?«

Ernsthaft? Hat sie das gerade wirklich gefragt? Ich will schon Luft holen, da legt Nik den Arm um meine Hüfte, zieht mich noch näher zu sich und schaut mir tief in die Augen. Ich vergesse, was ich sagen wollte, genieße es, wie er mich ansieht und wie sich sein Körper an meinem anfühlt.

»Wir lernen uns gerade erst richtig kennen.« Da rutscht sein rechter Mundwinkel auch schon wieder ein Stückchen höher und ich kann nur mit Mühe ein Seufzen unterdrücken.

»Offensichtlich«, antwortet Matthias gereizt und erntet dafür einen bösen Linda-Blick. »Seit wann kennt ihr beiden euch denn?«

»Ich habe Clara schon vor ein paar Monaten meine Nummer gegeben«, sagt Nik, ohne den Blickkontakt mit mir zu brechen. »Und gestern hat sie mich dann endlich angerufen.«

Die Lügen kommen ihm überraschend leicht über die Lippen, von denen ich mich schnell wieder losreiße. Jetzt nur nicht vom eigentlichen Ziel ablenken lassen.

»Tatsächlich? Gestern?« Da lodert etwas in Matthias' Augen auf. Eifersucht. Ha! Wer sagt's denn? Mein Herz macht einen kleinen, triumphalen Hüpfer. Da ist er: der Funken Hoffnung, den ich brauchte, okay, ein Funken Genugtuung ist auch dabei. Noch ist nicht alles verloren. Auch seiner Verlobten ist es nicht entgangen, wie mir ihr leicht beunruhigter Blick verrät. Wunderbar!

Nik gibt mir einen zarten Kuss an die Schläfe. »Wollen wir uns schon mal hinsetzen?«

»Gerne.« Ich lächle Nik an, während sich die Genugtuung warm um meine Schultern legt. Oder ist es doch Niks Arm?

Nik grinst zurück, bevor er sich wieder Matthias zuwendet. »Wir sehen uns ja dann bestimmt später noch.«

»Ja. Bis später.« Ich winke Matthias' und Linda kurz zu, bevor ich ihnen zufrieden den Rücken zukehre.

Ich bin mir nicht hundertprozentig sicher, aber ich meine, erneut etwas in Matthias' Augen aufblitzen gesehen zu haben, als Nik meine Hand genommen hat und mit mir in Richtung Altar losgegangen ist. Es war etwas Besitzergreifendes, etwas Territoriales, etwas, von dem ich dachte, dass ich es verloren hatte.

Nik schiebt mich zufrieden grinsend durch die leere Kirche. »Na, das läuft doch hervorragend.« Er beugt sich zu mir und ich bekomme einen Schwall sexy Nik-Duft ab, der mich beinahe stolpern lässt. »Und jetzt: Stell dir einfach vor, ich würde dir gerade etwas fürchterlich Versautes ins Ohr flüstern. So was wie … Am liebsten würde ich dich in den Beichtstuhl zerren, die Tür hinter uns schließen und so lange sündigen, bis du um Gnade und Erlösung flehst.« Ich sehe ihn überrascht an und spüre, wie meine Knie weich werden, während seine grünen Augen mich vielversprechend anfunkeln. »Keine Sorge, ich würde sie dir verschaffen.«

Und da ist es wieder. Das Knistern, das *heftige* Knistern, das mich für einen Moment vergessen lässt, dass wir hier nur ein Schauspiel zu Ehren von Matthias aufführen.

»Okay.« Meine Stimme klingt heiser und ich werfe einen kurzen Blick zum Beichtstuhl, während es sich anfühlt, als würde ich einen halben Meter über dem Boden an den Kirchenbänken vorbeischweben.

»Ich würde sagen, das lief phantastisch«, flüstert Nik, als wir in der vierten Reihe stehen bleiben.

»Ja.« Mehr bekomme ich gerade nicht heraus, weil ich viel zu sehr damit beschäftigt bin, den Film über das, was sich im Beichtstuhl abspielen könnte, in meinem Kopf zu stoppen.

»Spürst du, wie er uns nachsieht?« Ich höre Zufriedenheit in Niks Stimme.

Das hilft. Schlagartig verschwinden die Bilder und tatsächlich, ich spüre es, jetzt wo ich mich darauf konzentriere: Matthias' Blick folgt uns wie ein perfekt abgerichteter Wachhund. »Danke. Das … war … sehr geschickt.«

»Gerne.« Er zeigt mit der Hand auf die Kirchenbank. »Ladies first.«

Als wir uns nebeneinander hinsetzen, knarzt das alte Holz kurz auf, dann ist alles ruhig. Nik legt seinen Arm um mich und ich höre nichts, bis auf meinen plötzlich wieder rasenden Herzschlag, von dem ich mir sicher bin, dass er die heilige Stille durchbricht. Aber ich denke, Gott hätte kein Problem damit. Außer uns ist ohnehin noch fast niemand hier. Na ja, außer uns und Matthias' Wachhundblick, versteht sich.

Nik streicht mir eine lose Haarsträhne hinters Ohr und sieht mir tief in die Augen. Sein Blick ist so intensiv, dass ich mir einbilde, ihn überall zu spüren. In jeder Faser meines Körpers. Er sieht mich einige Augenblicke einfach nur an, dann kommt er langsam näher. So langsam, als wollte er mir die Zeit geben, zu protestieren, aber das habe ich nicht vor. Er nimmt mein Gesicht vorsichtig zwischen seine warmen Hände, beinahe so, als hätte er Angst, mich zu zerbrechen, und kommt noch näher. Unsere Lippen trennen nur mehr wenige Millimeter. Ich versuche zu atmen, aber alles, woran ich denken kann, sind sein Mund und dieser Blick, der mich hält und in eine andere Welt einlädt. Dann berühren sich unsere Lippen für den Bruchteil einer Sekunde und ich atme scharf ein. Er weicht etwas zurück, sieht mich an, scheint etwas in meinem Blick zu suchen. Sein Duft steigt mir in die Nase und erstickt meine Gedanken. Diesmal bin ich es, die sich leicht zu ihm beugt, tastend, vorsichtig, bis sich unsere Lippen endlich berühren, wiederfinden, dann fallen meine Augen zu und ich bestehe nur noch aus diesem Kuss, diesem wunderschönen, zarten, herzzerschmetternden Kuss. Er hält mein Gesicht noch immer in seinen Händen. Seine Muskeln spannen sich unter meinen leicht zitternden Fingern an, mein Herz rast, meine Lippen öffnen sich und vertiefen den Kuss. Da ist kein Schmerz mehr, kein Gedanke an gestern. Es gibt nur diesen Moment.

Seine Lippen lösen sich von meinen, unser flacher Atem vermischt sich. O nein, er soll nicht aufhören.

»Du küsst gut«, flüstert er und beugt sich leicht zu mir. »Verdammt gut sogar.«

»Du auch«, flüstere ich zurück und lehne mich leicht an seine Schulter.

»Danke.« Seine dunkle Stimme vibriert bis tief in meine Knochen. »Bald haben wir ihn so weit.«

Dieser Satz trifft mich wie ein Kinnhaken. »Was?«

»Na, Matthias.« Nik legt seine Hand auf mein Knie, lächelt und streichelt gedankenverloren mit dem Daumen darüber. »Er ist eifersüchtig. Ich dachte, das war der Plan.«

»Ja, sicher«, antworte ich schnell und versuche, sowohl die Überraschung als auch die leise Enttäuschung, die sich bei seinen Worten in mir einschleicht, aus meiner Stimme zu halten.

»Er beobachtet uns noch immer.« Sein Lächeln wird plötzlich beinahe teuflisch und in seinen smaragdgrünen Augen blitzt kurz etwas auf.

Seine Lippen treffen auf meine, diesmal sind sie weder

vorsichtig noch tastend, diesmal sind sie fordernd. Dieser Kuss überwältigt mich wie eine tosende Welle, die mich mit sich reißt. Mein Atem wird schwer, mein Körper reagiert sofort auf ihn, meine Hände graben sich in sein schwarzes Haar. Ich schmecke ihn, rieche diesen Duft, spüre seine Hand, die jetzt von meinem Knie aus langsam nach oben wandert. Und ich will mehr, ziehe ihn näher zu mir, während er mit seinen Fingerspitzen über die empfindliche Haut an der Innenseite meines Oberschenkels fährt. Seine Berührungen jagen mir eine Gänsehaut nach der anderen über den Körper, meine Muskeln ziehen sich zusammen. Nik saugt an meiner Unterlippe, und das leise, wohlige Seufzen, das seinen Mund dabei verlässt, fegt auch den letzten anständigen Gedanken aus meinem Hirn, während mein Herz einen wilden Rodeoritt in meinem Brustkorb hinlegt.

Plötzlich lösen sich seine Lippen von meinen. Atemlos sehen wir einander an. Unser Kuss fegt noch immer wie ein Tornado durch mein Hirn und hinterlässt eine Schneise der Verwüstung. Meine Lippen sind taub und meine Knie weich. Ich kann mich nicht daran erinnern, wann ich mich das letzte Mal so gefühlt habe. Habe ich mich überhaupt jemals so gefühlt? So unsicher und aufgeregt?

»Das sollte fürs Erste reichen«, flüstert er heiser und lächelt mich an.

Die Bank, auf der wir sitzen, fühlt sich an wie eine Schaukel und mein Herz schlägt noch immer so heftig gegen meinen Brustkorb, dass ich mich nicht frage, *ob,* sondern eher *wann,* es sich den Weg in die Freiheit schlagen wird.

Meine Augen wechseln hektisch zwischen seinen hin und her. Sein Blick ist wie dieser Kuss. Überwältigend. Alles an ihm ist wie dieser Kuss.

Und dann verstehe ich plötzlich das Chaos. Mein Gehirn erlaubt mir einen einzigen klaren Gedanken.

Gott. Nein. Bitte nicht.

Hanna

TRAUER … ÄHM … TRAUUNG

Ich rücke ein bisschen weiter in die kühle Dunkelheit und verstecke mich hinter der letzten Reihe, um sicherzugehen, dass mich niemand sieht, als die Orgel einsetzt und sich alle erheben. Die Braut betritt die Kirche. Ein groß gewachsener Mann führt sie zum Altar. Moment mal, das ist … Thomas. Das soll jetzt wohl ein Scherz sein, oder?!

Ich höre gerührte »Ooohs« und »Aaahs« bei ihrem Anblick. Mina schreitet wie eine Prinzessin den Gang entlang und sieht umwerfend aus. Alle haben nur Augen für sie, immerhin ist es ihr Tag, aber ich sehe nur ihn. Ihn und die Bilder, die sich in Zeitlupe in meinem Kopf abspielen und mir die Hitze aus den Händen ins Gesicht treiben. Der Puls rauscht mir tosend durch die Ohren und übertönt sogar das Orgelspiel, während der Softporno in meinem Kopf bis tief in meinen Bauch zieht.

In dem Augenblick, als mir die Schlampe die Zügel endgültig entreißen will, zwinge ich mich schnell dazu wegzusehen. Sofort spüre ich den Widerstand. Meine Augen wollen zu ihm zurück, aber ich konzentriere mich eisern auf die Hochzeitsgesellschaft vor mir, beobachte die gerührten Blicke, die Tränen. Die Braut schwebt an ihnen vorbei, gleitet über den alten Steinfußboden, lautlos, federleicht. Der lange Schleier folgt ihr, fließt über die Platten.

Da fällt mein Blick auf Hannes, der vorne am Altar auf seine Braut wartet, und der Ausdruck in seinem Gesicht breitet sich als Kloß in meinem Hals aus. Die Art, wie er sie ansieht, legt sich feucht in meine Augen und jeder Atemzug sticht verräterisch. So sieht also Liebe aus, dieses unsichtbare Band, das die beiden vielleicht für immer verbindet und aus zwei »Ichs« ein »Wir« macht.

Am Altar tritt Thomas zur Seite und Hannes nimmt Minas Hand. Sie stehen nur da und sehen einander an, als wären sie alleine auf der Welt, als gäbe es nur sie und ihre ewige Liebe.

Die erste Träne kullert im Schatten der Empore. Niemand bemerkt es, weil niemand mich sieht, weil ich niemanden habe, der mich so ansieht. Ich wische mir schnell die verräterische Träne weg, die heiß und schwer meine Wange hinunterläuft, und atme tief in die Brust.

Mein Therapeut würde mir jetzt wahrscheinlich raten, das Positive zu sehen. Das Positive … Okay, da muss ich echt überlegen. Ich schließe einen Moment die Augen. Wir sind ohne Unfall hier angekommen und es gibt Champagner. Außerdem ist mein Plan aufgegangen. Zumindest halb. Thomas ist zwar da, aber er hat mich noch nicht gesehen. *Niemand* hat mich gesehen. Es ist fast so, als gäbe es mich gar nicht, als wäre ich ein Geist, der gerade dabei zusieht, wie sich zwei Liebende vor Gott die ewige Treue schwören. Und wer ist der Trauzeuge? Ein Ehebrecher. Ein verdammt gut aussehender Ehebrecher. Heuchler!

Ich atme tief ein, stoße die Luft langsam wieder aus und wische eine zweite Träne weg. Das mit dem positiven Denken ist doch Blödsinn.

Da bemerke ich neben mir eine Frau mit einem Kleinkind, das offensichtlich gerade erst Laufen gelernt hat und es deswegen gar nicht einsieht, jetzt hier still zu sitzen. Es befreit sich schließlich quengelnd aus den Armen seiner Mutter und geht in unkoordinierten Schritten im hinteren Bereich der Kirche auf und ab. Einen winzigen Augenblick lang lässt mich das unbeschwerte Lächeln der Kleinen alles vergessen. Sie ist so frei und zugleich geborgen, so glücklich. Jeder Schritt ist ein Abenteuer, jeder Moment spannend und neu. Sie hat die speckigen Arme seitlich von sich gestreckt und das Rüschenkleidchen wippt fröhlich von links nach rechts. Ich lausche dem Pfarrer nur mit einem halben Ohr, denn meine Augen sind viel zu abgelenkt von dieser Freude, die mich letztlich ansteckt. Ein kleines Lächeln legt sich warm auf meine Lippen und ich beobachte, wie die Kleine plötzlich über eine Erhebung im Boden stolpert und hinfällt. Ich schrecke zusammen, will helfen, aber die Mutter stürzt bereits hin und hebt sie auf. Da sehe ich das knallrote kleine Gesicht, der Mund ist bereits zu einem Schrei geformt. Stille. Die Ruhe vor dem Sturm. Dann holt sie ein Mal tief Luft und kreischt aus Leibeskräften los. Mein Mitgefühl weicht nackter Panik, als sich plötzlich die ersten Köpfe in den hinteren Reihen in unsere Richtung drehen. O Gott, hoffentlich … Erst versuche ich mich hinter der Treppe zur Orgel zu verstecken, aber als sich schließlich auch die ersten Gäste der vorderen Reihen neugierig umsehen und der Pfarrer aufhört zu sprechen, klettere ich so schnell und unauffällig wie möglich die alte Holzwendeltreppe hinauf.

Oben angekommen nicke ich dem etwas überrascht dreinblickenden alten Organisten freundlich zu, setze mich vorne am Geländer auf den alten Holzfußboden und schaue durch die Löcher in der Empore. In Sicherheit. Puh, das war knapp. Aber jetzt dürfte mich wirklich keiner mehr entdecken. Warum bin ich nicht sofort hier raufgestiegen?

Ich beobachte, wie die junge Frau mit dem schreienden Kind das Brautpaar entschuldigend ansieht und dann fluchtartig die Kirche verlässt. Ein paar Sekunden später verstummen die geflüsterten Unterhaltungen und der Pfarrer fährt mit der Zeremonie fort.

Mein Blick landet schließlich wieder bei Thomas auf der Stufe vor dem Altar. Mein Herz setzt für einen Schlag aus und ich versinke in seinem Anblick. Dieser Anzug sitzt wie eine zweite Haut. Das Einzige, was ihm noch besser steht, ist seine erste. Ich weiß, ich sollte so etwas nicht denken, vor allem nicht hier in diesem Gotteshaus, aber ich kann nicht anders. Ich versuche verzweifelt, meine Aufmerksamkeit auf das Brautpaar und die gerührten Gäste mit den gezückten Taschentüchern zu lenken, aber meine Augen haben ihren eigenen Willen. Sie sind auf ihn gerichtet, wie die Zielscheibe eines Scharfschützen und ein einziger Blick reicht aus, um die kleine versaute Diashow in meinem Kopf zu starten: Ich sehe den nackten Thomas, den stöhnenden Thomas, den leicht verschwitzten Thomas, der mich verschlingt und die Schlampe in mir zum Leben erweckt und mich mit multiplen Orgasmen aus meinem Wachkoma gerissen hat. Stopp!

Das Pochen dröhnt durch meinen Körper und mein Mund ist trocken, als ich schnell zum anderen Trauzeugen sehe, der dem Brautpaar jetzt gerade die Ringe reicht. Ich schätze ihn auf vierzig? Fünfundvierzig? Gut gehalten hat er sich jedenfalls, doch er scheint nicht ganz bei der Sache zu sein, denn er rückt die Ringe erst raus, als der Bräutigam ihn kurz anstößt. Diese Unaufmerksamkeit passt gar nicht zu seinem ansonsten perfekten, sehr seriösen Äußeren. Was wohl mit ihm los ist? Ha, er wirft immer wieder verdächtige Blicke zu den Gästen, nein, zu … Vero? Er sieht Vero an – und sie sieht zurück. Woher bitte kennen die beiden sich? Und wie stehen sie zueinander? Ich beobachte ungläubig die Funken, die zwischen Vero und ihm sprühen. Oder bilde ich mir das alles nur ein? Sehe ich die Realität gerade durch die Augen meiner Schlampe und das alles ist in Wirklichkeit total unschuldig? Nein, Vero klimpert jetzt definitiv mit den Wimpern und sie lächelt dieses Lächeln, das ich seit Jahren nicht mehr gesehen habe. Keine Frage. Sie flirtet mit ihm. Wenn ich es nicht besser wüsste, würde ich sagen, zwischen den beiden läuft was. Unglaublich.

Ich sehe fassungslos auf die andere Seite des Kirchenschiffs und entdecke Clara, die mit hochrotem Kopf neben Nik in der vierten Reihe sitzt. Sie wirkt irgendwie … angespannt. Das könnte allerdings sehr gut daran liegen, dass Matthias nur ein paar Reihen weiter hinten sitzt und sie anstarrt. Wow, der sieht aus, als hätte man ihm gerade sein Lieblingsspielzeug gestohlen – etwas, das auch Linda zu bemerken scheint, denn ein säuerlicher Ausdruck hat sich in ihre feinen Gesichtszüge gefressen. Was ist da unten los? Mein Blick schnellt zurück zu Nik, der gerade den Arm um Clara legt. Ich frage mich, woher sich die beiden wohl kennen. Vielleicht ist er eine alte Flamme, die jetzt als Lückenbüßer herhalten muss? Also, als sehr heißer Lückenbüßer. Oder sind sie ein Paar? Nein, das kann nicht sein. Er ist bestimmt nur eine Art Antidepressivum? Claras Traubenzucker? Die Anziehungskraft zwischen den beiden lässt sich jedenfalls nicht leugnen. Aber sie können kein Paar sein. Ich meine, ich habe Clara gestern gesehen. Ich habe ihren verdammten Medizinschrank geplündert, weil ich Angst hatte, sie könnte sich womöglich etwas antun.

Das ist das Stichwort für mein Hirn, sofort wieder an den Kotzanfall meiner Handtasche zu denken, und mein Blick entwischt zurück zu Thomas. Ich spüre wieder seine Augen auf meiner Haut, den Blick, der den Tropfen folgt, die langsam meine Beine hinunterlaufen. Diese Erinnerung peitscht die Gänsehaut über meinen Körper. In Gedanken liege ich unter ihm, spüre die Schwere seines Körpers auf meinem, sein schweres Seufzen, das bis in meine Knochen vibriert, als wir endlich …

Das Einsetzen der Kirchenglocken lässt mich ertappt

zusammenzucken. Ich schaue nach unten, beobachte, wie sich die Reihen langsam leeren. Wann war das Ja-Wort? Die Luft knistert und meine Gedanken taumeln noch immer im Rausch.

Ich frage mich, ob jemals eine Kirche mehr sexuelle Spannung erlebt hat.

Ich glaube nicht.

Vero

BLONDINE AM STEUER?

Die Sonne und der eisige Novemberwind empfangen mich nach endlos scheinenden eineinhalb Stunden auf einer unfassbar unbequemen Holzbank auf dem Vorplatz der Kirche. Das Einzige, was die Zeremonie erträglich gemacht hat, war die Aussicht auf Phillip.

Ich schaue mich um und suche mehr oder weniger unauffällig nach ihm. Das Brautpaar wird von allen Seiten belagert und beglückwünscht, ein Fotograf hält den schönsten Tag des Lebens fest, eine rundliche Frau in einem cremefarbenen Kostüm trocknet sich die Tränen, fremde Menschen lächeln sich selig an. Dann entdecke ich ihn. Er steht etwas abseits und sieht phantastisch aus. Seine Augen finden meine und der Blick, der mich jetzt trifft, lässt mich kurz schlucken. Die Blondine wittert ihre Chance und übernimmt meinen Körper. Mein Herz springt aufgeregt in meiner Brust auf und ab und meine Knie fühlen sich an, als hätten sie zu viel getrunken.

Als mir bewusst wird, dass ich Phillip anstarre, zwinge ich mich dazu, woanders hinzusehen, und entdecke eine schneeweiße Kutsche. O mein Gott, das glaube ich ja nicht. Ich betrachte diesen Inbegriff an grauenhaftem Kitsch und schnaube abschätzig. Ich kann es einfach nicht fassen, dass Hannes freiwillig in so ein Ding einsteigen will. Gibt es etwas Unmännlicheres als eine Kutsche? Das ist ja fast wie eine Kastration. Er muss sie wirklich sehr lieben. Weiße Pferde, weiße Rosengestecke und ein schnauzbärtiger Kutscher mit weißem Zylinder. Ich würde mich eher erschießen. Im Ernst. Geht es noch abgedroschener?

Ich will mich gerade umdrehen und mich auf die Suche nach Clara und Hanna machen, als Phillip plötzlich neben mir steht.

»Da ist das Brautpaar dann wohl ein bisschen übers Ziel hinausgeschossen«, flüstert er und nickt in Richtung Kutsche.

»Ein bisschen?«, frage ich mit einem Augenaufschlag, der mich an die Blondine denken lässt. Nein, bitte nicht. Hau ab!

»Okay, mehr als ein bisschen«, antwortet er. »Ich finde ja, Oldtimer sind schon ziemlich abgedroschen, aber eine weiße Kutsche?« Er verkneift sich ein Lachen.

»Das ist doch alles nicht mehr zeitgemäß«, stelle ich verständnislos fest.

»Was, die Kutsche oder das Heiraten?«, fragt er amüsiert.

»Beides«, antworte ich trocken.

»Ich verstehe es ehrlich gesagt auch nicht ganz.« Das Lächeln, das er mir jetzt schenkt, läuft mir warm über den Rücken und weiter über die Arme.

»Sag mal, heißt du nun eigentlich Phil oder Phillip?«, frage ich, atme tief ein und erwische eine Brise seines sehr angenehmen Duftes.

»Nur Hannes nennt mich Phil«, antwortet er. »Alle anderen nennen mich Phillip.«

Einen Moment schweigen wir, sehen einander an, lächeln, bis ich den Kontakt breche und meinen Blick über die Hochzeitsgesellschaft schweifen lasse.

»Der schönste Tag im Leben einer Frau. Pfft!« Ich schüttle kurz den Kopf, um die Blondine zu verwirren, die schon wieder an der Fassade kratzt, aber es klappt nicht. So leicht lässt sie sich nicht abschütteln, denn ich merke, dass ich ihn schon wieder anlächle. »Das ist doch grauenhaft.«

»Na ja«, sagt er und grinst. »Man hat nicht jeden Tag die Möglichkeit, in einer weißen Kutsche herumzufahren.«

»Das ist natürlich ein Argument.« Ich muss lachen, aber die Blondine macht daraus sofort ein Kichern. Verdammt.

Er befeuchtet sich die Lippen und ich kann nicht anders, als mir vorzustellen, wie sie sich wohl anfühlen würden. Weich? Warm? Wäre sein Kuss sanft? Oder wäre er wie sein Blick? Die Stille knistert ohrenbetäubend und mir wird auf einmal schwindlig. Schnell reiße ich meinen Blick wieder von seinem Mund los. Seine Augen fragen mich, was ich gerade denke, und ich wechsle lieber schnell das Thema.

»Also, wenn du mich fragst, sind Hochzeiten nur eine öffentliche Zurschaustellung von Gefühlen. Es geht einzig und allein darum, allen zu zeigen, wie sehr man sich liebt. Wenn man weiß, was man füreinander empfindet, braucht man diesen ganzen Zirkus nicht.«

»Das dachte ich auch immer«, stellt er nüchtern fest.

»Aber?« Ich sehe ihn überrascht an.

»Was ist, wenn es gar nicht darum geht, die Gefühle zur Schau zu stellen?«

»Sondern?«, frage ich kopfschüttelnd.

»Zueinander zu stehen.« Ich versinke in diesem Blick, in diesem Blau, in dem, was dahinter liegt. »Was ist, wenn es darum geht, zu jemandem aufrichtig Ja zu sagen? Und das vor den Menschen, die einem wichtig sind?«

Ich starre ihn an, suche nach Worten, finde aber keine. Auch die Blondine ist sprachlos.

Phillip lächelt mich entschuldigend an. »Tut mir leid, vielleicht etwas viel für eine erste Unterhaltung.«

Ich schubse die Blondine zur Seite und räuspere mich.

»Nein, gar nicht, aber wenn ich ganz ehrlich bin, denke ich, den meisten Frauen geht es hauptsächlich ums Kleid.«

Phillip lacht kurz auf und ich mag das Funkeln in seinen Augen. »Für einen Tag Prinzessin?«

»Ganz genau!«, antworte ich grinsend. »Sie wollen einmal im Leben die Prinzessin sein, selbst dann, wenn sie nicht mal einen Traumprinzen haben.«

»Es gibt also auch keine Traumprinzen?« Er sieht mich belustigt an.

»O doch, die gibt es, aber die sind entweder vergeben oder uralt.«

»Touché.« Er kommt einen Schritt näher und legt seine Hand auf meinen Arm. Sein Ausdruck wird plötzlich überraschend ernst und seine Stimme zum Flüstern. »Aber kann die Realität, der Alltag, nicht zuweilen auch märchenhaft sein, wenn man den richtigen Menschen gefunden hat?«

Er ist mir plötzlich verdammt nah und mein Herz erschlägt mich fast, aber bevor ich antworten kann, tippt Hannes mich von der Seite an.

»Kommt schon, ihr beiden, ihr müsst auch mit aufs Foto.«

»Aber …«

Er nimmt meine Hand und zieht mich hinter sich her. Ich halte Phillips fragenden Blick, der meinen Puls noch immer rasen lässt. Das kann ja was werden. Wie soll ich das den Rest des Tages bitte aushalten? Es ist gerade mal kurz nach zwei.

Der Fotograf macht gefühlte vierhundert Bilder, aber das Einzige, was ich bemerke, ist *seine* Nähe. Wir stehen nebeneinander und sein Duft weht zu mir herüber. Herb, männlich, perfekt. Ob das ein Parfum ist? Oder riecht er einfach so?

Der Fotograf zeigt Mina einige Fotos und ihr glockenhelles Lachen scheint ihn zu überzeugen. Dann schreiten die Brautleute zur Kutsche und der Fotograf macht noch mehr Bilder. Die Gäste klatschen und jubeln und das Brautpaar winkt.

Das alles hat etwas von der Schlussszene von »Sinn und Sinnlichkeit«, aber es hat doch nichts mit Liebe zu tun. Na ja, wer's mag.

»Vero! Da bist du ja!« Ich schrecke zusammen. Clara und Nik kommen auf uns zu. Claras einst perfekte Hochsteckfrisur hat inzwischen etwas von einem verwaisten Vogelnest und ihr Lippenstift ist verschmiert.

»Was ist mit deinen Haaren?«, frage ich irritiert.

»Ach so, das …«

Nik grinst dreckig. Na, das war ja klar.

»Du hast da noch Lippenstift«, flüstert Phillip und zeigt neben ihren linken Mundwinkel.

»Danke.«

»Ich bin übrigens Phillip.« Er macht einen Schritt auf sie zu und streckt ihr die Hand entgegen. »Hannes' Trauzeuge.«

»Clara, freut mich.« Sie lächelt ihn an. »Und das ist Nik.«

Während Nik und Phillip sich die Hände schütteln, sucht Clara einen kleinen Spiegel aus ihrer Tasche heraus, aber Nik schüttelt nur den Kopf. Sie zögert kurz, lächelt dann aber und steckt ihn wieder weg.

»Was denn, willst du das etwa so lassen?« Meine Frage klingt wie ein Vorwurf.

»Fürs Erste«, antwortet sie und wirft Nik einen verschwörerischen Blick zu. »Wollen wir dann mal los?«

»Ist der Shuttle schon da?« Phillip blickt sich suchend um.

»Nein, aber wir waren spät dran und sind mit dem Auto direkt hergefahren.« Ich sehe ihn an und die Blondine fragt sich plötzlich wieder, wie sich seine Lippen wohl anfühlen würden. »Wir … wir hätten den Shuttle vom Hotel verpasst.«

Er sieht mich an und ich fürchte, irgendetwas an meinem Blick muss die Überlegungen der Blondine verraten haben, denn etwas in seinen Augen blitzt auf und er unterdrückt ein kleines Lächeln.

»Also? Wollen wir?«, platzt Claras Stimme in meine Gedanken.

Meine Augen reißen sich von Phillip los und schauen sie fragend an. »Wie bitte?«

»Na, wollen wir fahren?« Sie sieht mich irritiert an.

Verdammt noch mal, jetzt reiß dich zusammen, Vero. »Wenn Hanna da ist, können wir los.«

»Und wo ist sie?«, fragt Clara leicht genervt.

Ich frage mich das, ehrlich gesagt, langsam auch. »Keine Ahnung.«

»Ruf sie doch kurz an.«

»Mein Handy hat keinen Saft mehr«, antworte ich in einem mir fremden Tonfall. »Ich glaube, ich habe vergessen, es über Nacht aufzuladen.«

»Du? Etwas vergessen?«, sagt sie perplex. »Ich erkenne dich gar nicht wieder. Erst die Aktion am Telefon und jetzt das.« Gerade als ich Luft holen will, zuckt sie mit den Schultern. »Mich würde ja immer noch interessieren, was gestern Abend so wichtig war, dass du dich nicht davon losreißen konntest.«

»Clara!«, flüstere ich ernst. »Nicht jetzt.«

»Was denn?«, fragt sie gespielt unschuldig. »Was hab ich denn gesagt?«

Da kommt zum Glück Minas Trauzeuge zu uns und tippt Phillip auf die Schulter. »Komm schon, der Shuttle ist da. Wollen wir?«

Und tatsächlich, wie aus dem Nichts ist in einiger Entfernung ein großer, natürlich schneeweißer Reisebus aufgetaucht, vor dem fröhlich miteinander plaudernde Hochzeitsgäste eine kleine Menschentraube bilden.

»Wo ist denn Nathalie?«, fragt Phillip und schaut sich suchend um.

»Bin schon da«, antwortet eine zierliche Frau mit langen blonden Haaren, die sich jetzt neben Minas Trauzeugen stellt.

Gerade als Phillip uns die beiden vorstellen will, entdecke ich Hanna auf den Stufen vor der Kirche. Schnell strecke ich einen Arm in die Luft und winke ihr zu. Als sie mich entdeckt, zuckt sie plötzlich zusammen und starrt mit schreckensgeweiteten Augen zu uns herüber. Noch bevor ich verstehe, was los ist, macht sie auf dem Absatz kehrt und geht in Richtung Shuttle. Nein, sie flüchtet!

Was zum …? Ist sie etwa immer noch sauer? Also, *so* wild war das mit dem Handy jetzt auch wieder nicht! Die spinnt ja.

»Hast du das eben gesehen?«, frage ich Clara, aber bevor sie antworten kann, zieht Nik sie ruckartig an sich, sieht ihr tief in die Augen und küsst sie. Leidenschaftlich. Das Knistern zwischen den beiden kann man förmlich hören und ich blicke zu Phillip, dessen blaue Augen auf mir ruhen und mir einen weiteren warmen Schauer über den Rücken jagen. Nur mit Mühe kann ich mir ein Kichern verkneifen.

Plötzlich muss ich an Enzo denken, wische diesen Gedanken aber so weit weg wie möglich, bevor mir das schlechte Gewissen den Spaß verderben kann. Vielleicht auch, weil ich weiß, dass es allen Grund dazu hätte. Die Blondine »betrügt« Enzo jetzt also nicht nur mit einem Internetphantom, sondern auch noch mit Phillip. Also, irgendwie. Und das auch noch auf der Hochzeit meines Ex-Geliebten.

Ja, ich glaube, ich sollte mir Sorgen machen.

Clara

Von Null auf Hundert

Der Kurzschluss breitet sich aus. Mein Körper tut, was er will, und mein Hirn schaut neugierig dabei zu. Ich ziehe mich an Nik hoch, halte mich fest, halte ihn fest, spüre seinen Brustkorb an meinem, seine Arme und die Stärke, mit der er mich an sich drückt. Dieser Kuss ist nicht von dieser Welt. Wir haben die Realität verlassen, schweben im Moment.

»Matthias«, höre ich Veros nicht gerade begeisterte Stimme weit entfernt.

Niks Lippen lösen sich von meinen und die Enttäuschung sticht in meinen Bauch, als ich die Augen öffne und die Welt langsam wieder zurückkommt.

»Dann müssen Sie wohl Linda sein«, sagt Vero so dermaßen vernichtend, dass es ein warmes Lächeln auf meine Lippen zaubert. »Ich habe ja schon viel von Ihnen gehört.«

Wenn ich mir für diesen Ringkampf jemanden für meine Ecke aussuchen dürfte, wäre es Vero. Hanna ist die Richtige, um einem nach dem Kampf die Wunden zu versorgen, aber Vero hat die eisigen Blicke und die spitze Zunge. Keiner, wirklich keiner, rammt Leute verbal besser in Grund und Boden als Vero.

»Ja, ich bin Linda, Matthias' Verlobte.«

Nik zieht mich fest an sich, als würde er bei dem Wort »Verlobte« erwarten, dass ich jeden Augenblick zusammenbreche, aber dieses Mal tut alles viel weniger weh, weder das Wort noch der Ring.

Ich löse meinen Blick von Niks grün funkelnden Augen und schaue mir die hinterlistige Trägerin meines Verlobungsrings an, die mit etwas säuerlichem Gesicht neben Matthias steht. Wäre ich jetzt wirklich gerne an Lindas Stelle? Matthias' Augen sind auf mich gerichtet. Die Eifersucht brennt in seinem Blick. Als Nik anfängt, mit dem Daumen über meinen Arm zu streicheln, unterdrücke ich ein leichtes Seufzen und Matthias' Nasenflügel blähen sich auf, seine Kiefermuskeln treten hervor. Dann legt er demonstrativ den Arm um Linda und diese Geste ist so verzweifelt und durchschaubar, dass er mir einen winzigen Moment fast leidtut.

Wäre ich wirklich gerne die Frau an seiner Seite? Ich bin mir da nicht mehr ganz so sicher. Gestern dachte ich noch, mein Glück steht und fällt mit diesem Ring, mit diesem Mann. Und jetzt? Jetzt weiß ich es plötzlich nicht mehr so genau. Dafür fühlt sich Niks Daumen auf meiner Haut einfach zu gut an, dafür bin ich viel zu süchtig nach seinen Küssen, nach seiner Wärme, diesem Sex-Duft, der meine Gedanken schachmatt setzt.

Ich atme tief durch und fahre mit der Zungenspitze kurz über meine übersensiblen Lippen und schmecke noch immer den Kuss.

Als ich meinen Blick von Linda abwende und Nik ansehe, flattert mein Herz plötzlich wie ein aufgeregter Schmetterling durch meine Brust und meine Hände beginnen zu zittern. Matthias ist toll, keine Frage, aber eben nicht mehr *so* toll.

»Schatz«, höre ich Linda mit bebender Stimme. »Wir müssen wirklich los. Der Shuttle.«

Ich reiße meinen Blick von Nik los, der Linda und Matthias noch immer freundlich anlächelt, okay, vielleicht auch ein bisschen triumphierend.

»Der Shuttle«, wiederholt Matthias, ohne mich aus den Augen zu lassen. »Richtig.«

Er wirft mir einen letzten Blick zu, der mir sagt, dass das letzte Wort noch nicht gesprochen ist, dann verschwinden die beiden in Richtung Parkplatz.

»Wir sollten uns auch langsam auf den Weg machen«, sagt Phillip zu dem großen, ziemlich gut aussehenden Typen neben ihm und der zierlichen Frau, die er vorhin, glaube ich, »Nathalie« genannt hat.

»Du kannst bei uns mitfahren«, sagt Vero in einer fremden, weil unnatürlich sanften Stimme.

»Sicher? Wird das auch nicht zu eng?« Phillip scheint von der Idee sehr angetan.

»Nein, kein Problem.« Hat Vero da gerade mit den Wimpern geklimpert?

»Moment«, sage ich verständnislos. »Was ist mit Hanna?«

»Die fährt mit dem Bus.« Plötzlich verfinstert sich Veros Miene.

»Echt? Woher weißt du das?« Ich fürchte, ich bin so auf Nik und seine Küsse fixiert, dass ich nicht mehr ganz mitbekomme, was um uns herum passiert.

»Ich weiß es eben«, sagt Vero knapp.

»Aber *woher*?«

Anstatt zu antworten, schickt Vero mir einen ihrer eisigen Blitzblicke und ich verstumme. Dann wendet sie sich wieder Phillip zu und lächelt.

»Wir haben Platz.« Jetzt klimpert sie schon wieder mit den Wimpern! Habe ich was verpasst? Was ist hier los?

»Na dann, sehr gerne«, antwortet Phillip. Etwas knistert, aber ich kann nicht genau sagen, was.

»Okay, dann sehen wir uns dort«, sagt diese Nathalie jetzt fröhlich und hakt sich bei dem gutaussehenden Typen neben ihr unter. Irgendwoher kenne ich den Kerl, aber woher … Ach, stimmt. Das war der Trauzeuge von Mina, oder? O Gott, ich habe wirklich fast nichts von der Trauung mitbekommen.

Wir jagen über die Landstraße wie ein gefährliches Geschoss. Die Art, wie Phillip immer wieder Vero ansieht und wie sich Niks Nähe anfühlt, machen dieses Auto zu einer fahrenden Granate. Ja, Nik und ich sitzen schon wieder auf einer Rückbank und ich versuche mit aller Kraft, den kleinen Film von gestern in der Badewanne nicht loslaufen zu lassen. Es wäre mein Untergang.

Seine Hand ist nur ein paar Zentimeter von meiner entfernt. Sie liegt unschuldig neben meiner, aber ich kann trotzdem kaum atmen. Ist er mit jeder Klientin so? Bestimmt nicht, oder? Das zwischen uns … ist … anders. Es ist inzwischen mehr als nur ein weiterer Auftrag für ihn. Hätte er mich sonst so geküsst? Oder küsst er jede so?

Plötzlich brennt Eifersucht in meinem Bauch und ich sehe vorsichtig zu ihm hinüber, beobachte ihn, wie er aus dem Fenster sieht. Ignoriert er mich oder ist er so, weil Matthias nicht in der Nähe ist?

Bei der Fahrt zur Kirche hat mich das irgendwie noch nicht so gestört, aber jetzt ist die Stille hier im Wagen so entsetzlich laut. Wenn nicht bald jemand etwas sagt, werde ich meine Fragen einfach laut stellen und mich unendlich lächerlich machen. Ich ertrage dieses Schweigen nicht mehr, werde fast wahnsinnig mit seiner Hand so dicht bei meiner. Ich weiß inzwischen einfach zu gut, wie sie sich an meiner Wange anfühlt, wenn er sich zu mir beugt, um mich zu küssen. Ich blicke auf seine Lippen. Gott, würde ich ihn jetzt gerne küssen.

Die Luft steht unter Strom und es fühlt sich so an, als würde ein einziger Funke reichen, um sie zu entzünden.

»Was machst du eigentlich beruflich?«, fragt Phillip Vero und ich atme erleichtert aus. Gott sei Dank.

»Ich bin Investmentbankerin.« Während sie antwortet, verliert Vero die Straße keinen Moment aus den Augen.

»Oh, wow, und was genau machst du da?«

»Ich leite eine ziemlich umsatzstarke Abteilung, die sich hauptsächlich mit Investitionen im asiatischen Raum befasst.« Sie sagt es nicht ohne Stolz in der Stimme.

»Das sagt mir nichts«, antwortet er lachend.

»Ach, das ist auch nicht so wichtig.« Ein Lächeln erscheint auf ihrem Gesicht.

Nicht so wichtig? *Nichts* ist Vero wichtiger als ihre Arbeit und normalerweise geht sie total darin auf, jedem bis ins kleinste Detail davon zu erzählen. Von feindlichen Übernahmen und irgendwelchen Portfolios und Hedgefonds und Anleihen. Aber bei diesem Phillip ... Das ist nicht gut. Gar nicht gut. Wenn man diese Tatsache und die klimpernden Wimpern zusammenzählt, könnte man sich Sorgen machen. Also, nicht man, sondern Enzo.

Mein Blick fällt wieder auf Niks Hand, aber dieses Mal erwischt Nik mich beim Starren und sein kleiner Finger berührt meinen. Ein Stromschlag schießt durch meinen Körper und ich blicke ertappt auf. Das Lächeln, das sich auf seine Lippen stiehlt, lässt meine schon wieder an unsere Küsse denken und voller Vorfreude kribbeln, so als wüssten sie, dass er es gleich wieder tun wird, und plötzlich freue ich mich darauf, Matthias nachher wieder über den Weg zu laufen. O Mann, in was bin ich da bloß reingeraten?

Er beugt sich zu mir und ich bekomme einen verführerischen Schwall Nik-Duft ab.

»Du spielst das wirklich gut«, flüstert er.

Dieser Satz trifft mich wie eine Faust am Kinn, mein Magen zieht sich zusammen und meine Hände zittern, weshalb ich meine Finger lieber schnell auf meinem Schoß ineinander verschränke.

»Danke«, sage ich leise.

»Wirklich verdammt überzeugend«, fährt er fort und lächelt mich auf eine Art an, die meine Knie zu Gelee werden lässt. »Du machst es mir einfach.«

Okay. Das war die kalte Dusche. Der letzte Dolchstoß.

»Das freut mich.« Ich verknote meine Finger krampfhaft ineinander und nicke angespannt lächelnd, dann schaue ich stur nach vorne, weil ich meinen brennenden Augen nicht traue.

»Und was machst du, also beruflich?«, fragt Vero und schaltet einen Gang höher, als wir auf die Landstraße abbiegen.

»Ich bin Kurator in einem Museum in Hamburg.« Er sieht sie auf eine Weise an, die mir einen Schauer über den Rücken treibt. »Ich liebe meine Arbeit.« Bei den Worten wirft Vero ihm einen kurzen, interessierten Blick zu. »Ich denke, das ist das Wichtigste: dass man liebt, was man tut.«

»Sehe ich auch so«, antwortet Nik und Phillip dreht sich überrascht zu ihm um. »Natürlich muss man auch ein Talent haben für das, was man tut, eine Leidenschaft. Wenn man für etwas brennt, dann gibt man alles. Man bringt sich voll ein.«

Das kann ich nur bestätigen. Ich kann mir vorstellen, wie er sich einbringt. *Bildlich* sogar. Die Eifersucht wird von einem kleinen Bach zu einem reißenden Fluss und sammelt sich in meinem Magen.

Veros Blick trifft im Rückspiegel auf meinen, dann schaue ich schnell weg.

»Meine Rede!«, antwortet Phillip und nickt begeistert. »Und was machst du?«

Er vögelt fremde Frauen und lässt sich für seine Mühen fürstlich entlohnen, denke ich bitter. Immer und immer wieder. Ja, ich wette, er gibt alles, und ich wette, er weiß, was er tut.

»Ich wollte mich immer selbstständig machen, Neues ausprobieren, ungewöhnliche Wege gehen.«

So kann man es natürlich auch ausdrücken. Ich sage dazu mal lieber nichts.

»Sehr gut.« Phillip nickt verständnisvoll. »Und? Wie läuft es?«

»Ganz gut«, antwortet Nik und beugt sich ein Stück nach vorne. Okay, jetzt habe ich die Blutzirkulation in meinen Fingern komplett zum Erliegen gebracht. Sie werden schon ganz taub. »Ich glaube ja, wenn es einen Markt gibt, dann …«

»Ah, tut mir leid, wenn ich dich unterbreche«, sagt Phillip lächelnd, »Aber in welchem Bereich arbeitest du?«

Das will er doch hoffentlich nicht wirklich beantworten. Das fehlte noch!

»Hast du nicht gesagt, du machst was mit Online…Versicherungen?«, frage ich und sehe ihn alarmiert an. »Eine Kooperation mit der Allianz?«

Nik sieht zu mir rüber und sein Blick geht mir durch Mark und Bein. Ich entdecke etwas in seinen Augen, das mir die Luft abschnürt, kann aber nicht genau sagen, was.

»Mit der Allianz?«, fragt Phillip skeptisch. »Du brennst für Online-Versicherungen?«

»Ich gebe zu, es klingt nicht besonders sexy«, antwortet Nik, während er mich weiterhin ansieht. »Aber ich bin verdammt gut in dem, was ich tue.«

»Das war eben nicht böse gemeint«, sagt Phillip entschuldigend.

»Keine Sorge, so habe ich das auch nicht aufgefasst«, antwortet Nik souverän und sieht wieder zu Phillip.

Ich sitze da und fühle mich plötzlich irgendwie mies.

»Woher kennt ihr beiden euch eigentlich?«, fragt Vero und sieht uns durch den Rückspiegel an.

Was soll ich sagen? Aus dem Internet? Er ist mein

Escort? Ich bezahle ihn dafür, Matthias eifersüchtig zu machen und mich zu küssen? Ich will ihr wirklich die Wahrheit sagen, aber ich komme mir im Moment so entsetzlich albern vor, dass ich keinen Ton rausbringe.

Das war ein Fehler. Das alles. Der ganze Plan. Wieso buche ich einen Escort, zu dem ich mich dann so entsetzlich hingezogen fühle, dass ich es kaum noch in meiner eigenen Haut aushalte?

»Durch meine Arbeit.« Nik sieht einen Augenblick zu mir rüber. »Clara ist eine Kundin. Ich helfe ihr bei ihren Versicherungen.«

Autsch. Mit diesem Kinnhaken gehe ich zu Boden. Die Stimmung kippt von sexueller Hochspannung zurück zu Herzschmerz und Enttäuschung. Plötzlich erscheint mir die Fahrt des Grauens von heute Morgen beinahe angenehm.

Ich spüre Veros messerscharfen Blick und merke, wie sich meine Augen langsam mit Tränen füllen.

Während ich mit einem riesigen Kloß im Hals gegen das Brennen anblinzle, wird mir klar, dass Matthias vielleicht doch gar keine so verkehrte Wahl ist. Wir waren immer ein gutes Team und Nik war ohnehin nur mein Mittel zum Zweck.

Endlich komme ich wieder zu Sinnen.

Das wurde auch Zeit.

Also: zurück zum Ursprungsplan.

Hanna

In einem Boot, nein, Bus!

Ich weiß gar nicht genau, was ich hier mache. Ich wollte mich in der Menschentraube vor dem Shuttle eigentlich nur kurz verstecken. Ich wollte nur warten, bis die Reuters endlich verschwunden sind, und mich dann auf den Weg zu Vero und den anderen machen. Stattdessen sitze ich jetzt hier. Im Shuttle.

Ich stand eben noch draußen, umgeben von glücklichen Menschen, und plötzlich hat sich die Menge irgendwie wie ein einziger Organismus in Bewegung gesetzt und mich mit in den Bus gezogen. Das ging alles so schnell, ich konnte gar nicht richtig reagieren. Wenigstens habe ich mir, als es eh schon zu spät war, schnell einen Platz in der letzten Reihe gesucht und als sich die Türen dann geschlossen haben, dachte ich, na, dann fahre ich einfach mit dem Shuttle zum Hotel. Die anderen werden schon merken, dass ich nicht komme. Aber dann ist es passiert: Wir rollen gerade los, als ein paar Gäste weiter vorne dem Fahrer etwas zurufen und der Bus noch einmal anhält. Ich halte den Atem an und bete, dass es nicht wegen dem Ehepaar Reuter ist, das sich endlich von Vero und Clara losgerissen hat und plötzlich doch nicht mitfahren will. Als die Tür aufgeht, steigen aber zum Glück Matthias und Linda ein und ich löse mich aus meiner Schockstarre. Obwohl die beiden kein Wort sagen, ist deutlich zu sehen, dass sie gerade gestritten haben. Ihre Blicke töten sich gegenseitig und ich rutsche etwas tiefer in meinen Sitz. Sie kämpfen sich durch den schmalen Gang und finden zwei Reihen links vor mir noch zwei freie Plätze. Kurz bevor sich die Bustür wieder schließt, steigen dann noch ein paar Leute zu. Die junge Frau mit dem kreischenden Kleinkind, eine ältere Dame, dicht gefolgt von … O nein. Bitte nicht. Den Reuters. Thomas und seine Nathalie steigen lachend in den Shuttle und ich verkrieche mich noch tiefer in meinem Sitz, verstecke mich vor seinen Blicken, die nach zwei freien Sitzplätzen suchen und diese auch entdecken. In der Reihe vor mir. Ich bücke mich blitzschnell nach meiner Handtasche und bleibe so lange auf Tauchstation, bis ich sicher bin, dass die beiden sich hingesetzt haben. Als ich mich langsam wieder aufrichte, kann ich kaum atmen. Mein Brustkorb wird enger und enger. Ich will aussteigen, aber das kann ich nicht, weil ich dann an ihnen vorbeimüsste. Ich könnte rennen. Einfach aufstehen und um mein Leben rennen, aber bei meinem Glück würde ich stolpern, im hohen Bogen durch den Bus fliegen und lang ausgestreckt im Gang liegen bleiben. Und dann würde Thomas aufspringen, um nach mir zu sehen. Er würde alle Schaulustigen zur Seite schubsen und rufen: »Lassen Sie mich durch, ich bin (Zahn)Arzt!« und beim Anblick meines Gesichts würde er erschrocken einen Schritt zurückweichen. Er würde mich ansehen wie einen impulsiven Fehler und ich würde in Tränen ausbrechen. Nein, ich bleibe besser sitzen. Ich ertrage tapfer die Tatsache, dass uns nur eine Lehne voneinander trennt. Ich ignoriere das lästige Pochen in meinem Bauch und die Anspannung, die meine Eingeweide zu einem harten Klumpen verkrampft. Nathalie Reuter flüstert ihm etwas zu und wenig später lachen sie beide los. Was habe ich mir nur gedacht? Es gibt einen Grund, warum man sich nicht auf verheiratete Männer einlässt.

Ich atme tief ein, lasse das unangenehme Gefühl zu, das sich zwischen meine Rippen bohrt, und beobachte lieber Matthias und seine Linda. Es gibt Ärger im Paradies, so viel steht fest.

»Ich bitte dich«, sagt Matthias von oben herab. »Das ist doch Unsinn.«

»Ich weiß, was ich gesehen habe!«, faucht sie. »Du konntest deine Augen nicht von ihr losreißen!«

»Nicht. So. Laut«, erwidert er in einem tragenden Flüstern.

»Gib es wenigstens zu!«

Er starrt sie nur an, sagt aber kein Wort, und während sie sich ansehen, mit giftigen Mienen und verschränkten Armen, dämmert es mir: Der Ärger hat einen Namen und der lautet Clara.

Plötzlich ergibt alles Sinn. Gestern war sie noch verzweifelt, heute ist sie wie ausgewechselt und strahlend schön an der Seite eines attraktiven Unbekannten, den auch der Herrgott selbst nicht besser hinbekommen hätte. Die beiden können die Finger nicht voneinander lassen und Matthias ist rasend eifersüchtig, was Linda ihm gerade lautstark vorwirft. Kann es sein, dass …? War das der Plan? Claras Plan? Dieser Gedanke lässt mich für einen winzigen Augenblick sogar die Reuters vor mir vergessen. Ich sehe nur noch Claras verquollenen Gollum-Blick von gestern, höre ein leises »mein Schatz« und der Ausdruck in ihren Augen entlockt mir tatsächlich ein Lächeln. Clara war schon immer die durchtriebenste von uns.

»Darf ich Ihnen den Mantel abnehmen?«

Ich schäle mich hastig und ziemlich unelegant aus den zu engen Ärmeln meines Kurzmantels und reiche ihn einem jungen Mann im Anzug. Ungeduldig warte ich auf den kleinen Zettel, der mir garantiert, dass ich meinen Mantel später auch wiederbekomme, aber der junge Mann wendet sich bereits der rundlichen Frau hinter mir zu.

»Bekomme ich denn gar keine Nummer?«, frage ich etwas gehetzt.

»Sie können *meine* haben«, antwortet er grinsend.

Mir ist momentan leider nicht nach Lächeln zumute, denn jede Sekunde, die ich hier im Eingangsbereich des Luxushotels wie auf dem Präsentierteller stehe, erhöht die Chance, dass Thomas mich entdeckt.

»Ich … ähm«, stammle ich und überlege, welche Antwort mich am schnellsten aus dieser Situation befreit.

»Hanna?«, höre ich es hinter mir erstaunt fragen.

»Vero!« Gott sei Dank. Ich drehe mich schnell um.

»Da bist du ja! Wo hast du die ganze Zeit gesteckt?« Sie sieht nicht glücklich aus.

»Wann? In der Kirche?« Ich nicke dem jungen Mann an der Garderobe zum Abschied kurz zu und gehe dann mit Vero an weißen Rosengestecken entlang in Richtung Festsaal.

»Na, erst in der Kirche … und dann nimmst du den Shuttlebus, ohne uns was zu sagen!« Auf Veros Stirn bildet sich eine tiefe Zornesfalte. »Wir wollten doch zusammen fahren.«

»Ach so. Tut mir leid …« … aber ich konnte mich nicht zu Thomas und seiner Frau dazugesellen und so tun, als wäre nichts.

»Ist sonst alles in Ordnung?« Die Falte auf ihrer Stirn verliert an Tiefe.

»Wieso?«, frage ich ertappt. »Wie kommst du darauf?«

»Na ja, du bist so … komisch.«

Ich schaue mich nervös um. »Findest du?«

»Lassen wir das einfach.« Sie schnauft entnervt aus. »Suchen wir unseren Tisch, ja?«

»Klar, gerne.« Ich nicke erleichtert und folge Vero.

Als wir den Festsaal erreichen, werden wir von geschmackvoller Romantik nahezu erschlagen. Ich habe ja wirklich viel für möglich gehalten, aber nicht *das* hier. Deckenhohe Fenster, durch die die warme Nachmittagssonne scheint, geschmackvoll dekorierte runde Tische, perfekt gefaltete Stoffservietten, glänzendes Tafelsilber, aufwendige Blumengestecke in Weiß und Altrosa und ein Meer aus Kerzen. In der Luft schwebt zarter Blütenduft. Alles ist stilvoll und elegant. Das alte Parkett hat schon viele Hochzeiten gesehen und am anderen Ende des großen Saals entdecke ich eine Tanzfläche.

Vero und ich sehen uns fassungslos an. Haben wir uns im Raum geirrt? Irgendwie bekomme ich das alles nicht mit dem Hannes zusammen, mit dem wir uns eine WG geteilt haben. Der Hannes, den ich kenne, war ein Chaot, kein Romantiker. Er hat zu viel gekifft und zu wenig studiert und ich habe ihn auf Anhieb gemocht. Ihm hat die etwas runtergekommene Altbauwohnung gehört, in der wir damals alle zusammen gewohnt haben – und dort standen eher seine Hanfpflanzen als irgendwelche Rosengestecke herum. Es ist ein seltsamer Gedanke, dass ich Clara und Vero ohne ihn nie kennengelernt hätte. Ich hätte ein anderes Leben, wäre ein anderer Mensch geworden. Manchmal wüsste ich gerne, wie diese andere Hanna wäre. Oder die vielen Hannas, die ich hätte werden können. Ob die Schlampe wohl auch dabei gewesen wäre?

Ein sehr junger, sehr gut aussehender Kellner bringt uns zu unserem Tisch, der für Kaffee und Kuchen eingedeckt ist.

»Die Damen. Da wären wir.« Er lächelt. »Kann ich sonst noch etwas für Sie tun?«

Ich sehe Vero an, dass sie jeden Moment etwas Zweideutiges sagen wird und bestelle lieber schnell. »Kann ich eine Cola haben?«

»Aber natürlich und für Sie?« Er lächelt Vero verführerisch an.

»Haben Sie hier *echte* Cola?« Vero lächelt zurück, allerdings verdeckt sie damit nur ihre Laune. Ihre miese Laune. Dieses Lächeln macht mir immer ein bisschen Angst.

»Wenn Sie Coca-Cola meinen, dann ja. Natürlich.« Ah, jetzt hat der Kellner es auch gemerkt und sein Lächeln wird schlagartig unterwürfiger.

»Wunderbar. Dann will ich auch eine.«

Der Kellner sieht sie leicht nervös an. »Light oder normal?« Fehler. Großer Fehler.

»Habe ich *light* gesagt?«, fragt Vero betont ruhig.

»Zweimal Cola, bringe ich sofort.« Und schon ist der Kellner verschwunden.

Vero

REDEN – TEIL I

Hanna sieht mich ängstlich an und plötzlich tut sie mir irgendwie leid, immerhin kann sie nichts für meine Laune. Die Blondine ist schuld – und die grauenhafte zweite Hälfte der Autofahrt hierher. Das plötzlich aufziehende Gewitter auf dem Rücksitz und die Funken zwischen Phillip und mir. Zu allem Überfluss hat Clara sich irgendwann aus dem Gespräch über Selbsterfüllung im Beruf ausgeklinkt und aus dem Fenster gestarrt. Vermutlich hat sie das an Matthias' »Selbsterfüllung« mit Linda erinnert, aber warum dann die Eifersucht? Ich meine, wenn Linda wirklich die Frau für ihn ist, warum sieht er Clara dann so an? Seine Blicke haben Bände gesprochen. Ich kenne sie genau. Wenn mich ein Mann nur eine Sekunde zu lang angesehen hat, hatte Enzo auch immer dieses funkelnde Brennen in den Augen. Enzo. Mein Gott, wenn der wüsste, was ich hier treibe. Ich meine, was mache ich hier bitte? Ich flirte mit einem Mann, der offensichtlich nicht uninteressiert an mir ist. Ich habe daraufhin nur noch stur auf die Straße vor mir gestarrt – und die Blondine verflucht. Ja, Hanna ist heute komisch, aber auch nicht komischer als ich oder als Clara.

Allerdings wirkt Hanna gerade besonders mitgenommen, völlig durch den Wind. Also atme ich tief ein und lehne mich zu ihr rüber. Sie sieht wirklich so aus, als könnte sie etwas Aufheiterung und Ablenkung gebrauchen. »Kann es sein, dass die Kellner hier alle Brüder sind?«

»Was?« Sie sieht mich skeptisch an, lächelt aber ein bisschen. Sehr gut.

»Na ja, die sehen doch alle irgendwie gleich aus. Alle blonde Haare, gut aussehend, gleicher Typ, gleiche Statur – fast wie die Elben aus ›Herr der Ringe‹, nur mit kurzen Haaren und normalen Ohren.«

»Stimmt. Vielleicht arbeitet der Hochzeitsplaner mit einer Modelagentur zusammen.« Hanna überlegt kurz. »Oder mit einem Genlabor?«

»Vielleicht sind sie die Geschenke für die Gäste und jeder darf am Ende einen mit nach Hause nehmen?« Verdammt, da passe ich mal einen Augenblick lang nicht auf und schon quatscht mir die Blondine wieder dazwischen.

Hanna grinst. »Näh …«

Jetzt muss auch ich grinsen. »Ach komm, der Kellner eben war doch ganz süß.«

»Ja, und ungefähr zwölf!«

Ich lache kurz auf. »Na ja, also vierzehn war er schon, vielleicht sogar fünfzehn.«

»Okay«, gibt sie zu und seufzt. »Aber der weiß trotzdem nicht, was ich will.«

»Ja, ältere Männer sind bestimmt ein ganz anderes Kaliber.« Dass ich das gerne einmal herausfinden würde, behalte ich für mich.

Einen Augenblick schweigen wir. Wir sitzen nur da und beobachten, wie sich der Festsaal nach und nach füllt. Gut, ehrlich gesagt, halte ich nach Phillip Ausschau, der eigentlich nur kurz nach dem Brautpaar sehen wollte.

Dann bleibt mein Blick wieder an Hanna und ihrem plötzlich unendlich traurigen Gesichtsausdruck hängen. Sie sieht so alleine und zerbrechlich aus, dass es mir kurz das Herz zusammenzieht. Ich kenne diesen leeren Ausdruck in ihren Augen. Sie sieht einsam aus. Der Zusammenstoß mit Sebastian heute Morgen hat ihr vielleicht doch mehr zugesetzt, als ich gedacht habe.

»Fehlt er dir?«, frage ich nach einer Weile.

»Wer?« Sie sieht mich kurz überrascht, nein, ertappt an, doch sofort fängt sie sich wieder.

»Sebastian.« Wer denn sonst?

»Sebastian?« Sie blinzelt ein paarmal.

Ich nicke und sehe sie mitfühlend an.

»Hm. Nein«, sagt sie und schüttelt langsam den Kopf. »Eigentlich nicht.«

Nicht? »Was ist denn dann los mit dir? Geht es dir nicht gut?«, frage ich und schaue sie an. »Du bist heute irgendwie so … so seltsam.«

Anstatt zu antworten, sieht sie mich nur eigenartig an. Kurz scheint sie mit sich zu ringen, doch dann wird ihr Blick überraschend hart. »Wo wir gerade beim Thema ›seltsam‹ sind. Was war das eigentlich vorhin im Auto?«

Ich schnappe nach Luft. »Wieso? Hat Clara etwas gesagt?«

»Clara?«, fragt sie verständnislos. »Warum Clara? Wovon redest du?«

Von meinem blöden Flirt mit dem Trauzeugen! »Von nichts. Und du?«

»Na, von dem Handyzwischenfall.«

Stimmt. »Ach, das«, sage ich und setze schnell ein falsches Lächeln auf, was Hanna natürlich sofort erkennt und eine Augenbraue hochzieht.

»Ja, das.«

»Da habe ich total überreagiert. Tut mir ehrlich leid.«

»Aha. Und?« Sie weiß, dass da noch was kommt.

»Nichts und.« Ich denke einen Augenblick an mein totes Handy und die vermutlich letzte Nachricht von PW 42, die noch auf mich wartet. Bei dem Gedanken spüre ich einen kleinen Stich irgendwo in meiner Herzgegend.

»Veronika Klein. Entweder du sagst mir jetzt, was das war, oder …«

»Oder was?« Ich sehe sie an und schweige.

Sie hält es nicht lange aus. »Ach, komm schon, sag es mir einfach.«

Vielleicht wäre es wirklich langsam an der Zeit, mit jemandem darüber zu sprechen. Vielleicht kann Hanna mir bestätigen, dass das alles nicht so wild ist, dass es ganz normal ist, wenn man heiße Internetbekanntschaften hat und sich ein bisschen in den Trauzeugen verknallt, mit dem man sich auf Anhieb besser versteht als mit dem eigenen Freund. Okay, das klingt schlimm. Aber wenn ich mit jemandem darüber sprechen kann, dann mit Hanna. Außerdem hat sie eine Erklärung verdient.

»Wenn ich es dir sage, musst du versprechen, *kein* Wort darüber zu verlieren.«

Sie nickt.

»Ich meine es ernst, Hanna, kein einziges Wort. Zu niemandem. Du nimmst es zur Not mit ins Grab. Verstanden?«

»Okay«, antwortet sie ernst.

Gerade als ich anfangen will, ihr mein dreckiges Geheimnis zu verraten, erscheint Phillip wie aus dem Nichts an unserem Tisch.

»Hallo, Vero.« Er strahlt mich an. »Da bist du ja.«

Ich wende mich ihm zu. »Ah, hallo.« Sein Lächeln ist wie ein Kommando für mein Herz. Es stolpert gegen meine Rippen und lässt die Blondine frei.

Dann bemerkt er Hanna. »Oh, bitte entschuldigen Sie, ich wollte Ihre Unterhaltung nicht stören.« Die Art, wie er Hanna ansieht, lässt mich schneller atmen. In seinem Blick schimmert etwas, das mich ärgert. Gefällt sie ihm? Vielleicht sogar besser als ich? Mein Gott, was denke ich denn da?

»Sie stören nicht«, antwortet Hanna und lächelt.

Ich weiß, dass sie es tut, weil sie höflich sein will, ihr natürlicher Lolita-Augenaufschlag nervt mich aber trotzdem, als sie ihm die Hand entgegenstreckt und er sie in seine nimmt. Beide sehen mich kurz fragend an. Huch, jetzt kommt mein Part.

»Phillip, das ist Hanna Bischof, Hanna, das ist Phillip.« Ich schaue ihn hilfesuchend an.

»Wendt«, sagt er und lächelt. »Freut mich.«

Da höre ich freudig gerufene Glückwünsche und sehe, wie das Brautpaar sich den Weg zu seinem Tisch bahnt. Im Schlepptau Minas Trauzeuge und die zierliche blonde Frau, Nathalie hieß sie, glaube ich.

Da zieht Hanna plötzlich blitzschnell ihre Hand weg und verschwindet unter dem Tisch.

»Ist alles okay?«, frage ich sie leise und sehe Phillip entschuldigend an, der mir leicht irritiert signalisiert, dass er jetzt an seinen Tisch bei Braut und Bräutigam gehen muss.

»Alles gut!«, antwortet Hanna, während sie noch immer mit dem Oberkörper komplett unter den Tisch abgetaucht ist.

»Was machst du da unten?« Wunderbar, jetzt spreche ich mit der Tischplatte.

»Mir ist nur was runtergefallen.« Ich höre die Angst in ihrer Stimme.

»Und was?« Da sie offensichtlich nicht vorhat, in nächster Zeit wieder aufzutauchen, tauche ich ebenfalls unter und blicke in Hannas panisch geweitete Augen.

»Ist doch egal«, zischt sie gereizt.

»Na, ich wollte dir beim Suchen helfen«, antworte ich verständnislos.

Da klettert sie plötzlich unter dem Tisch hervor, setzt sich auf einen anderen Stuhl, mir direkt gegenüber, und tauscht die Namensschildchen aus.

»Okay.« Ich richte mich auf und sehe sie skeptisch an. »Was ist los?«

»Nichts.« Sie sitzt angestrengt da. Mit dem Rücken zum Brautpaar.

»Und was ist dann verkehrt an deinem Stuhl?« Ich zeige auf den, auf dem sie wenige Augenblicke zuvor noch gesessen hat.

»Der wackelt.«

»Blödsinn. Irgendwas stimmt doch nicht mit dir«, sage ich und setze mich auf den Stuhl neben sie. »Was. Ist. Los?«

Sie weicht meinem Blick aus und zuckt mit den Schultern. »Gar nichts.«

»Gar nichts.« Ich muss grinsen. »Hanna, du bist die schlechteste Lügnerin, die ich kenne.«

»Ich fand mich eigentlich ganz überzeugend«, sagt sie. »Was hat mich verraten?«

»Deine Augen.« Ich reiße meine panisch auf, um Hannas Gesichtsausdruck von eben nachzumachen, aber sie reagiert nicht. Nicht einmal mit einem Lächeln. Das bedeutet, es ist ernst. »Also?«

»Mensch, da seid ihr ja!«, platzt Clara zu uns an den Tisch. Nik hat seinen Arm um sie gelegt, und so, wie sie zusammen aussehen, würden Paparazzi sogar David und Victoria Beckham links liegen lassen. Sie sinken auf die beiden Stühle neben Hanna.

»Was ist los?« Clara sieht uns beide gespannt an. »Ihr schaut so ernst.«

Hanna und ich sitzen da und bekommen kein Wort raus, da erscheint wie aus dem Nichts der fünfzehnjährige Kellner an unserem Tisch und stellt vor Hanna und mir jeweils ein Glas Cola ab. Ich nehme schnell einen großen Schluck. Eiskalt und leicht zitronig. Der Zucker ist wie eine Adrenalinspritze für mein Hirn.

Dann stellt der junge Elbenkellner sechs Kristallkelche vor uns, schenkt Champagner ein und sieht Nik, den einzigen Mann am Tisch, freundlich an. »Für den Toast nach der ersten Rede.«

»Ah, danke. Sagen Sie, haben Sie vielleicht einen Stift?« Nik lächelt den Kellner an, der ihm sofort seinen Kugelschreiber überlässt.

»Danke.« Nik nimmt Claras Hand und streift mit dem Daumen über ihre Finger, während er mit seiner freien Hand etwas auf das Tischkärtchen vor ihm kritzelt. Linkshänder. Ich weiß echt nicht, warum, aber ich mag Linkshänder.

»Was für eine Überraschung.« Wir schauen alle hoch und da steht er: Matthias mit seinem Beiwerk. »So sieht man sich wieder.«

Wir schauen die beiden an, aber schweigen eisern. Was will er noch hier? Als er Claras Ring einer anderen gegeben hat, hat er seinen Platz bei uns verloren. Er war Claras Freund, der Mann an ihrer Seite, jetzt ist er der Mann, der sie betrogen hat, und für uns damit gestorben, ohne wirklich tot zu sein.

»Ich will wirklich nicht stören, aber …«

»Sie stören nicht«, sagt Nik und lächelt ein eindeutiges Gewinnerlächeln, ein eindeutiges »Diese Frau gehört jetzt zu mir«-Lächeln, dieses »Du hast es versaut«-Lächeln. Gott, er ist gut, richtig gut – und überdurchschnittlich gut aussehend. Matthias ist gegen ihn so blass, farblos, ja, fast fad. Und das fand ich bisher nie, auch wenn Matthias nie mein Typ war.

Clara schaut ihn von unten an – mit einem Augenaufschlag, der sogar mich umhaut. Der Blick in ihren verführerischen Rehaugen ist herzzerreißend. Es würde mich nicht wundern, wenn Matthias jeden Augenblick in Tränen ausbrechen und vor ihr auf die Knie fallen würde.

Stattdessen räuspert er sich. »Ich wollte nur kurz mein Tischkärtchen holen.«

»Ihr Tischkärtchen?«, fragt Nik grinsend.

»Ja, *mein* Tischkärtchen.« Matthias will Nik mit seinem Blick offensichtlich töten.

»Das scheint Ihnen viel zu bedeuten«, stellt Nik amüsiert fest.

»Bitte?«, fragt Matthias sichtlich überrascht.

»Na, das Tischkärtchen.«

Matthias beugt sich etwas vor und schnappt sich das Kärtchen, auf dem in verschnörkelter, kitschiger Schrift sein Name gedruckt ist.

»Oh, das tut mir schrecklich leid! Ich habe eben meinen Namen auf die Rückseite geschrieben.« Nik zuckt entschuldigend mit den Schultern. »Ich bin davon ausgegangen, dass ich es haben kann, jetzt wo Sie nicht hier am Tisch sitzen.«

»Sie haben was?« Matthias dreht das Kärtchen um und schaut es verständnislos an.

»Ich konnte ja nicht ahnen, dass Sie sich das Kärtchen extra holen. Wenn ich gewusst hätte, dass Ihnen so viel daran liegt, hätte ich das natürlich nicht getan. Tut mir leid.«

»Natürlich hole ich mein Tischkärtchen. Immerhin steht da mein Name drauf.« Er wirft Clara einen kurzen Blick zu.

»Okay.« Nik betrachtet das Tischkärtchen, das Matthias inzwischen beinahe umklammert. »Haben Sie denn schon einen neuen, eigenen Sitzplatz oder wollen Sie jetzt doch lieber wieder meinen? Wo schon Ihr Name so schön auf dem Kärtchen steht.«

»Sehr lustig«, sagt Matthias und atmet tief ein. »Nein, mein guter Freund Hannes, der Bräutigam, hat sicherlich schon dafür gesorgt, dass Linda und ich eigene Plätze haben. Behalten Sie Ihren.«

»Kann ich dann die Tischkarte zurückhaben?«

»Was?« Matthias hält das Kärtchen plötzlich an seine Brust.

»Hannes hat sicherlich auch dafür gesorgt, dass an Ihrem neuen Platz das passende Kärtchen auf Sie wartet. Sie haben da sicher eine neue – also – Tischkarte.« Nik hält ihm die Hand entgegen.

Matthias zerreißt die Tischkarte. »Problem gelöst.«

Fünf Augenpaare sehen Matthias entsetzt an. Das hat er gerade nicht wirklich getan.

Nur Nik scheint sich köstlich zu amüsieren. »Sie sind wütend.«

»Das bin ich *nicht*!« Das ist er *schon*.

»Ich denke doch.« Nik steht langsam auf. »Ich wollte Sie wirklich nicht verärgern, und ich würde Ihnen meinen Platz auch gerne anbieten, aber Sie sind ja jetzt zu zweit, und für Ihre Freundin wäre dann kein Platz mehr.«

»Verlobte«, zischt Linda giftig und greift schnell nach dem Ring an ihrem Finger, beinahe so, als wolle sie prüfen, ob er noch da ist.

»Ich bin *nicht* verärgert!« Matthias' Stimme vibriert. Seine Nasenflügel blähen sich, seine Hände ballen sich zu Fäusten. Die Luft knistert und Nik lächelt.

Ich kenne Matthias seit ein paar Jahren, aber ich habe ihn noch *nie* wütend erlebt. Nicht einmal, als Hannes ihm damals in den funkelnagelneuen Jaguar gekotzt hat. Klar war er da sicherlich wütend, aber man hat es nicht *gesehen*. Er hat immer den Schein gewahrt. Matthias ist eigen und überheblich, ja, aber wütend ist er nie. Dafür ist er viel zu kultiviert.

Doch in diesem Augenblick ist er wütend. Mein Blick fällt auf seine Schlagader, die angespannt in seinem Hals pulsiert. Oder eifersüchtig?

Nik lächelt noch immer. »Tischkarten werden ohnehin überbewertet. Ich wollte Ihnen nicht zu nahe treten.«

Ich sehe, dass Matthias ihm jeden Augenblick ans Schienbein treten oder ihm den Kiefer brechen will, doch es passiert nichts.

»Ich bitte Sie! Wer sind Sie schon? Sie sind *unwichtig*. Clara tröstet sich doch nur mit Ihnen.«

Clara steht auf. »Matthias, hör auf!«

»Du kannst mir nicht erzählen, dass es nicht so ist. Man kann doch mehrere Jahre nicht einfach so über Nacht auslöschen.«

Das ist der Satz, bei dem Linda ihm den Rücken kehrt und unseren Tisch verlässt. Ich kann es ihr nicht einmal verdenken. Ich finde, sie hat sowieso lange durchgehalten.

»Habe ich hier irgendwas verpasst?«, fragt Nik, legt seinen Arm um Claras schmale Taille und zieht sie zu sich. »Ich dachte, es geht hier um Tischkärtchen.«

Ich sehe kalte Mordgelüste in Matthias' Blick aufsteigen.

Kling, kling, kling, kling, kling.

Ich zucke zusammen. Matthias schluckt sein aufmüpfiges Ich hinunter und verschließt es wieder luftdicht hinter einer Fassade aus gutem Aussehen. Er nickt Hanna und mir höflich zu, dann geht er mit langen energischen Schritten zu Linda, die sich an einen der Nebentische gesetzt hat.

Mein Gott, ich war auf vielen Hochzeiten, und ja, ich erwarte Dramen, aber die Spannungen auf dieser hier übertreffen alles.

Kling, kling, kling, kling, kling.

Richtig. Die Rede. Alle Gäste wenden sich dem Tisch mit den Trauzeugen zu. Alle, mit Ausnahme von Hanna. Die starrt stur auf ihre Knie. An ihrem autistischen Blick erkenne ich, dass es im Augenblick keinen Sinn macht, mit ihr zu sprechen, also schenke ich meine volle Aufmerksamkeit dem Redner – Minas Trauzeuge, der mit einem Champagnerglas in der Hand dasteht.

Clara

Reden – Teil 2

»Für die unter Ihnen, die mich nicht kennen: Ich bin Minas Bruder und Trauzeuge und auf beides mächtig stolz.« Er strahlt und ich weiß nicht, was mich mehr berührt, das, was er sagt, oder die Art, wie er es tut. »Hannes' Trauzeuge und ich dachten, es wäre sinnvoll, wenn wir das mit den Reden häppchenweise machen, als verbalen Aperitif vor dem Kaffee und vor dem großen Abendessen. Dann müssen Sie nicht so lange auf den Kuchen und das Abendessen warten und Phillip hat noch ein bisschen Zeit, seine Rede zu üben.« Er wirft Phillip einen schelmischen Blick zu und einige Gäste lachen. »Kurz und gut: Bevor gleich die Hochzeitstorte angeschnitten wird, sage also ich ein paar Takte, und Phillip ist dann kurz vor dem Abendessen dran.« Er greift nach seinem Champagnerkelch. »So und nun endlich zu dir, liebe Mina …« Er sieht zu seiner Schwester und das Lächeln, das er ihr schenkt, ist herzerwärmend. »Als Mina mir gesagt hat, dass sie heiraten will, habe ich erst gedacht, sie macht einen Scherz.« Wieder lachen ein paar Gäste. »Ich meine, jeder, der sie kennt, weiß, dass sie es mit keinem lange ausgehalten hat. Keine Angst, Hannes, so viele waren es nicht.« Mina gibt ihm einen gespielt beleidigten Klaps auf den Arm. »Nein, es waren wirklich nicht viele. Mina war immer sehr wählerisch. Wählerisch und unabhängig. Sie wollte immer ihren eigenen Weg gehen und der hat sie zum Glück zu dir geführt, Hannes. Nachdem ich dich besser kennengelernt habe, weiß ich jetzt, dass Mina ihren Weg mit dir zusammen gehen kann.« Er hebt anerkennend sein Glas in Richtung Hannes, der ihn angrinst und nickt. »Ich will mich nicht als Experte in Liebesdingen aufspielen, aber ich denke, ich weiß, wenn ich wahre Liebe sehe. Die Art von Liebe, die einen gemeinsam stark sein und Hindernisse überwinden lässt und für die ›in guten wie in schlechten Zeiten‹ nicht nur Worthülsen sind. Die Art von Liebe, die Raum für Träume *und* die Realität lässt und zwei eigenständige Menschen zulässt, die dennoch eine Einheit bilden.«

Mein Blick schweift zu Matthias ein paar Tische weiter, der seinen Arm um Linda gelegt hat wie um einen Fremdkörper. Hatte ich mit ihm je, was Hannes und Mina haben? Waren wir jemals so? Zwei Individuen, die eine Einheit bilden? Ich weiß es nicht. Vielleicht.

Linda beobachtet mich und spielt auffällig mit dem Ring an ihrem Finger. Man sieht ihr an, wie wütend sie ist. Hat sie ein Recht dazu? Ich meine, immerhin hat sie *mir* den Mann ausgespannt … und seltsamerweise tut dieser Gedanke nicht mehr weh. Hat er wirklich mein Herz gebrochen oder nur meinen Stolz verletzt? Vor ein paar Stunden wusste ich es noch. Oder zumindest dachte ich es, aber wenn ich mir Matthias jetzt so ansehe, aus der Distanz, spüre ich eigentlich nur noch Enttäuschung darüber, dass er mich hintergangen hat, und Ernüchterung, weil ich ihm blind vertraut habe. Aber der brennende Schmerz und die Leere haben aufgehört – und das hat, fürchte ich, nichts mit Matthias zu tun. Wenn er mir wirklich das Herz gebrochen hätte, wie könnte es dann für einen anderen so schnell schlagen?

»Mina, ich weiß, dass du meine kleine Schwester bist, aber trotzdem bist du immer schon vorausgegangen und ich bin dir gefolgt und das würde ich immer und *für* immer, weil ich deinen Instinkten und Impulsen viel mehr traue als meinen eigenen.«

Hanna entweicht plötzlich ein abschätziges »Pfft!« und sie schüttelt den Kopf, was außer mir und Vero zum Glück keiner bemerkt.

»Nun hast du jemanden, der dir immer die Schulter zum Anlehnen geben wird, die Liebe und die Sicherheit. Jemanden, der dich versteht und weiß, dass man dich nicht besitzen kann. Jemanden, der das auch noch an dir liebt. Jemanden, der dich sieht, dich und das, was du brauchst. Endlich hast du genau den Menschen gefunden, den ich mir immer für dich gewünscht habe. Jemanden, der es in jeder Hinsicht ehrlich mit dir meint und dich verdient.«

Er macht eine kleine Pause und Hanna verzieht schon wieder das Gesicht. Es sieht fast aus, als hätte sie Schmerzen.

»Wären unsere Eltern heute hier, wären sie bestimmt stolz auf dich. Unsere Mutter würde dich in diesem Augenblick ansehen und nicken. Sie würde sich die Augen trocknen und bei diesem Kommentar würde sie verlegen lächeln.« Gerührte Blicke, verständnisvolles Nicken. »Ich bin jedenfalls unheimlich stolz auf dich, auch wenn das nicht dasselbe ist.« Das Lächeln, das er ihr schenkt, ist so aufrichtig, dass es mir warm über den Rücken läuft. »Ich liebe dich und das werde ich immer tun, und jetzt hast du einen weiteren Menschen, der dich liebt und alles für dich tun würde, und dafür bin ich dankbar.«

Wann hat Matthias aufgehört, mich zu lieben? Und wann habe ich aufgehört, ihn zu lieben? Und warum habe ich es nicht bemerkt?

»Wir lassen nicht jeden in unsere sehr kleine Familie. Bitte hebt also eure Gläser auf meine Schwester Mina und ihren Mann Hannes – unser neuestes Familienmitglied. Auf die Liebe!«

Alle heben ihre Gläser und trinken auf die Liebe. Ich stoße mit Nik an, sein schiefes Lächeln dringt tief in mich ein und mein Herz wird plötzlich ganz warm und weich.

Nik beugt sich zu mir und zieht mich an sich. In seinem Gesicht funkeln Gedanken, die mein Herz flattern lassen wie einen Vogel in einem viel zu kleinen Käfig. Dieses aufgeregte Flattern und warme Kribbeln, das sich als Gänsehaut auf meinen Körper legt, ist kein Gefühlschaos. Es ist eindeutig. Die Welt um mich herum zieht sich zurück, verstummt, als wäre ich plötzlich unter Wasser, während mich die Erkenntnis trifft, wie eine Welle, die sich tosend an Land geworfen hat, um mich dann klammheimlich mit sich in die Tiefe zu reißen. Egal, was das zwischen uns ist, und egal, was morgen kommt, ich werde ihn einfach genießen, solange ich kann.

Meine Augen suchen instinktiv seinen Mund, diese Lippen, die meinen Verstand lahmlegen und die ich schon viel zu lange nicht mehr gespürt habe, und dann tut Nik, was ich wieder nur denke. Er kommt noch näher und sein Atem trifft warm meine Haut. Ich spüre seine weichen Lippen an meiner Schläfe, rieche seinen Duft, Funken springen zwischen uns hin und her, sie entladen sich. Mein Herzschlag vibriert mir bis in den Kopf, mein Atem wird flach. Als seine Lippen zart über meine Wange streichen, bis sie endlich meine berühren, fallen meine Augen zu. Ich spüre seine Hände, die mich auf seinen Schoß ziehen, seine Arme, die mich umschließen, sein Herz, das gegen meines schlägt, als würden sie sich flüsternd unterhalten. Niks Zungenspitze öffnet meine Lippen und etwas ganz tief in meinem Inneren seufzt erleichtert auf. Meine Finger vergraben sich in seinem Haar und ich verliere mich in diesem Kuss. In den Gefühlen, die mich beinahe sprengen. Ich ertrinke in diesem Moment und ich bilde mir ein, *Liebe* zu schmecken. Vollkommen und bedingungslos. Ich kann ihn nicht *nicht* küssen. Ich kann nicht damit aufhören, auch wenn ich mich nie traue anzufangen. Der begeisterte Applaus der Gäste flutet den Saal. Seine Zunge spielt mit meiner und das dumpfe Pochen tief in meinem Bauch hallt durch meinen Körper. Ich spüre nichts außer dem Wunsch, dass er niemals damit aufhört – als er unvermittelt aufhört.

»Was ist?«, frage ich atemlos.

»Perfekt.« Er lächelt mich an.

»Ja.« Ich lächle zurück.

»Er hat eben wütend den Saal verlassen. Der kommt schneller zu dir zurück, als du denkst.«

»Oh.« So fühlt es sich also an, wenn man unter einer plötzlich einsetzenden kalten Dusche eine Faust in den Magen gerammt bekommt.

»Er hat zu uns rübergesehen. Da dachte ich, wir bieten ihm eine kleine Show.«

»Richtig«, antworte ich und greife schnell nach meinem Champagner.

»Geht es dir gut?«, fragt er und sein Lächeln verschwindet.

Ähm. Nein? »Sicher«, flüstere ich.

Wie kann er mich so küssen und es dann »Show« nennen?

Und wie kann es sich so überzeugend anfühlen, wenn es eine ist?

Hanna

VERDIEN-MEIN-NICHT

Der Kellner will gerade die Champagnerkelche abräumen, als ich meinen noch schnell zu fassen bekomme und den kleinen Rest in einem Zug austrinke. Er lächelt, als wüsste er, was ich hier durchmache, als wären wir Verbündete, aber das sind wir nicht. Ich bin gefangen in meiner persönlichen Hölle. Auf einer Hochzeit mit den Reuters, genauer gesagt, mit Thomas Reuter, dem Mann, der mich gestern in eine neue Realität gestoßen hat.

Ich atme tief ein und beobachte still und heimlich den Saal, also vor allem Thomas, als Vero plötzlich aufsteht und mich fragend ansieht. »Ja oder nein?«

»Was?«, frage ich ertappt.

»Sag mal, hört mir denn hier niemand mehr zu?« Sie wirft einen kurzen Blick zu Clara, die inzwischen auf Niks Schoß sitzt und ihn ansieht, als wäre sie vom Blitz getroffen worden.

»Tut mir leid, was wolltest du wissen?« Ich sehe Vero jetzt extra-konzentriert an.

Sie seufzt. »Ich habe dich gefragt, ob du auch ein Stück möchtest.« Sie zeigt auf einen mehrstöckigen Sahneberg am anderen Ende des Saals. »Hannes und Mina schneiden gleich die Hochzeitstorte an.«

»Ach so«, antworte ich und zwinge mich zu einem Lächeln, das Vero natürlich nicht überzeugt. »Nein danke.«

»Ich bin am Verhungern. Du etwa nicht?«

»Nein, nicht wirklich.« Mir ist eigentlich eher schlecht.

»Also, ich hole mir schnell ein Stück, okay?« Sie durchleuchtet mich. »Bin gleich wieder da.«

Wie aus dem Nichts bildet sich eine Menschentraube um das Brautpaar. Während die Gäste geduldig warten, bis die überdimensionale Torte angeschnitten wird, stellen die Elbenkellner bauchige weiße Porzellankannen auf den Tischen ab. Ein wohliger Geruch liegt auf einmal in der Luft.

Während meine Nase im warmen Kaffeeduft ertrinkt, wandern meine Augen zurück zu Clara, die gerade langsam aufsteht und irgendwie neben der Spur wirkt. Sie sieht fast ein bisschen fiebrig aus mit ihren hochroten Wangen und den glasigen Augen. Am Ende hat ihr die Rede so zugesetzt. Natürlich ist das Letzte, was Clara im Moment hören will, ein Loblied auf die ewige Liebe. Dabei war sie eine Farce, vorgetragen vom fremdgehenden Heuchler Thomas Reuter. Ich kotze gleich.

Zum Glück steht Nik auch auf und nimmt sie liebevoll in den Arm. Egal, wo sie ihn herhat, und egal, warum er heute hier ist, ich bin im Moment wirklich froh, *dass* er es ist.

Ich sitze da, atme Kaffeeduft und sehe, wie sich Vero am anderen Ende des Saals schon wieder mit Phillip unterhält. Der glückliche Ausdruck in ihren Augen lässt mich tatsächlich kurz lächeln. Moment. Hat sie da gerade mit den Wimpern geklimpert? Nee… Doch! Da! Schon wieder. Bei der Erkenntnis fällt mir das Lächeln wieder aus dem Gesicht. Flirtet sie etwa schon wieder mit ihm? Offensichtlich – und er flirtet zurück. Die beiden sehen aus, als würden sie jeden Moment loskichern oder losknutschen.

Als sich dann auch noch die grauenhaft glücklichen Reuters mit kleinen Tellern und Kuchengabeln danebenstellen, ist es so, als hätte es nie ein Lächeln auf meinem

Gesicht gegeben und meine Augenbrauen schieben sich missmutig zusammen. Ich hasse die Reuters! Wie sie schon dastehen: lächelnd, nein, strahlend! Während sie ganz gerührt dabei zusehen, wie die Braut die Torte anschneidet und dem Bräutigam ein Stück Kuchen in den Mund schiebt, begeht meine letzte Hoffnung Selbstmord. Wahrscheinlich erinnern sie sich gerade an ihren »Tortenmoment« auf ihrer Hochzeit. Ich hasse Thomas. Dieser verdammte Heuchler, dieser miese Betrüger, dieser hinterhältige Lügner, dieser … begnadete Liebhaber. Was?!

Als Thomas sich plötzlich unvermittelt umdreht und in meine Richtung blickt, verschwinde ich spontan kopfüber in meiner Handtasche und hoffe, dass er mich nicht gesehen hat. Und was entdecke ich da? Zwischen Tampons, meinem Schminkbeutel und dem Lippenbalsam? Eine Packung Alibi-Ibuprofen. Die habe ich heute Morgen gekauft, für den Fall, dass Clara oder Vero meine Geschichte überprüfen wollen, also, meine Lügengeschichte, die verheimlichen sollte, dass ich einer Apothekerin über Schwangerschaften und Geschlechtskrankheiten panische Löcher in den Bauch gefragt habe. O Gott, die Geschlechtskrankheiten! Die habe ich ja ganz vergessen. Plötzlich sehe ich mich wieder blass und abgemagert in einem Krankenhausbett sterben. Ich hasse mein Leben – und ich hasse diese Tasche. Die ist sowieso an allem schuld. Sie und Claras blöde Selbstmord-Medikamente.

Mit einem schicksalsergebenen Seufzen tauche ich wieder auf. Ernüchtert. Meine Augen finden sofort wieder zu Thomas und seiner Frau. Wie konnte ich das nur tun? Wie konnte *er* das nur tun? War es nur ein Impuls? Eine Art tierischer Reflex? Oder die Regel? Bei der geringen Hemmschwelle liegt die Vermutung nahe, dass ich nicht die Erste bin, die er spontan in die Ekstase katapultiert hat. Aber wie kann er bitte so eine Rede halten, wenn er erst gestern seine eigene große Liebe betrogen hat? Mit mir – und es war wunderbar, das Beste, was mir seit langer Zeit passiert ist. Vielleicht sogar jemals. Ich hasse mich dafür, dass mein Herz beim bloßen Gedanken an den One-Evening-Stand aus dem Takt gerät. Es stolpert aufgeregt gegen meine Rippen.

Da spüre ich die Tränen. Ihre Vorboten sind bereits da: der trockene Hals und der dicke Kloß. Ich schlucke mehrmals, während sich meine Sicht trübt und ein feuchter Film sich wie ein Weichzeichner auf das Elend legt, das sich vor mir abspielt.

Ich schaue mich um. So als würde ich nach dem Gestern suchen oder vielleicht auch nach der alten Panik-Hanna. Die war zwar langweilig und wusste nicht so wirklich, was »sich gehen lassen« bedeutet, aber sie war wenigstens halbwegs vernünftig und verantwortungsbewusst. Nicht so wie die neue Hanna, die mit der Schlampe befreundet ist und sich Hals über Kopf in ihren verheirateten Nachbarn verknallt und mit ihm schläft, ohne auch nur eine Sekunde darüber nachzudenken, ohne ordentlich zu verhüten, ohne mit der Wimper zu zucken! Die Schlampe ist ein Miststück.

Ich höre Thomas lachen, weit weg und doch deutlich hörbar, und dieses Lachen gibt mir den Rest. Was mache ich noch hier? Ich sollte einfach gehen, in mein Hotelzimmer verschwinden oder noch besser gleich nach Hause. Es ist kurz nach vier Uhr. Da fahren sicherlich noch Züge nach München. Oder? Wird mich jemand vermissen? Ich bezweifle es. Würden Vero und Clara es überhaupt merken? Womöglich. Wären sie sauer? Wahrscheinlich. Außerdem müsste ich ihnen eine Erklärung liefern.

Meine Augen folgen dem Lachen und entdecken Thomas. Keine Ahnung, was ich machen soll. Ich weiß nur, dass ich den Anblick von Herrn und Frau Reuter nicht mehr lange ertrage. Meine Tränen liegen inzwischen dick und schwer auf meinen Wimpern, so als würden sie sich vor dem Fall fürchten. Auch sie können sich offenbar nicht entscheiden. Als ich endlich blinzle, schwappt eine von ihnen über und läuft heiß meine Wange hinunter, während meine Brust sich bei Thomas' Anblick immer enger zusammenzieht.

Schnell sehe ich woanders hin und meine brennenden Augen entdecken Vero und Phillip, die sich noch immer lachend unterhalten und fröhlich ihre Torte essen. Wenn ich es nicht besser wüsste, würde ich in der Art, wie Vero und er einander ansehen, etwas beinahe Intimes vermuten. Spinnt sie jetzt komplett? Ein kleiner Flirt ist ja okay, aber das hier … Wenn Enzo sie so sehen würde, würde er ausrasten. Er würde diesen Phillip mit einem gezielten Schlag auf die Bretter schicken. Wenn das mal reicht.

Dann plötzlich ertönt ein Geräusch, das mich aufschrecken lässt. Ein schriller Klingelton reißt mich aus meinem Selbstmitleid und ich brauche einen Augenblick, um zu begreifen, dass dieses grauenhafte Geräusch wirklich zu mir gehört. Natürlich kommt es aus meiner Tasche. Panisch fahre ich mit den Fingern durch ihre schier unendlichen Weiten und versuche, es zu finden. Das Klingeln wird lauter und lauter. Ich spüre die ersten Blicke auf mir. O nein. Bis vor ein paar Sekunden war ich noch unsichtbar. Ich war eben da, wie die Tische und die Stühle, und jetzt sitze ich plötzlich im Scheinwerferlicht – und kann mein dämliches Handy nicht finden.

Ich gebe die Suche auf, packe meine laut vor sich hin klingelnde Tasche, springe hoch, renne durch den Festsaal, weiter durch die Hotellobby in Richtung zum Ausgang. Da bekomme ich endlich mein Handy zu fassen und reiße die Tür auf.

Die eiskalte Novemberluft trifft mich wie eine Wand

und das, was ich da auf dem Display entdecke, lässt mich kurz stolpern. Was zum … Nein, das kann nicht sein. Der Anblick dieser Handynummer erstaunt mich dermaßen, dass eine weitere einzelne Träne vor Schreck aus meinem Auge fällt. Sie stolpert über meine Wimpern und kullert dick und heiß meine Wange hinunter.

Manchmal habe ich wirklich das Gefühl, das Leben hat ein Problem mit mir. Ich wüsste gerne, was ich ihm getan habe. Es ist immer zu spät dran. Monatelang hätte ich *alles* für diesen Anruf gegeben.

Ich seufze, schlucke laut an meinem Kloß vorbei und wische mit dem Zeigefinger übers Display. Die Erinnerung an Sebastian liegt wie ein Klumpen Blei in meinem Bauch.

»Hallo?«

»Hanna, ich bin's.«

»Ich weiß«, sage ich kühl und beobachte meinen Atem, der feucht durch die Herbstluft schwebt. »Was willst du?«

»Ich …« Ich höre ihn tief einatmen. »Ich will mich bei dir entschuldigen.«

»Was?« Das kommt jetzt unerwartet.

»Ich will mich entschuldigen.« Ich höre, wie er nach den richtigen Worten sucht, sehe sogar den passenden Gesichtsausdruck. »Hanna, das mit uns, das war … einfach …«

»Was?«, frage ich und spüre die Wut und die Enttäuschung wieder aufflackern, beinahe so, als wäre es erst gestern gewesen, dass er mir mein Herz herausgerissen hat, nur um dann darauf herumzutrampeln. »Was war es?«

»Gut.«

Einen Augenblick weiß ich nicht, was ich sagen soll, doch dann fällt es mir ein. »Wenn es so gut war, wieso hast du dann Schluss gemacht?«

»Komm schon, Hanna, du weißt genauso gut wie ich,

dass zwischen uns nicht immer alles perfekt war, und sicher war vieles meine Schuld, aber wir hatten doch insgesamt eine tolle Zeit.«

Das stimmt. Die hatten wir. Vor meinem inneren Auge schwebt sein lächelndes Gesicht, unendlich viele Erinnerungen funkeln wie Kristalle durch mein Hirn. Sebastian war spontan und abenteuerlustig – was ihn letztlich in Claudias Arme getrieben hat. Aber er war auch liebevoll und lustig. Mit ihm war ich unbefangen. Ich konnte die Panik-Hanna sein und es hat ihn nicht gestört. Ich musste nicht so tun, als wäre ich jemand anders. Ich war ich und das war okay. Na ja, also zumindest, bis es das nicht mehr war.

Ich atme tief ein. »Und was genau willst du damit sagen?«

»Ich will dich zurück, Hanna. Ich liebe dich … noch immer.«

Ich starre entsetzt ins Leere. Er hat es tatsächlich gesagt, laut ausgesprochen, nicht nur angedeutet, wie er das früher immer getan hat. Er hat es tatsächlich gesagt und ich weiß, was das in seiner Welt bedeutet.

»Was wäre dieses Mal anders?«, frage ich mit belegter Stimme und schlucke.

Ich höre, wie jemand die Tür hinter mir öffnet und sehe einen Schatten neben mir über den Boden gleiten, aber Sebastians Liebeserklärung hallt noch laut in meinem Kopf. Sie prallt an meiner Vernunft ab, während ein anderer Teil sich an diesen Satz kuschelt.

Ich gehe schnell ein paar Schritte in Richtung Park und der eisige Wind empfängt mich mit offenen Armen, während die Novembersonne langsam, aber sicher hinter den Baumwipfeln verschwindet und den Himmel knallrosa färbt. Das hier wäre gerade die vollkommene Kulisse für die finale Szene, in der einem die große Liebe endlich gesteht, dass man die *Eine* ist, die Traumfrau, die, ohne die er nicht leben kann. Im Film würde sich das Traumpaar dann verliebt in die Augen sehen und Hand in Hand in den kitschigen Sonnenuntergang gehen. Im Film hätte einem aber dieser vermeintliche Jemand auch nicht ein paar Monate zuvor ohne jede Vorwarnung das Herz mit brachialer Gewalt aus der Brust gerissen.

»Du … du hast mich betrogen«, flüstere ich aufgebracht, weil ich nicht will, dass jemand mich hört. »*Betrogen*, Sebastian, und dann sitzen lassen.«

»Das war ein Fehler.« Ein Teil in mir will ihm glauben, denn er will sich nicht so in ihm getäuscht haben. »Hanna, ich habe das damals gebraucht, aber es war falsch, und ich weiß, dass ich dir wehgetan habe, und das tut mir leid.«

»Ach so! Na, wenn du das damals *gebraucht* hast, dann ist das natürlich was anderes!«

»Hanna, es tut mir leid, ehrlich.«

»Und woher weißt du«, flüstere ich bissig, »dass du das in ein paar Monaten nicht wieder brauchst?«

»Ich weiß es einfach.«

Bin ich blöd, weil ich ihm glaube? In meinem Kopf blinkt ein eindeutiges »Jain« auf. »Sebastian, ich kann das jetzt nicht.«

»Was kannst du nicht?«

»Das!« Bis auf meine plötzlich schrille Stimme ist es still. Ganz weit entfernt höre ich Blätter rascheln, sonst ist da nichts außer dem rostroten Herbstlaub und dem kitschigen Abendrot, das mich plötzlich an »Herr der Ringe« und … Blutvergießen denken lässt. »Du hast mir *echt* wehgetan, damals, und ich habe lange gebraucht, um mich von dir zu erholen und um dich zu vergessen. Bitte, ich … Ich schaffe das nicht noch mal.«

»Ich wünschte, ich hätte es nicht getan.«

»Was genau?«, frage ich und spüre schon wieder Tränen

in meinen Augen aufsteigen. »Mich zu betrügen? Oder zu verlassen? Oder mir das Herz zu brechen? *Was*, Sebastian?«

»Wenn ich dich verloren habe, ist das so, aber das ändert nichts daran, dass du die Frau meines Lebens bist.«

Ich blinzle verwundert und es fühlt sich an, als würden Wunden heilen. Wunden, die bis eben noch offen waren. Ich atme tief ein und die klare, kühle Luft füllt meinen Brustkorb.

»Hanna, ich liebe dich und wenn es nur den Funken einer Chance gibt, dass du mir verzeihen kannst, dann werde ich um dich kämpfen.«

Er hat mein Herz gebrochen, es lag in Schutt und Asche, aber in diesem Augenblick spüre ich, wie sich die Splitter langsam wieder zusammenfügen.

»Gibt es diese Chance?«

»Sebastian, ich …«

»Gibt es sie?«

Mein Hirn wurde von Hollywood-Kitsch verdorben, nur leider kann mein reales Leben nicht mithalten. Vielleicht sind wir kein Traumpaar, aber das mit Sebastian und mir war echt. Mit Sebastian habe ich Tränen gelacht, er hat mich auf eine Art verstanden wie niemand zuvor, und er hat mir beigebracht, locker zu sein. Also zumindest ein bisschen. Ich erinnere mich an die vielen Kleinigkeiten und an die Gesten, daran, dass er mir abends Geschichten erzählt hat, während mein Kopf auf seiner Schulter lag. Ich erinnere mich genau an das brummende Gefühl, das mich sanft in den Schlaf getragen hat. Bei ihm habe ich mich wohlgefühlt.

Sebastian ist nicht perfekt, aber ich bin es auch nicht und was habe ich bitte von einem Nachbarn, der mich zwar auf dem Küchenboden in andere Sphären katapultiert, aber im Anschluss zu seiner Frau zurückgeht? Ich bin so ein Klischee. Sebastian ist der böse Betrüger, der keine zweite Chance verdient hat, aber Thomas himmle ich an? Ist das, was Thomas tut, denn in Ordnung, nur weil dieses Mal nicht *ich* die Betrogene bin? Wie kann ich für den einen Mann schwärmen, weil er es mir zwischen Tür und Angel heimlich besorgt, und den anderen dafür verteufeln? Sebastian hat einen Fehler gemacht. Okay, es war nicht nur einer. Und nein, wir waren nicht perfekt, aber wir waren gut. Es sind die Ecken und Kanten, an denen man sich stößt – und manchmal tut das eben weh.

»Hanna?«, flüstert er hoffnungsvoll ins Telefon. »Gibt es eine?«

»Vielleicht«, höre ich mich antworten und mit diesem Satz lege ich auf.

Es wird langsam dunkel und ich klammere mich noch immer an mein Handy, während ich in den inzwischen wirklich verwirrend kitschigen Winterabendhimmel starre.

Er hat es endlich gesagt, es tatsächlich *ausgesprochen*. Sebastian hat es sonst immer nur angedeutet, impliziert, aber er hat es nie gesagt. Er hat sich nie festgelegt. Er war ein wahrer Meister darin, alles so zu formulieren, dass er am Ende eigentlich gar nichts gesagt hat. Zumindest in der Hinsicht hat er sich offensichtlich geändert.

Er liebt mich. Ich bin die Frau seines Lebens. Er will mich zurück. Kann ich diesem neuen Sebastian trauen? Ich *will* ihm trauen, will ihm eine zweite Chance geben, aber ich weiß nicht, ob ich es wirklich *sollte*. Zu gut erinnere ich mich noch an die Post-Sebastian-Hanna, meine absolute Albtraumfassung und so ungefähr das Gegenteil von der Schlampe, die Thomas mir gestern vorgestellt hat und die mir Dinge gezeigt hat … Mist. Diese letzte Nacht verfolgt mich. Ich werde die verfluchten Bilder einfach nicht los – und dieses verräterische Ziehen und Pochen in meinem Bauch, dieses Gefühl irgendwo zwischen Hunger und

Sehnsucht, dieses prickelnde Kribbeln, das mich sofort wieder erschauern lässt. Der scheinbar auf Endlosschleife laufende Film in meinem Kopf pulsiert tief in meinem Bauch und zeigt mir eine Version von mir, die mir sofort die Röte in die Wangen treibt. Verdammt, was soll ich nur tun?

Doch bevor sich mein Hirn eine Antwort auf diese Frage zurechtlegen kann, drehe ich mich schnell um und gehe energisch zurück in Richtung Eingang – so als könnte ich meine viel zu heißen Gedanken in der Kälte stehen lassen.

Den Blick stur nach unten gerichtet, stolpere ich plötzlich in etwas Hartes, Großes, das mir den Weg versperrt – und ein Mensch ist.

Ich schaue hoch. »Oh, entschul…«

Meine Augen fragen sich, ob sie halluzinieren. War ja klar, dass das passiert. Natürlich. Toll. Der dunkle Schatten. Von allen Gästen musste gerade *er* jetzt frische Luft schnappen.

»Also doch du!«, sagt er in einem Tonfall, den ich nicht so recht einordnen kann.

Ich seufze. »Ja. Ich.«

»Was … Was machst du denn hier?«

Als ich Luft hole, um zu antworten, huscht plötzlich wieder dieser Blick über sein schönes Dreitagebartgesicht und ich erkenne darin dreckige Gedanken. Er mustert mich so, wie er es gestern getan hat, und dieser Blick wird zu einem Stromschlag zwischen meinen Beinen. Das heftige Pochen, das er damit auslöst, hallt als Echo durch meinen ganzen Körper.

»Du siehst umwerfend aus.«

»Danke«, sage ich möglichst kühl, während meine Knie unnatürlich weich werden.

Er macht einen Schritt auf mich zu. »Ich habe die ganze Zeit an dich gedacht.«

»Tatsächlich?« Lügner. Plötzlich flammt zwischen dem

ganzen weichen Pochen in mir brennende Wut auf. »Du hast also an mich gedacht? Die ganze Zeit?«

»Ja.« Er sieht mir tief in die Augen und beinahe glaube ich ihm. Aber nur beinahe.

»Na, das freut mich aber«, stoße ich sarkastisch aus.

Das Lächeln, das sich jetzt auf seine Mundwinkel legt, kontrolliert ungeniert meinen Herzmuskel.

Während ich noch versuche zu entscheiden, ob ich diese Herzmassage mag oder nicht, packt er mich und zieht mich ruckartig an sich. Meine Handflächen landen auf seinem muskulösen Brustkorb, der sich schnell hebt und senkt. Auch meine Atmung beschleunigt sich und wird flach, als sein Arm sich wie eine Festung um mich legt, und er mich näher an sich zieht. Seine Hand fährt in mein Haar und wir sehen uns tief in die Augen. Mein Gott, er hat schon wieder diesen *Blick*, der meinen Willen wegschickt. Die Schlampe reißt das Ruder an sich und ich gebe auf. Ich falle in seine Augen, spüre seine harten Bauchmuskeln und den rasenden Herzschlag. Meine Knie und mein Verstand geben nach, als seine Lippen endlich auf meine treffen. Ich seufze unvermittelt auf, ziehe mich an ihm hoch und vergesse alle Gründe dagegen. Alles in mir will ihn. Jede Zelle. In meinem Inneren ein rauschendes Fest, in meinem Kopf eine endlose Leere. Völlig überrumpelt und nutzlos liegt er auf meinen Schultern, während mein Mund seine Zunge und den Geschmack von gezuckertem Kaffee genießt.

Da sehe ich ihn plötzlich neben seiner Frau, sehe das Lächeln und den Tortenmoment, den die beiden gerade eben noch geteilt haben – und das ist der Augenblick, in dem die Realität über mich hereinbricht und Panik-Hanna schlagartig das Kommando übernimmt.

Ich stoße ihn schwer atmend von mir weg.

»Spinnst du?!«, keuche ich und schüttle ungläubig den Kopf.

»Was?« Er lässt mich sofort los und weicht einen Schritt zurück, als hätte er sich an mir verbrannt.

»*WAS!?*« Ich suche nach den richtigen Worten für eine filmreife Szene, doch sie sind nicht da. Da sind nur wieder die Warteschleife und der Kloß in meinem Hals und das verräterische Brennen in meinen Augen.

»Was ist los?« Ich sehe, wie sich sein Brustkorb noch immer viel zu schnell hebt und senkt, sehe das Unverständnis in seinen Augen. »Warum bist du plötzlich so sauer?«

»Warum ich sauer bin?«, fauche ich ihm entgegen. »Du hast mich *geküsst*!«

»Und du hast *mitgemacht*!« Das Unverständnis weicht der Wut.

»Aber du hast damit angefangen!« Noch während ich es sage, erinnere ich mich selbst an mein Kindergarten-Ich und schüttle innerlich seufzend den Kopf. »Schon wieder!«

»Schon wieder?!« Er sieht mich ungläubig an.

»Gestern hast du …« Oh oh. Sein Blick brennt auf meiner Haut, denn er hat schon wieder diesen Ausdruck in den Augen – den, den ich schon wieder heftig pochend in meinem Bauch spüre. Ich balle die Hände zu Fäusten, um ihn nicht anzufassen. Hat er denn gar kein Schamgefühl?

»Willst du mir jetzt etwa erzählen, dass du das gestern nicht wolltest?« Seine Augen lachen mich aus. »Ernsthaft?«

»Na ja … also …«, stottere ich. »Ich habe es nicht darauf *angelegt*!«

»Das sagt die Frau, die klatschnass und mit nichts als einem winzigen Badetuch die Tür aufmacht«, sagt er beinahe amüsiert, nein, beinahe herablassend, aber die Art, wie er mich dabei ansieht, macht mich an. Und wütend. Und fertig.

»Du denkst also, das war mein Plan?«, frage ich mit bebender Stimme.

»Ich habe keine Ahnung, ich weiß nur, dass du nicht so unschuldig bist, wie du tust.«

»Wie ich tue?«, fragt Panik-Hanna schockiert, während die Schlampe nachdenklich nickt.

Entnervt stöhnt er auf, macht einen Schritt auf mich zu und sieht mir dabei tief in die Augen. Er berührt mich nicht, aber ich spüre seinen warmen Atem an meinem Gesicht und wünschte, es wären seine Hände auf meiner Haut. Ich versuche, einen klaren Gedanken zu fassen, aber mein Körper braucht gerade alle Konzentration, um sich ihm nicht schon wieder willenlos an den Hals zu werfen.

»Du … Du treibst mich in den Wahnsinn«, flüstert er heiser. »Du und dieser Ausdruck in deinen Augen.«

Mein Gott. Ich sehe meinen Verstand, wie er seine Sachen packt, um auf Nimmerwiedersehen zu verschwinden. Halt! Er darf mich nicht mit Thomas allein lassen.

»Bitte sag mir, wenn ich falschliege, aber das warst doch gestern du, oder? Die Frau, die einfach nicht genug bekommen konnte? Die, die mich *angefleht* hat, nicht aufzuhören?«

»Angefleht?«, frage ich fassungslos. »Angefleht?!«

»Ganz recht, angefleht.« Einen Augenblick sehen wir einander nur an, schweigend, wie hungrige Wölfe, die sich jeden Moment in Fetzen reißen.

Das Blut kocht in meinen Adern. Ich spüre die Kälte nicht mehr, nur noch den wummernden Herzschlag in meiner Brust und das Blut, das mir wie in Stromschnellen durch den Körper rauscht.

»Ich habe nicht gefleht.« Ich schließe kurz die Augen, atme tief durch und sehe, wie er neben seiner ahnungslos glücklichen Frau steht und sie anlächelt. Er ist ein Lügner und Betrüger, das darf ich nicht immer wieder vergessen. »Vielleicht verwechselst du mich da mit einer deiner anderen Frauen.«

»Meiner was?«, fragt er sichtlich überrascht.

Ich lache bitter auf. »Deiner anderen Liebschaften.«

Er sieht mich irritiert an und ist offenbar sprachlos. Panik-Hanna nutzt den Moment der Stille, um etwas loszuwerden, das sie schon seit gestern Nacht beschäftigt.

»Ach ja, was ich dich die ganze Zeit schon fragen wollte …« Sie verschränkt die Arme vor der Brust und sieht ihn feindselig an. »Hast du irgendwelche Geschlechtskrankheiten?«

»Was?!« Seine Augen weiten sich.

»Na ja, könnte doch sein.«

»Ah, okay … Wow.« Er weicht einen Schritt zurück und ich atme erleichtert aus. »Du meinst das wirklich ernst.«

»Komm schon, bitte schau nicht so schockiert«, sage ich ruhig und bewundere mich für diesen Tonfall. Ich klinge fast wie Vero. »Das ist eine absolut berechtigte Frage.«

Einen Moment lang sehen wir einander nur an. Meine Augen schauen zwischen seinen hin und her und seine zwischen meinen, so als würden sie versuchen, vor den Blicken des jeweils anderen zu fliehen.

»Ich …«, beginnt er, bevor er ungläubig den Kopf schüttelt und zu Boden sieht. »Vielleicht war das alles doch ein Fehler.«

»Was meinst du damit?«, frage ich plötzlich heiser. »Was war vielleicht *doch* ein Fehler?«

»Der Kuss, der Sex, das alles.« Er klingt auf einmal müde.

»Dann dachtest du bis eben, dass es *keiner* war?« In meiner Stimme lauert Hoffnung.

Thomas schließt die Augen und seufzt. Wahrscheinlich war es ein Fehler. Bestimmt sogar. Warum stehe ich hier noch? Worauf warte ich? Auf eine Antwort? Ein Wunder? Einen Protest?

Aber anstatt etwas zu antworten, reibt Thomas sich mit Daumen und Zeigefinger über den Nasenrücken. Dann fährt er sich über die Stirn, die so tief in Falten liegt, dass er plötzlich viel älter wirkt. Er traut seiner Intuition nicht, hallt es in meinem Schädel. Mein Blick folgt den feuchten Schwaden, die wie Nebel in den Abendhimmel steigen.

»Du hast recht«, sage ich schließlich in einem fremden, festen Tonfall. »Wir sind ein Fehler.«

Als er jetzt die Augen öffnet, sieht man kurz die Resignation, die Enttäuschung, doch dann verändert sich sein Blick. Erst zögerlich, dann eindeutig. O nein, es ist wieder *dieser* Blick, der meine Gedanken augenblicklich in die Waagrechte bringt und mich zur Schlampe werden lässt, der Blick, der meinen Herzschlag schon wieder beschleunigt und meine Knie und meinen Verstand in Sekundenbruchteilen weich werden lässt.

In dem Augenblick, als er scharf die Luft einzieht, um etwas zu sagen, hebe ich abwehrend die Hand, schüttle den Kopf und flüchte mit wild klopfendem Herz in Richtung Traumhotel, dass von den letzten Strahlen der blutroten Abendsonne erleuchtet wird.

Vero

TRÄUME

Das Stück Torte ertrinkt in einem See aus Nervosität, der mit jedem Lächeln von Phillip an Tiefe gewinnt. Ich bin froh um den Stehtisch hier am Rand der Tanzfläche, in deren Zentrum die Hochzeitstorte thront. Er hält die Blondine in Schach und gibt meinen Knien Halt.

Einer der jungen Elbenkellner räumt die leeren Kuchenteller ab und bringt eine frische Kanne Kaffee. Während Phillip sich bedankt und seine Tasse nachfüllt, schaue ich mich kurz nach Hanna um, aber ihr Sitzplatz ist leer. Ich suche sie in der Menge, entdecke aber nur Clara, die wie ein hypnotisiertes Huhn in Niks Armen dasteht und auf seine Lippen starrt.

»Tut mir leid, wo waren wir?«, fragt Phillip und seine Augen lächeln ein überraschend knabenhaftes Lächeln, das ich sofort in den Beinen spüre.

»Ähm … Träume«, antworte ich, während ich versuche, meine Mimik unter Kontrolle zu behalten.

»Richtig.« Das Lächeln in seinen Augen findet seine Mundwinkel und mein Blick bleibt an seinen Lippen hängen. Ich spüre, wie die Blondine mit den Hufen scharrt, und schaue ihm schnell wieder in die Augen.

Phillip nimmt einen Schluck Kaffee und sieht mich neugierig an. Dieser Kerl macht mich fertig. Seine eleganten Gesichtszüge, die Art, wie er mich jetzt anlächelt, die kleinen Fältchen, die sich dabei um seine Augen zeigen. Okay, mag ja sein, dass er eigentlich zu alt für mich ist, aber vielleicht bin ja auch ich zu alt für meine siebenundzwanzig Jahre. Außerdem ist er nicht wirklich alt, vierzig, maximal fünfundvierzig. Er ist nicht alt, er ist erfahren.

Bei diesem Gedanken zieht sich etwas tief in meinem Bauch zusammen.

»Woran denkst du?«, fragt er im Flüsterton.

»Nichts«, antworte ich schnell.

»Sicher?« Das Lächeln, das mich trifft, lässt meine Knie kurz nachgeben.

»Ja, sicher.« Ich schenke ihm das aufrichtigste Lächeln, das ich im Moment hinbekomme.

Er hat trotz seines Alters einen beinahe jungenhaften Charme – gepaart mit den Manieren eines Gentlemans. Mein Gott, wie gut er im Anzug aussieht. Ich will gar nicht daran denken, wie gut er *ohne* aussehen würde.

»Ist sicher alles in Ordnung?« Phillip durchleuchtet mich mit seinem Blick, als würde er nach der Wahrheit suchen. Oder meine Gedanken lesen. Das fehlte noch.

»Ganz sicher.« Ich klinge fast wieder wie ich.

»Also«, beginnt er. »Was sind deine Träume?«

»Meine Träume«, antworte ich seufzend. »Wenn ich ehrlich bin, weiß ich es nicht mehr.«

»Hast du sie vergessen?«, fragt er erstaunt und nimmt einen weiteren Schluck Kaffee.

»Manchmal geht das Leben so schnell voraus«, sage ich, während meine Finger nervös mit dem Henkel der halb leeren Kaffeetasse vor mir spielen, »dass man dann irgendwie plötzlich nicht mehr hinterherkommt.«

»Wie meinst du das?« Er blickt auf meine Hände.

»Na ja, die alten Träume bleiben irgendwie auf der Strecke und die neuen … rauschen an einem vorbei.«

»Vielleicht ist das ja das Problem.«

Unsere Blicke finden sich wieder.

»Was meinst du?«

Etwas blitzt in seinen hellblauen Augen auf. »Manchmal sollte man vielleicht besser stehen bleiben und herausfinden, ob einem die Richtung noch gefällt.«

»Mag sein.«

Die Wahrheit ist, dass Enzo und ich schon seit Monaten aneinander vorbeileben. Vielleicht sogar seit Jahren. Wir feilen emsig aneinander herum, um weder uns noch den anderen aufgeben zu müssen. Wir klammern uns an Träume und Vorstellungen von einer Zukunft, die wir in der Vergangenheit geschmiedet haben, aber die passen immer seltener zusammen. Wir haben uns verändert und mit uns unsere Träume. Oder habe nur ich mich verändert und Enzo hat an unseren Träumen festgehalten? Hat er sie für uns beide weitergeträumt, während ich Vollzeit damit beschäftigt war, die Karriereleiter hinaufzuklettern? Wann habe ich angefangen, Hochzeiten zu hassen? Und wann wurde aus unserem anfangs gemeinsamen Kinderwunsch eine Diskussion? Wahrscheinlich als ich zur Abteilungsleiterin befördert wurde.

»Ich habe auch einfach keine Zeit mehr zu träumen. Ich arbeite hart«, sage ich schließlich und schüttle den Kopf. »Und ich liebe meine Arbeit. Sie ist so real, im Hier und Jetzt. Träumen nachzuhängen ist so … so …«

»So was?«, fragt er schmunzelnd.

»Ich weiß nicht, sinnlos?«

»Findest du?« Er nimmt einen weiteren Schluck Kaffee.

»Du etwa nicht?«

»Nein.« Er grinst mich an und stellt die Kaffeetasse ab. »Ich glaube, Träume geben die Richtung vor. Ich würde sogar so weit gehen, dass sie der beste Antrieb sind.«

Ich sehe ihn irritiert an.

»Was?«, fragt er lachend. »Das hättest du nicht gedacht, richtig?«

»Ich … Nein, ehrlich gesagt nicht.« Sein warmes Lachen schlägt winzige Wellen in meinem Körper und meine Gedanken werden zu einem Knoten. »Aber selbst wenn du recht hättest: Was ist, wenn sich Träume gegenseitig ausschließen?« Zum Beispiel Enzos Kinderwunsch und meine Karriereleiter?

»Wie meinst du das?« Er wird wieder ernst.

»Ich will etwas erreichen, Erfolg haben, meinem Leben einen Sinn geben. Momentan bestimmt nun mal meine Arbeit fast mein gesamtes Leben. Da ist kaum noch Platz für Träume, die nichts mit meinem Beruf zu tun haben. Ich habe einfach keine Zeit dafür.«

»Du meinst für die Liebe?«

Als er das sagt und mir dabei tief in die Augen sieht, läuft es mir warm den Rücken hinunter und mein Herz hat bei dem Wort »Liebe« einen kleinen Aussetzer. Ich will antworten, aber bekomme keinen Ton raus, stattdessen rutscht mein Blick wieder auf seine Lippen, bleibt dort hartnäckig hängen und ich verliere komplett den Faden.

Ich wette, er küsst phantastisch. Ich wette, er weiß genau, was er tut. Wie er mich halten muss. Ich sehe ihm an, dass er weiß, was ich will, und mein Atem beschleunigt sich allein beim Gedanken daran, zu spüren, wie sich seine Hände auf meinem Körper anfühlen, ihre Wärme. Die Gänsehaut legt sich eng um mich und lässt mich flach atmen.

Phillips Augen mustern mich interessiert und die Art, wie er lächelt, macht es nicht gerade leichter, meinen Faden wiederzufinden. Außerdem spüre ich gerade, wie meine Wangen heiß werden. Was passiert hier? Ich kann mich nicht daran erinnern, wann ich das letzte Mal rot geworden bin. Nein, das stimmt nicht. Ich weiß es noch genau. Das muss aufhören. Wo waren wir? Stimmt, bei der Liebe – und der Frage, ob sie Platz neben der Karriere hat.

»Ähm, also, mir ist noch keine Lösung … des Problems eingefallen«, stammle ich schließlich und unterdrücke den Impuls, mir meine eiskalten Finger an die noch immer glühenden Wangen zu halten.

»Schade. Ich glaube ja, dass Job, Karriere, Selbsterfüllung oder wie auch immer man all das nennen will, was man nur für sich alleine macht, die Liebe nicht zwangsläufig ausschließt.« Er macht eine Pause und sieht mir direkt in die Augen. »Also, zumindest mit dem *richtigen* Partner. Wenn man Träume teilt …«

»… kann man sie gemeinsam verwirklichen«, beende ich den Gedanken, der so klar und logisch ist. So richtig.

»Genau.« Er sieht mir direkt in die Augen. »Aber das ist natürlich nicht alles, woran man erkennt, dass man den Richtigen oder die Richtige getroffen hat.«

»Und woran merkt man noch, dass man den richtigen Partner gefunden hat?«

»In deinem Fall?« Er mustert mich und ich mag es, wie er mich ansieht. »Ich würde mal raten, du wünschst dir jemanden, der es versteht, wenn es bei dir ab und an später wird, und kein Problem damit hat, weil er eben auch noch ein eigenes Leben hat. Jemanden, der dich nach einem gelungenen Projektabschluss gebührend feiert und zum Essen ausführt – nach Paris?« Er lächelt und greift nach der Kaffeekanne. »Für dich auch noch einen Kaffee?«

Ich nicke geistesabwesend.

»Jemanden«, fährt er fort, »der deine Nähe schätzt, der aber auch kein Problem damit hat, wenn du mal alleine sein möchtest. Vielleicht sogar in getrennten Wohnungen.«

»Getrennte Wohnungen?«

»Warum nicht? Dann gibt es keinen Streit wegen der Möbel.« Er füllt erst meine, dann seine Tasse auf.

»Das würden aber nur die wenigsten mitmachen, also auf Dauer.«

»Ich würde es mitmachen«, antwortet er knapp und schiebt mir lächelnd eine Tasse hin.

Meint er das so? Oder besser: Was meint er damit? Ist das ein Hinweis oder doch nur eine Feststellung? Ist es langsam an der Zeit, ihm zu sagen, dass ich in einer Beziehung bin, oder ist es dafür schon zu spät? Immerhin habe ich ihn schon vor knapp fünf Stunden kennengelernt und seither habe ich, wenn ich ehrlich bin, ziemlich eindeutig mit ihm geflirtet. Will er mehr? Will ich …

»Worüber denkst du so angestrengt nach?«, fragt er mit diesem Ausdruck in den Augen, den ich sofort als Gänsehaut spüre.

»Ich … «, sage ich langsam, während ich nach einer tollen Notlüge suche.

»Ja?« Er hebt gespannt die Augenbrauen, während aus seinem fragenden Lächeln wieder dieses jungenhafte Grinsen wird. Los, jetzt denk dir schon was aus, Vero!

»Ich will mich nicht für meinen Erfolg entschuldigen.« Mein Gott, wie komme ich denn jetzt plötzlich darauf?

»Das verstehe ich sehr gut.«

Natürlich versteht Phillip das, aber Enzo versteht es nicht. Oder versteht er es nicht *mehr*?

»Ich mag es einfach, wenn das, was ich leiste, auch anerkannt und honoriert wird. Früher war mir das nicht so wichtig, aber inzwischen …«

Ich streiche mir gedankenverloren über mein kurzes Haar – oder wie Enzo es so liebevoll nennt: meinen »Herrenhaarschnitt«. Hat das alles mit der Frisur angefangen? Ich erinnere mich noch lebhaft an Enzos Gesichtsausdruck, an diese Fassungslosigkeit in seinen Augen, als ich vom Friseur kam. Ja, ich wusste, wie sehr er meine Haare liebt, wie gern er die Nase in meinem Nacken vergraben hat. Ich wusste genau, dass er sie vermissen würde, aber ich wusste eben auch, dass ich für die nächste Sprosse auf der Karriereleiter härter werden musste. Ich habe mir eingeredet, dass ich das Gesicht und den richtigen Nacken für so einen Pixie habe – und das habe ich –, aber ich habe mich vielleicht trotzdem aus den richtigen Gründen für die falsche Frisur entschieden. Oder aus den falschen für die richtige? Wie auch immer. Die Wahrheit ist: Ich wollte endlich ernst genommen werden. Ich wollte für das gesehen werden, was ich kann, für das, was ich leiste, nicht für meine Schlüsselreize. Als schlanke Frau mit großen Brüsten und langen, glänzenden blonden Locken war das jeden Tag aufs Neue eine Herausforderung.

»Inzwischen?« Phillip hält meinen Blick. Stimmt, ich habe den Satz nicht beendet.

»Inzwischen ist es mir wichtig – und das hat mich verändert.« Innerlich und äußerlich.

»Ist das nicht normal?«, fragt Phillip. »Wir bleiben nicht immer die, die wir waren.«

Er hat recht. Mit der blonden Mähne sind auch meine Selbstzweifel gefallen. Die Männer, die mich eben noch abfällig belächelt und für eine Assistentin gehalten haben, haben mich plötzlich mit anderen Augen gesehen. Nicht auf Augenhöhe und noch immer gierig, aber trotzdem anders. Als dann die figurbetonten Kostüme den strengen Hosenanzügen weichen mussten, schienen sie endlich zu verstehen, dass ich nicht gehen würde. Zumindest nicht kampflos. Plötzlich wurde ich respektiert.

Diesem Respekt sind erst meine Haare und dann meine Beinfreiheit zum Opfer gefallen. Na ja, und vielleicht auch meine Träume.

Clara

THE SHOW MUST GO ON

Nik streicht sanft über meinen Rücken. Wir stehen inzwischen etwas abseits, aber gerade sichtbar genug, damit Matthias' eifersüchtige Blicke uns finden. Nachdem er vorhin den Saal verlassen hat, ist er kurze Zeit später wieder zurückgekommen und starrt uns seither ununterbrochen an.

Nik zieht mich noch näher an sich und legt die Arme um meine Taille. Sein Becken an meinem, sein Brustkorb, der sich bei jedem Atemzug an meine Brüste drängt. Mein Kopf liegt an seiner Schulter und ich habe die Augen geschlossen, spüre seinen durchtrainierten, schlanken Körper an meinem, atme heimlich seinen betörend schweren Duft ein. Meine Hände ruhen unter seiner Smoking-Jacke auf seiner Hüfte und ich spüre die warme Haut unter seinem Hemd. Er bewegt sich leicht hin und her, fast so, als würden wir zu leiser Musik tanzen. Ich fühle mich, als wäre ich high und Nik meine Droge – und ich genieße sie, solange sie da ist.

»Der Kerl kann einem fast leidtun«, flüstert Nik und sein warmer Atem kribbelt meinen Nacken entlang. »Wenn du sehen könntest, wie er schaut.«

Mein leises »Hmmm« muss ihm als Antwort genügen.

Uns trennen nur Millimeter. Ein bisschen Stoff. In meiner Phantasie klebt seine Haut auf meiner und das Einzige, was uns in meinem Kopf trennt, ist ein dünner Schweißfilm. Bei diesem Gedanken kriecht die Gänsehaut genüsslich über meinen Körper. Ich hebe langsam meinen Kopf und suche seine Augen, stolpere zuvor aber mal wieder über seinen Mund und bei diesem Anblick setzt mein Verstand aus. Ich hebe meine Hände an seine Wangen, sehe ihm tief in diese wunderschönen smaragdgrünen Augen, stelle mich auf die Zehenspitzen und küsse ihn. Es ist mir egal, wer uns zusieht, und es ist mir egal, ob Nik es nur spielt. Mir ist gerade alles egal, solange er mich nur küsst. Unsere Lippen berühren sich zunächst nur leicht, ich hauche ihm einen zarten Kuss auf seine Unterlippe, dann auf seine Oberlippe und ich höre, wie sich ein leises Seufzen tief in ihm löst. Meine Zungenspitze teilt seine Lippen und ich versinke in diesem Kuss, der mit jeder Bewegung unserer Lippen leidenschaftlicher wird, sehnsüchtiger. Ich spüre seine Hände auf mir, seinen Körper nah an mir und ich stelle mir vor, wie er sich wohl in mir anfühlen würde, stelle mir sein Gesicht vor, den fast schmerzhaften Ausdruck, während er sich tief in mir bewegt. Ich spüre das Kribbeln, das sich langsam in mir ausbreitet und ziehe ihn fester an mich, küsse ihn, als wäre die Phantasie Wirklichkeit, als wäre er gerade ein Teil von mir, als würde er wirklich meinen Körper ausfüllen und nicht nur meinen Verstand.

»Clara«, flüstert er atemlos.

Ich öffne die Augen und atme scharf ein. »Was?«

Er schluckt. »Du musst damit aufhören.«

»Womit?« Mein Herz galoppiert aufgeregt hinter meinen Brüsten.

»Du weißt, womit.«

Okay. Ich weiß genau, womit. »Es tut mir leid.«

»Es muss dir nicht leidtun. Es ist … schön.« Er schluckt. »Du solltest nur wirklich damit aufhören.«

»Warum?«

Seine Lippen berühren sanft meine Stirn. »Weil ich mich sonst nicht mehr zusammenreißen kann.«

»Na und?«

Nik sieht mich einen Moment lang konzentriert an, so als müsse er innerhalb weniger Sekunden eine weltbewegende Entscheidung treffen. Dann nimmt er mich bei der Hand und zieht mich in Richtung Ausgang. Ich stolpere hinter ihm her. Sein Griff ist fest und besitzergreifend – und irgendwie fühlt sich das überraschend gut an.

Er stößt die Tür zur Lobby auf, zieht mich noch ein paar Schritte weiter in einen kleinen Nebenraum, der wohl so etwas wie eine Bibliothek sein soll, bevor er sich zu mir umdreht und mich mit seinem Körper gegen ein Bücherregal stemmt. Mit der einen Hand packt er mein Kinn, die andere nimmt meine Handgelenke gefangen und pinnt sie über meinen Kopf. Unsere Lippen trennen nur noch wenige Millimeter. Sein schwerer Atem streift mein Gesicht und ich kann mich nicht bewegen, winde mich, will ihn küssen, aber seine Hände und seine Hüfte halten mich gefangen. Ich bin ihm ausgeliefert, ihm und diesem Blick.

»Lass sie auf der Stelle los!« Matthias reißt Nik von mir weg.

»Matthias! Hör auf!«, stoße ich atemlos hervor, als Niks Hand mein Kinn verlässt. »Es ist alles in Ordnung!«

»*Nichts* ist in Ordnung!«, plärrt Matthias in Niks Richtung. »*Keiner* darf dich so anfassen! *Keiner!*«

Nik bleibt einen Moment stehen und schaut mir tief in die Augen. Der Blick, der mich trifft, pocht tief in meinem Bauch. Mein Mund kribbelt und meine Hände beginnen zu zittern. Als Matthias sich mir zuwendet und schützend seine Arme um mich legt, schenkt Nik mir noch ein letztes schiefes Lächeln – und dieses Lächeln bricht mir das Herz.

Er zwinkert mir frech zu, dann verlässt er die Bibliothek und vermutlich auch mein Leben. Als die Tür hinter ihm ins Schloss fällt, steht fest: Für ihn war das alles nur Show und eben gerade ist der Schlussvorhang gefallen.

Hanna
ALL IN – ODER?

Die Wärme des Foyers schlägt mir entgegen und trifft auf meine hochroten Wangen, als ich zu spät sehe, wie Nik die Tür zu einem Nebenraum schließt, und mit ihm zusammenstoße. Der Ausdruck in seinem Gesicht ist so finster, dass ich instinktiv einen Schritt zurückweiche.

»Tut mir leid«, sage ich schnell.

»Macht nichts, war mein Fehler.« Er versucht sich an einem Lächeln, nickt mir kurz zu und geht dann schnell Richtung Rezeption.

Einen Augenblick bleibe ich stehen und beobachte, wie er sich mit dem jungen Mann am Schalter unterhält und immer wieder konzentriert auf seine Armbanduhr schaut. Dann nickt er und der junge Mann macht einen Anruf. Sonderbar.

Da Thomas jeden Moment von draußen in die Lobby kommen könnte, schüttle ich kurz den Kopf und riskiere einen Blick in den Festsaal. Ich habe genug von dieser Hochzeit und will den beiden anderen nur schnell sagen, dass ich mich auf mein Zimmer zurückziehen werde. Vorher brauche ich aber noch Veros Autoschlüssel, um meine Tasche aus ihrem Kofferraum zu holen.

Aber schon von Weitem sehe ich, dass Vero momentan voll damit beschäftigt ist, Phillip anzustarren, und jetzt gerade sicherlich nicht gestört werden möchte. Na, dann hole ich meine Tasche einfach später. Ich lasse meinen

Blick weiter über die Hochzeitsgesellschaft schweifen, entdecke aber nirgends Clara. Als ich mich gerade umdrehen und weggehen will, bleibt mein Blick an Linda hängen – die mich böse anstarrt. Jeder Muskel in ihrem Gesicht ist angespannt. Okay, wenn sie wütend und alleine ist und Nik nicht bei Clara, bedeutet das dann, dass … Clara wirklich einen Plan hatte und der auch noch aufgegangen ist?

Ich gehe durchs Foyer zu der Tür, aus der Nik Augenblicke zuvor gekommen ist und riskiere einen Blick in den schummrig beleuchteten Nebenraum. Hoppla! Ja, ich habe Clara gefunden – und einen ziemlich leidenschaftlichen Matthias. Es scheint fast ein bisschen so, als wolle er Clara auffressen. Kurz bin ich unsicher, ob ich sie nicht vielleicht doch aus diesem Kuss retten sollte, denn das sieht fast wie eine Verzweiflungstat aus, aber ich will ihr nicht ihren Plan versauen und schließe lieber wieder die Tür. Nicht schlecht, Clara hat es in weniger als einem Tag geschafft, dem Tal der Tränen zu entfliehen und Matthias zurückzuerobern.

Da höre ich, wie die Eingangstür aufgeht, und sehe, wie Thomas die Lobby betritt. Bevor er mich entdecken kann, sprinte ich los, biege scharf rechts ab und eile in Richtung Toiletten. Ich stoße hastig die Tür auf und werfe sie hinter mir zu. O mein Gott, bitte mach, dass er mich nicht gesehen hat.

»Frau Bischof?« Frau Reuter! Ah! Rechts von mir! Am Papierspender!

Toll. Wirklich ganz toll.

»Frau Reuter?«, frage ich gespielt unsicher, während ich mich ihr langsam zuwende.

»Ja, richtig. Aber wollen wir uns nicht einfach duzen?« Sie sieht aus, als wäre sie eben beim Wellness gewesen: rosige Wangen, glänzende Augen, schimmernde Lippen.

»Klar. Ähm, Hanna.« Ich strecke ihr, wenn auch nur sehr widerwillig, die Hand entgegen.

»Nathalie. Das ist ja echt ein lustiger Zufall, dass wir uns hier treffen«, sagt sie lachend. »Sag bloß, du kennst auch die Braut?«

»Ich … nein … den Bräutigam.«

»München, das Millionendorf«, sagt sie, amüsiert den Kopf schüttelnd.

Ich kann solche inhaltslosen Gespräche nur ganz schlecht ertragen. Vor allem nicht mit ihr. Hier. Ich habe vor fünf Minuten noch mit ihrem Mann rumgemacht. Am liebsten würde ich jetzt ganz laut schreien. Außerdem ist München kein Dorf.

Aber ich schweige lieber und lächle gequält, während ich meinen Schminkbeutel aus den Tiefen meiner Tasche herauskrame.

»Ich hab dich heute noch gar nicht gesehen. Seit wann bist du denn hier?« Sie stellt sich neben mich und holt ebenfalls ein kleines goldenes Schminkbeutelchen heraus.

»Seit der Trauung.« Ich werfe ihr einen kurzen Blick über den Spiegel zu.

»*Echt?*« Sie sieht *echt* überrascht aus. »Bist du in Begleitung hier?«

»Ja.« Also, mit Freundinnen.

»Ah, das ist gut.« Sie pudert sich die Nase. »Ich finde es ja total furchtbar, allein auf Hochzeiten zu gehen. Es gibt kaum was Schlimmeres.«

Doch. Zum Beispiel Small Talk. Mit der betrogenen Ehefrau. Und tausend andere Dinge.

Sie schaut mich fragend an. »Findest du nicht?«

»Hm«, brumme ich skeptisch, während ich überlege, wie ich hier möglichst schnell verschwinden kann.

»Überall die verliebten Paare und die ganzen Familien … Puh, da möchte man nicht alleine sein.«

»Ja.« Verdammt, ich hätte nicht meinen Schminkbeutel herauskramen, sondern lieber einfach gleich aufs Klo verschwinden sollen. Jetzt ziehe ich mir neben Nathalie Reuter meinen Lidstrich nach und tusche mir die Wimpern.

»Ach, und die Torte eben war wunderbar, oder?«, fragt sie und strahlt mich über den Spiegel hinweg an, während sie einen goldenen Eyeliner aus ihrem Beutelchen hervorzaubert. »Thomas und ich haben Mina den Konditor empfohlen. Er hat auch unsere Torte gemacht. Hast du sie probiert?«

»Nein, das habe ich nicht.« Meine Stimme klingt so zickig, dass selbst ich darüber erstaunt bin.

»Bitte?« Nathalie glaubt wohl auch, sich verhört zu haben.

»Ich meine, nein, leider noch nicht.« Meine Mundwinkel kämpfen hartnäckig gegen das Lächeln, das ich ihnen aufzwingen will, doch schließlich fügen sie sich in ihr Schicksal.

»Mach das noch, alle sind ganz begeistert.« Sie schenkt mir ein aufrichtiges Lächeln.

Das ist mein Befehl wegzusehen, bevor die Schlampe in mir doch noch das Kommando übernimmt und Nathalie brutal niederschlägt. Verabschiede dich! Los, Hanna, lächle nett und verabschiede dich. Bloß raus hier.

Ich konzentriere mich auf mein Spiegelbild und lege noch einen Hauch Rouge auf, dann packe ich meinen Kram zusammen, während sie damit beginnt, ihren Lidstrich nachzuziehen.

»Also, dann … Wir sehen uns ja bestimmt noch.«

»Ja, hoffentlich!«

Sie steckt gerade ihren goldenen Eyeliner zurück und holt einen dunkelroten Lipliner heraus, als ich bereits Hals über Kopf die Damentoilette verlasse.

Und da steht er. Thomas. Er lehnt an der gegenüberliegenden Wand und als er mich sieht, hat er sofort wieder diesen Blick. Er stößt sich von der Wand ab und kommt langsam auf mich zu.

»Was, wenn ich finde, dass wir kein Fehler sind?« Er bleibt vor mir stehen und sieht mich an.

»Wie bitte?« Auch das noch! Nur eine Tür weiter ist Nathalie! Thomas hat wirklich Nerven – und einfach wunderschöne Augen. Bei der Erkenntnis zieht sich alles in meinem Brustkorb auf eine fürchterlich angenehme Weise zusammen und ich muss kurz schlucken.

»Du und ich, wir sind kein Fehler.«

Als jetzt die Tür zur Damentoilette neben uns aufgeht, greife ich instinktiv nach seiner Hand und ziehe ihn schnell ins Männerklo, was er natürlich völlig falsch versteht. Thomas packt mich, presst mich gegen die kühlen Fliesen und küsst mich stürmisch. Die Schlampe lässt sich fallen und mir wird schlecht. Ich sollte es nicht tun, aber trotzdem sind meine Finger sofort in seinem Haar und ich seufze in seinen Mund, als er mich hochhebt und ich die Beine um seine Hüften schlinge. Mein flacher Atem wird zu einem Seufzen und das Pochen in meinem Bauch kribbelt meine Haut entlang. Alles in mir will ihn. Jede Faser meines Körpers. Aber … nicht hier. Nicht so. Dieses Mal kann ich seine Frau nicht ausblenden. Sie und die Geschichte von ihrer Hochzeitstorte.

Da schreitet Panik-Hanna ein und unterbricht den Kuss. Atemlos, mit rasendem Herzschlag und zitternden Händen. »Glaub mir, wir *sind* ein Fehler.«

Er hält inne und ich spüre noch immer seine Wärme, seinen starken Körper, der sich an meinen drängt, und diesen Blick, der mich nicht zu verstehen scheint.

»Der Typ vorhin am Telefon …«, flüstert er heiser. »War das dein Freund?«

»Nein.« Meine Augen schauen zwischen seinen hin und

her. Ich atme flach, versuche zu denken, vernünftig zu sein.

»Nein?«, fragt er und seine Kiefermuskeln treten hervor.

Sein Herz schlägt gegen meines, während sein Blick wieder auf meine Lippen fällt. Ich wehre mich gegen den Impuls, ihn zu küssen, und gegen die Schlampe, die in meinem Brustkorb auf die Knie geht und mich anbettelt, den Moment zu nutzen und den Tag zu leben.

Doch noch bevor ich etwas tun kann, nimmt er mein Gesicht in seine großen Hände und küsst mich zärtlich und mit so viel Gefühl, dass es mir den Brustkorb sprengt. Er streicht mit dem Daumen sanft über meine Wange und mit dieser kleinen Berührung fällt die Vernunft in sich zusammen. Die Schlampe wirft triumphierend die Fäuste in die Luft und ich gebe auf, erwidere den Kuss und lasse kurz alles zu, was ich für ihn empfinde, meine Sehnsucht, meine Wut und all die verrückten Gefühle dazwischen, und er reagiert darauf mit einem tiefen Seufzen, das mein Herz vibrieren lässt.

Mein Gott, ich glaube, ich bin gerade dabei, mich wirklich … Stopp. Der letzte Funken Panik-Hanna bäumt sich in meiner Brust auf und erinnert mich daran, dass Thomas verheiratet ist und dass ich nicht nur einen Mann zwischen Tür und Angel will. Er erinnert mich daran, dass die Einsamkeit immer noch besser ist als eine Lüge, ganz egal, wie phantastisch diese Lüge im Bett ist.

Ich reiße die Augen auf, bringe meine Füße zurück auf den Boden, schiebe ihn von mir weg und sehe ihn schwer atmend an. Ich will etwas sagen, aber mir fehlen die Worte und meine Zunge ist wie gelähmt. Ich taste blind nach der Türklinke.

»Was soll das?«, fragt Thomas mit bebender Stimme. »Warum *tust* du das?«

Warum ich das tue? Hat der nicht mehr alle? Ich will

gerade Luft holen, als er nur abwehrend die Hände hebt und den Kopf schüttelt.

»Weißt du was? Scheiß drauf. Ich will es gar nicht wissen. Du hast sie doch nicht mehr alle!« Er drängt sich an mir vorbei, lässt mich alleine im Männerklo stehen und alles, was übrig bleibt, ist dieser zähe Klumpen aus Leere und Wut, der sich feucht in meinen Augen sammelt und mich sogar von dem nervigen Pochen tief in meinem Bauch ablenkt.

Was für ein Arschloch. Bei diesem Gedanken stolpert die erste Träne über meine Wimpern und läuft heiß meine Wange hinunter.

Vero

FLIRTEN MORTALE

Wir stehen inzwischen versteckt in der Abgeschiedenheit. Kerzenlicht flackert, und die dezente Musik im Hintergrund macht die Romantik zum Kitsch. Ich suche nach Hanna und Clara, aber sie sind wie vom Erdboden verschluckt. Auch Nik und Matthias sind weg.

Der Kontrollfreak in mir fragt sich, ob er vielleicht mal nachsehen soll, ob alles in Ordnung ist, als Phillip diese Überlegung mit einem einzigen Lächeln aus meinem Kopf wischt. Er sieht mich mit diesem wissenden und zugleich jungenhaften Blick an und meine Phantasie schaltet einen Gang hoch. Die Alarmglocken schrillen, aber ich höre nicht hin. Hier ist es zu dunkel und zu intim und ich weiß, dass die Blondine es darauf anlegt. Sie *will* ihm gefallen. Ganz einfach, weil er ihr gefällt. Okay, er gefällt uns beiden.

Wir sind inzwischen von Kaffee auf Champagner umgestiegen und er führt seine Lippen an den Kristallkelch, ohne mich aus den Augen zu lassen.

»Selbsterfüllung ist nicht alles«, sagt er und nimmt einen Schluck. »Nicht, wenn man sich dabei einsam fühlt.«

»Ich weiß nicht.« Mein Blick bleibt schon wieder an seinen Lippen hängen.

»Aber ich«, flüstert er grinsend. »Ich habe das allerdings auch erst vor Kurzem gelernt.«

»Erst vor Kurzem?« Meine Augen finden seine.

Er lehnt sich etwas näher zu mir. O mein Gott, ich *will* ihn. Der Flüsterton, die Kerzen, die gesamte Situation schreit nach einem Kuss. Oder es ist die Blondine. Ich möchte es auf sie schieben, aber die Wahrheit ist, sie hat gewonnen. Wir haben uns längst gegen mein neues, kühles Ich verschworen und es vor etwa einer halben Stunde abgehängt. Seither überlegen die Blondine und ich fieberhaft, wie wir es anstellen können, Phillip endlich zu küssen, ohne dass es jemand mitbekommt.

»Dann mal raus mit der Sprache«, flüstert er. »Wenn du tun und lassen könntest, was du willst, was würdest du tun?«

»Was ich tun würde?«, frage ich seufzend. Dich küssen? »Puh, das ist gar nicht so einfach.«

Doch, ist es. Es ist sehr einfach. Das Einzige, was zwischen mir und diesem Kuss steht, ist meine Vernunft – und mein Gewissen. Mein Herz schlägt wie wild und ich versinke hoffnungslos in diesen strahlend blauen Augen und in diesem wunderschönen Gesicht, das ich stundenlang ansehen könnte. Zum ersten Mal in meinem Leben kann ich mir nicht nur *vorstellen* fremdzugehen, es kommt mir fast so vor, als würde es ein verliebt kichernder Teil in mir tatsächlich darauf anlegen – als würde ich es bereits tun, mit jedem Blick und mit jedem Gedanken daran, wie sich seine Lippen erst auf meinem Mund und dann auf meinem ganzen Körper anfühlen würden.

»Noch etwas Champagner?«, bricht die Stimme des Kellners unerlaubt in meine dreckige Erkenntnis.

»Gerne.« Phillip nimmt zwei volle Gläser von dem Silbertablett. »Vielen Dank.«

Als er mir eines davon reicht, berühren sich unsere Finger für den Bruchteil einer Sekunde und diese kurze Berührung jagt einen heftigen Stromschlag durch meinen ganzen Körper. Unsere Blicke treffen sich augenblicklich –

und meine Vernunft und das schlechte Gewissen gehen mit einem gezielten Schlag k. o. zu Boden.

»Also, was würdest du tun?« Seine Frage gleicht einer Aufforderung und ich atme scharf ein, als ich seine Hand plötzlich an meiner Taille spüre. Sie brennt auf meiner Haut und legt einen Flächenbrand, der sich als Gänsehaut über meinem Körper ausbreitet.

Was ist das zwischen uns? Der Körperkontakt zum Beispiel, dafür ist er verantwortlich, aber der Augenaufschlag und dieses ständige Lippenbefeuchten, das mache *ich*. Da wird mir klar: Ich würde, ohne mit der Wimper zu zucken, alle meine Prinzipien für nur eine Nacht mit ihm sofort über den Haufen werfen.

»Ich weiß nicht«, lüge ich und lehne mich leicht in seine Berührung. »Was würdest du tun?«

Er flüstert in mein Ohr. »Mehr auf meinen Bauch hören.«

Ich schlucke. »Und was will dein Bauch?«

»Er will die perfekte Mischung.« Jetzt spüre ich seine Lippen an meinem Ohr und ein wohliger Schauer läuft mir den Rücken hinunter. »Er will beruflichen Erfolg und ausgelassene Freiheit. Kühle Stärke und brennende Leidenschaft.«

Spricht er von seinem Leben oder der perfekten Frau? Meint er mich? Lese ich zwischen den Zeilen oder steht da gar nichts? Momentan kann ich die Fragen nur schwer beantworten, weil ich mich wirklich zwingen muss, meinen Kopf jetzt nicht einfach ein Stück zu drehen und ihn zu küssen. Das Gefühl, das seine Worte und seine Lippen auf mir hinterlassen, bringt meinen Puls zum Rasen und beschleunigt meinen Atem.

»Meinst du im Leben?«, frage ich heiser.

»Auch«, flüstert er und diesmal lässt er seine Lippen langsam an meinem Ohr entlanggleiten. Ein wohliger Schauder läuft durch meinen Körper. »Aber vor allem in der Liebe.«

Er will beides: den Leitwolf und die Blondine. Mich. Ich könnte ganz ich selbst sein – und was will ich? Wenn ich meinen Bauch frage, will der vor allem fremdgehen. Jetzt. Er will nicht mehr nachdenken, er will Phillip küssen, mit ihm schlafen und dann weitersehen. Er will nur diese Nacht. Den Augenblick. Das Heute.

Sagt das nicht alles? Ist das nicht meine Antwort auf Enzo und mich? Man setzt doch nicht alles nur für ein paar schöne Stunden aufs Spiel, oder? Das ist doch idiotisch.

Ich denke an Enzo. Ich denke an sein Lächeln und diese schwarzen Augen, die mich immer durchschaut haben. Ich kenne Enzo und liebe ihn, aber würde eine Nacht mit Phillip das wirklich zerstören? Ich meine, ich könnte doch mit Phillip schlafen und Enzo trotzdem lieben. Ich bin mir sicher, ich würde das hinbekommen.

Es gab eine Zeit, da wusste ich, dass es nie einen Mann geben wird, der Enzo auch nur ansatzweise das Wasser reichen kann. Und jetzt? Jetzt steht er neben mir und beobachtet mich. Man könnte beinahe meinen, dass er das Streitgespräch in meinem Kopf mitverfolgt.

Ich nehme einen großen Schluck Champagner. Die Flüssigkeit perlt in meinem Mund und ich stelle mir wehmütig vor, wie sich dieses Prickeln in meinem Bauchnabel anfühlen würde.

»Gleich ist es Zeit für meine Rede«, flüstert er schließlich heiser. »Und ich hoffe, du hörst zu.«

Clara

TRIUMPH UND ZUNGEN-BALLETT

Ich versuche den Moment irgendwie zu genießen. Den Triumph, meinen Sieg über Linda, die Rückeroberung meines zukünftigen Ex-Mannes. Aber da ist nichts. Mein Herz ist nicht bei der Sache. Es schreit nach Nik, wie ein kleines bockiges Kind, dem man gerade sein Eis gestohlen hat. Es schreit nach seinen Lippen und diesen Händen, die meine Gedanken und meine Vernunft zu diesem köstlichen Lustbrei werden lassen.

Aber meine Zunge erkennt im Moment nur Matthias und sie kennt die Abfolge dieses Kusses viel zu gut. Es ist wie ein Ballett, wie eine mühsam einstudierte Choreografie, die wir inzwischen blind beherrschen.

Ich versuche krampfhaft mich zu entspannen und der Erregung klarzumachen, dass jetzt der passende Moment wäre, doch noch herauszukommen, aber die ist viel zu sehr mit der Frage beschäftigt, wo Nik wohl gerade ist. Ich sehe sein schiefes Lächeln und diese stumme Aufforderung in seinen Augen. Er hat mich freigegeben und sitzt jetzt wahrscheinlich gerade alleine in seinem Hotelzimmer, das ich ihm genau für diesen Moment gebucht habe. Ich habe zwei Zimmer reserviert: ein Doppelzimmer für Matthias und mich, ein Einzelzimmer für ihn. Eingecheckt haben wir, als wir angekommen sind. Alles lief nach Plan, der jetzt irgendwie nicht so ganz aufzugehen scheint.

Ich bin noch immer schwer am Grübeln, als Matthias'

Zunge unvermittelt meinen Mund verlässt und er mich schwer atmend ansieht.

»Ich muss mit Linda reden«, sagt er mit belegter Stimme und streicht mir sanft über die Wange. »Ich muss es ihr sagen.«

»Es ihr sagen?«, frage ich irritiert.

»Na, das mit uns.«

Genau hier sollte der Triumph mich packen, aber er tut es nicht. Wo ist die Freude? Die Erleichterung? War es nicht das, was ich gestern Abend verheult in meinem Bett wollte?

Matthias nimmt mich bei der Hand, zieht mich in Richtung Festsaal und während ich mit meinen winzigen Tippelschritten versuche mit ihm mitzuhalten, trifft mich die Erkenntnis mit voller Wucht: Ich will Matthias gar nicht mehr. Die Tatsache, dass ich Nik nicht haben kann, macht Matthias nicht zur Lösung. Ja, ich weiß, gestern schien er noch der Leim zu sein, der meine Welt zusammenhält, aber das ist er nicht. Da hat der verletzte Stolz aus mir gesprochen und die Tatsache, dass er mich weggeworfen hat wie ein altes Paar Schuhe. Gestern war er alles, heute ist er's einfach nicht mehr.

Kurz bevor wir die geschlossene Tür zum Festsaal erreichen, bleibe ich abrupt stehen und halte Matthias am Arm fest.

»Warte.«

Er sieht mich an und lächelt sanft. »Was ist?«

»Was genau willst du Linda sagen?«

»Dass wir wieder zusammen sind. Wir sind doch wieder zusammen, oder?«

Ich will gerade etwas erwidern, da sehe ich Hanna. Sogar im schummrigen Licht ist deutlich zu erkennen, dass sie weint.

»Hanna?«

Sie schaut hoch und wischt sich schnell die Tränen aus dem Gesicht.

»Was ist passiert?«, frage ich und mustere sie.

Sie winkt ab, schüttelt den Kopf, will es herunterspielen. Typisch Hanna. Aber irgendwas muss passiert sein, denn allein der Gedanke daran flutet ihre Augen wieder mit Tränen.

»Nichts. Ich …« Sie schnieft, schluckt und atmet tief ein.

Ich schaue Matthias an und zucke entschuldigend mit den Schultern. Noch bevor er es ausspricht, weiß ich schon, was er sagen wird.

»Kümmere du dich um Hanna, ich geh schon mal vor.«

Dann öffnet er die Tür zum Festsaal und geht, wahrscheinlich zu Linda – um es ihr zu sagen. Als sich die Tür hinter ihm schließt, drehe ich mich zögerlich zu Hanna um.

»Ihr seid wieder zusammen?«, fragt sie mit belegter Stimme, während sie schon wieder damit beschäftigt ist, sich die Tränen aus dem Gesicht zu wischen.

»Was? Ach so, na ja, wie man es nimmt«, antworte ich seufzend.

»Wie man es nimmt? Und was ist mit Nik?«

»Was soll mit ihm sein?«

Ich kenne den fragenden Ausdruck in ihren verheulten, aber klugen Augen. Diesen Ausdruck, der mich durchschauen und zielsicher enttarnen wird, aber ich kann darüber jetzt nicht reden. Ich kann es mir ja kaum selbst eingestehen. Nik ist ein Profi und wirklich jeden Cent wert. Es war alles Show, die beste meines Lebens, aber eben leider nicht echt, auch wenn es sich verdammt echt angefühlt hat.

»Na, was ist das zwischen euch?« Hanna lässt mich nicht aus den Augen.

»Es ist … nicht der Rede wert«, lüge ich.

Ich ignoriere den kurzen Stich in der Herzgegend, setze mein investigatives Gesicht auf und sehe ihr tief in die Augen. Angriff ist die beste Verteidigung.

»Also, was ist passiert?«, frage ich ernst. »Warum weinst du?«

Sie zögert kurz, seufzt dann aber resigniert auf. »Können wir uns hinsetzen? Das wird länger dauern.«

»Okay«, flüstere ich und lege meinen Arm schützend um ihre plötzlich wieder zitternden Schultern.

»Ich …«, schluchzt sie. »Ich bin … so ein Vollidiot!«

Ich seufze. »Denk dir nichts, ich auch.«

Vero

ERKENNTNIS-RIESLING

»Bitte nehmen Sie doch wieder Platz und schenken Sie Ihre volle Aufmerksamkeit Hannes' Trauzeugen«, verkündet Minas Trauzeuge. »Im Anschluss wird dann das Abendessen serviert. Also, halte dich kurz, Phillip.«

»Das bin dann wohl ich«, sagt er und geht auf den Tisch zu, an dem die Braut und der Bräutigam sitzen und ihm glücklich entgegenstrahlen.

Sein Anblick lässt mich innerlich seufzen. Was soll ich sagen? Er ist toll, umwerfend und würde es sich nicht so eindeutig falsch anfühlen, wäre er vielleicht sogar der Richtige. Zumindest für heute Nacht.

Ich setze mich alleine an einen für sechs Personen gedeckten Tisch und warte auf die Rede, während sich meine Gedanken immer tiefer in mein Hirn fressen, Gedanken, die sich mit meinen fiesen Betrügerphantasien vergnügen.

»Guten Abend.« Phillip räuspert sich und lässt seinen Blick über die Hochzeitsgesellschaft gleiten. »Gegen einen berühmten Schriftsteller anzureden ist wahrlich nicht einfach, aber ich werde mein Bestes geben – und mich kurz halten.« Er wirft Minas Bruder einen gespielt bösen Blick zu, dann atmet er tief ein. »Ich dachte lange, die Ehe wäre ein vollkommen überholtes und unzeitgemäßes Modell, eine fixe Idee, in die Menschen sich fügen, weil man das eben so tut, oder aber, weil es etwas aussagt, wenn man es *nicht* tut. Für mich war die Ehe so eine Art ›Prädikat wertvoll‹ für jede gute Beziehung, etwas, das die Kirche und die Gesellschaft von uns erwarten und dem wir uns eben ergeben. Ich dachte, es sei ein Fest, das allen beweisen soll, wie glücklich man ist. Ein Fest, das nicht wenige in den finanziellen Ruin stürzt.« Er macht eine Pause. »Ich habe darin rein *gar nichts* Romantisches gesehen, nur eine riesige Maschinerie, die uns greifbares Glück *kaufen* lässt.« Er schaut zu Hannes und grinst sein jungenhaftes Grinsen, kleine Fältchen legen sich um seine stahlblauen Augen. »Heute bin ich mir nicht mehr so sicher. Ich … Ich bin zynisch, war ich immer.« Er lacht kurz auf. »Bei den meisten Hochzeiten habe ich mit Freunden Wetten abgeschlossen, wann sich das Brautpaar wohl wieder scheiden lassen wird, und meistens lagen wir nur ein paar Monate daneben.« Er schaut einen Augenblick zu mir. »Doch vor einem Monat habe ich eine Frau kennengelernt, die mich zweifeln lässt, eine Frau, die mich auf eine Art berührt, die ich vorher nicht kannte, und plötzlich kann ich verstehen, dass Menschen es darauf ankommen lassen. Ich kann plötzlich verstehen, dass sie überzeugt davon sind, dass es diesen *einen* Menschen gibt, den man sein Leben lang ertragen kann.« Die Gäste lachen. Ich nicht. Mir liegen seine Sätze bleischwer im Hirn. Er hat eine Frau kennengelernt? Vor einem Monat? Ich spüre einen wütenden Klumpen in meinem Magen, der immer weiter anschwillt. Was soll das? Ich meine, die ganzen Schmeicheleien, die Andeutungen? »Vor vier Wochen hat ein Zufall meinem Leben eine neue Richtung gegeben und ich versuche zu begreifen, wie so eine kleine Handlung alle alten Ansichten einfach wegwischen kann – wie sie mich den sonst so beängstigenden Gedanken, mein Leben komplett zu ändern, plötzlich mit ganzem Herzen begrüßen lässt, nein, herbeisehnen lässt.« Mein Hirn arbeitet auf Hochtouren. Vor *vier* Wochen. »Ich kenne diese Frau kaum. Ich hatte sie nie getroffen, nie ihre Stimme gehört und trotzdem kann ich mir vorstellen, mein Leben mit ihr zu teilen. Ich bin bereit weiterzugehen, bereit für den nächsten Schritt. Für die Realität.« Und wieder schaut er mich an und die Erkenntnis rieselt wie Puderzucker. *Er ist übers Wochenende verreist.* »Ja, ich glaube inzwischen fest daran, dass es den *einen* Menschen gibt, den man sein Leben lang lieben kann, und ich bin überzeugt davon, dass ihr beide mir beweisen werdet, dass …«

»O mein Gott!«, sage ich laut und ohne nachzudenken.

Ich stehe auf und starre ihn an, mit aufgerissenen Augen, die es nicht glauben können, mit eiskalten Händen, die mir den Mund zuhalten, so als würden sie mich daran hindern wollen, es auszusprechen.

Hannes sieht mich an, als wäre ich geisteskrank. Es herrscht Stille im Saal und ich spüre Hunderte Augenpaare auf mir, höre das leise Knarren von Stühlen auf dem Boden.

»Phillip Wendt! PW 42! O mein Gott!«

Er stellt sein Glas ab und lächelt. In seinen Augen liegt jetzt dieser Ausdruck, der mir die Luft abschnürt. Die Stille knistert erwartungsvoll. Keiner wagt zu atmen.

Er setzt sich in Bewegung und kommt direkt auf mich zu. Ich fühle mich wie in Watte gepackt, so als würde sich die Welt von einem Moment auf den anderen langsamer drehen. Gleichzeitig erleidet mein Herz wahrscheinlich gleich einen Infarkt und mein Puls, der mir in den Ohren rauscht, droht mich jeden Augenblick zu erschlagen. Ich stehe mit wackligen Knien und zitternden Händen da und starre Phillip an, mein Internetphantom, PW 42.

Er bewegt sich in Zeitlupe auf mich zu, unsere Augen lassen einander keine Sekunde los, dann steht er vor mir. Alles kribbelt, sein Blick hält mich gefangen und ohne ein weiteres Wort zu sagen, zieht er mich an sich und küsst mich. Endlich. Sofort geht ein Feuerwerk in meinem Kopf los, bunt glitzernde Funken jagen durch meinen Brustkorb, kribbeln bis in meine Fingerspitzen. Ich vergehe in diesem Moment, in diesem Kuss, in seinen Armen, die mich halten. Ich spüre nichts außer seinen Lippen auf meinen, bin taub für den Beifall und die Pfiffe. Ich bemerke Hannes' Kopfschütteln nicht und auch nicht sein ungläubiges Grinsen.

Die Zweifel sind vergessen. Alles ist vergessen. Enzo ist vergessen.

Zumindest bis zu dem Moment, als ich die Augen öffne und ihn in der Tür stehen sehe. *O Mann.*

Hanna

JÜNGSTES (KRÖNCHEN-) RICHTEN

Clara legt den Arm um meine Schulter und gerade, als sie die Tür zum Festsaal öffnen will, dringen plötzlich laute Pfiffe, Applaus und begeistertes Gejohle aus dem Festsaal. Wir bleiben überrascht stehen und sehen einander kurz an.

Da wird die Tür plötzlich von innen aufgestoßen. Clara und ich springen unvermittelt zur Seite, als Enzo nach draußen stürzt. Enzo? Was macht der denn hier? In seinen Augen brennt etwas, das mich spontan um Veros Wohlergehen bangen lässt. So wie er aussieht, könnte sie gerade blutverschmiert in irgendeiner Ecke liegen.

Enzo entdeckt uns, hält einen kurzen Moment inne und schaut mich an, als würden wir einander zum ersten Mal sehen – als wäre er ein anderer Mensch. Ein Fremder.

Oh oh, ich ahne Schreckliches: Er weiß es. Vermutlich wollte er Vero eine Freude machen, ist nachgekommen und hat sie beim Flirten mit Phillip erwischt. Die beiden haben sich zwar nur unterhalten und Vero hat dauernd mit den Augen geklimpert, aber für einen Süditaliener wie Enzo grenzt das wahrscheinlich schon an außerehelichen Beischlaf – obwohl sie ja nicht mal verheiratet sind. Enzo und sein ewiger Hang zur Dramatik.

Aber da ist nicht nur Wut in seinen Augen. Unter der bröckelnden Fassade schimmert noch etwas anderes, etwas Verletztes. Der glasige Schleier auf seinen schimmernden schwarzen Augen erzählt eine Geschichte von gebrochenem Herzen und geplatzten Träumen. Sie verleiht seinem Gesicht eine Tiefe, die er sonst nie gezeigt hat. Was ist da drin nur passiert?

Bevor seine Tränen ihn bloßstellen können, schaut er unvermittelt zu Boden und verschwindet wortlos in die schwarze Novembernacht.

»ENZO!« Vero stürmt durch die Tür auf uns zu, nein, an uns vorbei durch das Foyer. »Enzo! Warte!«

Aber er wartet nicht. Veros verzweifelte Rufe verhallen ungehört, als sie ihm in die klirrend kalte Novembernacht folgt.

Ich sehe den beiden ungläubig nach. Eigentlich sollte mich so eine Szene bei Enzo und Vero nicht weiter wundern und früher hätte es mich auch nicht gewundert, denn die beiden waren wie eine Daily Soap, sie haben sich geliebt und gehasst, sich mit Schimpfwörtern und Tellern beworfen, sie haben sich im Streit getrennt und sich unter Tränen wieder versöhnt, nur um sich vier Minuten später wieder anzuschreien, aber wenn ich es mir recht überlege, haben sie sich seit einer ganzen Weile nicht mehr gestritten und getrennt und wieder versöhnt. Ich dachte ja, das wäre ein gutes Zeichen.

Jetzt kommt auch Phillip zu uns in die Lobby gerannt. Einen Augenblick steht er nur da und ich erkenne in seinem Blick, dass er sich fragt, was er tun soll. Ich sehe den Konflikt in seinen Augen. Er schaut einen Moment zu Clara und mir, dann folgt er Enzo und Vero nach draußen.

Clara und ich sehen uns unschlüssig an.

»Was ist denn da los?«, frage ich irritiert.

»Keine Ahnung.«

»Was machen wir jetzt? Ich meine …«, stammle ich. »Sollten wir nach ihr sehen?«

»Und uns dazustellen und zusehen, wie die beiden sich

streiten?«, antwortet Clara und schüttelt langsam den Kopf. »Lass uns lieber an unseren Tisch zurückgehen und was essen.«

Ich sehe sie vorwurfsvoll an. »Wie kannst du gerade an Essen denken?«

»Na ja, ich…«

»Ich habe keinen Hunger«, falle ich ihr ins Wort, während mein Magen aus Leibeskräften nach Nahrung schreit. Aber der Gedanke, dort drinnen mit den Reuters zu Abend zu essen, egal, wie weit ihr Tisch entfernt ist, verdirbt mir den Appetit. Vielleicht sollte ich ins Bett gehen. Einfach schlafen. Nur, dass ich garantiert nicht einschlafen könnte. Die Thomas-Gedanken und die Frage, wie es Vero geht, würden mich ja doch wachhalten. Ich spüre die Tränen und Claras Blick auf mir.

»Okay, wir setzen uns jetzt an unseren Tisch und du erzählst mir endlich, was passiert ist.« Gerade als ich protestieren will, hebt sie abwehrend die Hände. »Keine Widerrede. Wir müssen auch nichts essen.«

»Na gut«, antworte ich seufzend.

Wir betreten den Festsaal, in dem sich gerade alle aufgeregt miteinander unterhalten, während die Kellner damit beginnen, das Abendessen zu servieren. Ich versuche, meinen Blick stur auf unseren verwaisten Tisch zu richten und muss natürlich trotzdem wieder an Thomas denken – und an die Art, wie er eben abgehauen ist. Warum war er so wütend? Ich habe doch nur das … Richtige getan und die Stopp-Taste gedrückt, da braucht er mich nicht gleich anschreien und mir vorwerfen, dass ich verrückt bin.

Wir setzen uns und da entwischt mir dann doch ein Blick. Er sitzt an seinem Platz und tippt auf seinem Handy herum. Plötzlich erhellt ein Lächeln sein Gesicht und er beugt sich zu Nathalie, um ihr etwas zu zeigen, das auch sie strahlen lässt. Verdammt. Sofort muss ich wieder daran denken, wie er meinen Körper gestern aus dem Koma geweckt hat. Er war wie eine Naturgewalt, die ich überall gespürt habe. Meine bebende Stimme war so laut, dass wahrscheinlich das ganze Mietshaus das Erwachen der Schlampe mitbekommen und gehört hat, wie er sie stöhnend aus ihrem Tiefschlaf gerissen hat. Und jetzt ist sie da. Sie und ihre Wünsche.

Ich sehe Clara mit einem der jungen Elbenkellner sprechen und weiß nicht, ob ich mir wünschen soll, dass sie für uns Hochprozentiges bestellt oder doch lieber ein kühles Glas Cola.

Aber auch das ist nichts Neues: Ich kann keine klaren Entscheidungen treffen, geschweige denn harte. Wahrscheinlich wäre ich noch immer mit Sebastian zusammen, wenn er nicht mit mir Schluss gemacht hätte. Ich stecke den Kopf lieber in den Sand und packe mich in weiche Watte, statt den Schmerz der Konsequenzen zu riskieren. Als wäre das ein geschickter Schachzug, als hätte ich der Entscheidung damit ein Schnippchen geschlagen. Klar, ich will das Leben, aber eben ohne den Schmerz, ohne die Tränen. Deswegen entscheide ich mich meistens lieber gar nicht. Gelitten habe ich trotzdem, gelebt allerdings nur bis zum dritten Gang, weil ich zu mehr einfach nicht den Mut hatte.

Zumindest war das bisher so. Bis vor Kurzem. Vorhin auf der Männertoilette habe ich mich entschieden. Anders als gestern Abend, als ich einfach nur mitgerissen wurde, habe ich heute Abend das Richtige getan. Ja, der Schmerz bringt mich fast um, aber ich kann mich einfach nicht auf einen verheirateten Mann einlassen. Das wäre falsch.

Trotzdem sollte ich Thomas dankbar sein, dass er mir die Schlampe vorgestellt hat, die mich in Situationen bringt, in denen ich mich entscheiden *muss*. Und deswegen glaube ich … sollte ich mir eine andere Wohnung suchen.

Meine Augen füllen sich erneut mit Tränen und der Festsaal liegt schummrig und pulsierend vor mir. Das, was da gleich schon wieder aus mir heraussprudelt, ist die Trauer darüber, dass ich aus einem viel zu kurzen, viel zu intensiven Traum viel zu früh erwacht bin. Nein, das mit Thomas war kein *Fehler*. Es war vielleicht nicht richtig, aber ich würde es, glaube ich, wieder tun. Es war nämlich das Beste und Intensivste, was mir seit Langem passiert ist. Ach was, was mir jemals passiert ist. Ja, es tut weh, aber das Leben ist nun mal zum Leben da, nicht zum Darübernachdenken.

Thomas hat seine Nathalie und ich habe … na ja, eine neue Seite von mir entdeckt, die ich nicht ausleben kann, weil ich allein bin. Weil Thomas seine Nathalie hat. Und wieder grüble ich. Und dieser Tsunami aus Gedanken und Gefühlen hinterlässt eine Schneise der Verwüstung wie ein tobender Rottweiler in einem eben noch liebevoll angelegten Blumenbeet. Gestern hatte alles noch seine Richtigkeit und seinen Platz, jetzt sind da nur noch Trümmer. Ein leeres Schlachtfeld.

Aber dieser Anblick ist seltsamerweise befreiend. So als könnte man nur auf den Trümmern etwas Neues aufbauen. So als müsste das Alte erst sterben. Jetzt heißt es aufräumen, sich aufrappeln, den Staub abklopfen und das Krönchen richten – und dann heißt es weitergehen, weil das Leben nicht ewig wartet.

Da kommt der Kellner endlich mit zwei Gläsern in den Händen auf uns zu, in denen, zumindest der Farbe nach zu urteilen, wahrscheinlich Cola ist. Schade, momentan wäre mir doch eher nach Hochprozentigem.

Vero

LIEBESINFARKT

»Enzo, bitte! Warte!« Meine Stimme überschlägt sich, doch meine Rufe prallen an ihm ab.

Ich kenne Enzo, wenn er wütend ist, und ich weiß, dass er dann nicht zuhören kann. Es ist, als würde die Wut in seinem Kopf dermaßen anschwellen, dass sie seine Gehörgänge blockiert, und er wird dann von einem Augenblick auf den anderen taub für Worte und jegliche Vernunft – und es gibt keinen Platz mehr für Entschuldigungen. Aber das hier ist weit mehr als nur Wut. In seinem Blick loderte eben eine fast angsteinflößende Mischung aus Fassungslosigkeit, Enttäuschung und wahnwitziger Eifersucht.

Ich versuche noch immer, ihn einzuholen, aber was selbst mit flachen Schuhen eine Herausforderung wäre, erweist sich mit den High Heels, die ich gerade trage, als völlig unmöglich. Die Pfennigabsätze bremsen mich aus. Ich zwinge mich, zumindest mit ihm Schritt zu halten, obwohl jeder einzelne die reinste Tortur ist.

Ein Teil von mir möchte stehen bleiben und kurz verschnaufen. Nein, stimmt nicht. Er will nicht nur stehen bleiben, er möchte *umkehren* und zurück zu Phillip laufen, zu der Wärme in seinen fremden und zugleich doch so vertrauten Armen, zu diesem Kuss. Er will zurück zu dem Menschen, der es geschafft hat, mich warm in Worte zu hüllen, in Gedanken zu verführen und mich wieder an das Gefühl zu erinnern, dass *ich* zu sein eine gute Sache ist.

Plötzlich brechen Scheinwerfer durch die Dunkelheit und blenden mich. Ein Taxi hält in einiger Entfernung an und ich erkenne, wie Nik seine Reisetasche im Kofferraum verstaut und dann einsteigt. Moment, er reist ab?

Aber für diese Frage und eine sinnvolle Antwort habe ich im Moment einfach keine Zeit. Enzo ist schon fast an seinem Auto angekommen. Er wird jeden Moment einsteigen und verschwinden. Er wird mich und unser Leben verlassen.

»Enzo! Bitte!«, rufe ich ihm verzweifelt entgegen.

»WAS?!«, brüllt er und dreht sich zu mir um. »Ich Idiot komme extra noch hierher, weil ich dich sehen will, weil ich ein schlechtes Gewissen habe, und du?« Er macht ein abschätziges Geräusch und schüttelt den Kopf. »Wie lange geht das schon?«

Ich bleibe schwer atmend vor ihm stehen und weiß wirklich nicht, was ich darauf antworten soll. Seit vier Wochen? Seit vier Minuten?

Er fährt sich mit den Händen durchs Haar. »Ich fasse es nicht! Wie konntest du das tun?!«

»Enzo, es ist nichts passiert«, sage ich verzweifelt.

»Nichts passiert?! Glaubst du, dass ich den ganzen Weg gefahren bin, nur um dann zu sehen, wie du einen anderen Mann küsst?« Seine Stimme bricht weg und seine Augen brennen auf mir.

»*Er* hat *mich* geküsst!« Langsam bekomme ich wieder Luft.

»Hat er dich gegen deinen Willen geküsst?«

»Ähm …« Nicht wirklich. Ich habe ihn bei seiner Rede unterbrochen – da musste er ja irgendwie reagieren. Mist.

»Weil, wenn er dich gegen deinen Willen geküsst hat, kann er sich auf etwas gefasst machen.« Sein vor Wut glasiger Blick legt sich wie zwei Hände um meinen Hals und drückt langsam zu. »Aber es sah nicht danach aus.«

»Enzo, ich …«

»Du hast es darauf angelegt«, flüstert er. »Du wolltest, dass er dich küsst. Oder?«

Darauf antworte ich jetzt lieber mal nicht.

»Es sah nämlich ganz so aus, als hätte es dir gefallen.«

Ich will jetzt doch etwas sagen, da hebt Enzo aber energisch die Hände.

»Ihr passt gut zusammen, du und er. Viel besser als wir!«

»Was?«, frage ich und spüre plötzlich ein heißes Brennen in meinen Augen.

»Er ist ganz dein Typ: Anzug, Krawatte, erfolgreicher Gentleman. Nicht dieser idiotische Italiener, der Kinder mit dir will.« Er sieht mich verzweifelt an.

Enzo und ich haben uns früher *dauernd* gestritten – bis wir damit aufgehört haben. Vielleicht waren uns auch irgendwann die Teller einfach zu teuer oder wir waren nach der Arbeit zu müde. Vom Leben. Vom Alltag. Vom ewigen Streiten. Haben wir aufgegeben? Oder sind wir gerade dabei? Ist das Fass übergelaufen? Ist das hier der letzte Streit? Ein verzweifeltes finales Aufbäumen?

Die eisige Nachtluft legt sich wie ein kalter Mantel um meine Schultern. Er sieht mir direkt in die Augen und dieser Blick bohrt sich wie ein stumpfes Messer in meine Lunge. Diese Enttäuschung, diese Wut, diese Fassungslosigkeit … Dann kramt er plötzlich in der Tasche seiner schwarzen Anzughose nach dem Autoschlüssel.

»Enzo!« Das Echo meiner flehenden Stimme hallt über die Felder. »Bleib hier! Bitte!«

Doch er bleibt nicht. Er steigt ein, wirft die Tür hinter sich zu, startet den Motor und lässt mich in der Dunkelheit zurück. Alleine.

Er ist fort.

Und ich spüre die nackte Panik in meinem Brustkorb aufsteigen.

Eine existenzielle Angst macht sich in meinem ganzen Körper breit, in meinem Leben.

Ich starre in den Nachthimmel.

Was habe ich getan?

Die kalte Luft lässt mich plötzlich klar denken und auf einmal ist die Wahrheit so groß und übermächtig, dass es mir unbegreiflich erscheint, dass ich sie so lange übersehen konnte. Ungefähr so, als würde man über Monate hinweg eine ausgewachsene Elefantenkuh in einem knallgrünen Cabrio ausblenden: Enzo und ich sind zwar wirklich komplett unterschiedliche Menschen, aber eben wie Wasser und Öl, wie Feuer und Eis, wie Plus und Minus, und genau das ist der Grund, warum ich ihn liebe. Ich liebe ihn. Da bin ich mir sicher.

Denn zusammen sind wir vollkommen.

Oder waren es.

Diese Erkenntnis bohrt sich langsam zwischen meine Rippen und bei jedem Atemzug schneidet sie ein bisschen tiefer.

Clara

MEIN NIK-ARAGUA

Endlich scheint Hanna neben mir aus ihrer unheimlichen Schockstarre zu erwachen. Doch noch bevor ich sie fragen kann, was denn nun eigentlich passiert ist, sehe ich, wie Matthias sich von seinem Platz neben Linda erhebt. Er wirft mir einen kurzen Blick zu, der mir sagt, dass ich ihm folgen soll, und verlässt dann den Festsaal.

Aber ehrlich gesagt will ich ihm nicht folgen, um mit ihm zu reden. Die Wahrheit ist: Ich wollte noch nie so ungern wie in diesem Augenblick mit ihm reden. Ich weiß nämlich wirklich nicht, was ich ihm sagen soll. Meine Zunge ist noch immer müde vom vielen Küssen und mein Hirn schwimmt in einer melancholischen Mischung aus Nik und Enttäuschung.

»Gehst du ihm nicht nach?« Hanna sieht mich aus ihren nicht mehr ganz so verheulten großen Augen aufmunternd an.

»Lieber nicht«, seufze ich und nehme einen Schluck eisgekühlte Cola.

»Komm schon.« Sie sieht mich jetzt fast verschwörerisch an. »Ist es nicht das, was du die ganze Zeit wolltest?«

Was? Hat sie mich durchschaut? Mich und meinen blöden Plan?

»Woher …«, flüstere ich.

»Ist doch jetzt egal«, unterbricht sie mich und lächelt. »Geh schon und hol ihn dir.«

Ich nicke kurz, stehe auf und verlasse den Festsaal. Irgendwie fühle ich mich gerade wie auf dem Weg zum Henker.

»Hase?« Ich folge dem Klang des Kosenamens, den ich schon immer blöd fand und sehe Matthias' glänzende Augen.

Er kommt in der Lobby langsam auf mich zu und nimmt meine Hände in seine, während die Gewissensbisse mich verschlingen. Es ist doch echt ein Witz. Da betrügt und verlässt er mich und am Schluss habe dann *ich* ein schlechtes Gewissen, weil ich an nichts anderes mehr denken kann als an Nik und sein schiefes Lächeln.

Ich atme tief durch und bilde mir ein, ihn noch zu riechen. So als hätte er seinen Duft als kleine Erinnerung in meinem Kleid versteckt. Vielleicht wollte er mich aber auch einfach nur quälen. Vielleicht habe ich es nicht anders verdient. Mein genialer Schachzug hat funktioniert und das habe ich jetzt davon. Ohne den genialen Schachzug hätte ich Nik nicht getroffen und gleich wieder verloren, Matthias wäre noch immer bei Linda und ich wahrscheinlich noch immer der felsenfesten Überzeugung, dass Matthias der Mann meines Lebens ist.

»Hast du es ihr gesagt?«

»Noch nicht«, sagt Matthias und führt mich in Richtung Bibliothek. »Bist du dir sicher? Ich meine, wegen uns?«

»Ob ich mir sicher bin?« Gute Frage. Das Problem ist: Ich bin mir sicher.

»Ich *muss* es wissen«, flüstert er, während wir den kleinen Nebenraum betreten, in dem Nik sich von mir verabschiedet hat. »Sind wir zusammen, Hase?«

»Matthias …« Wie kann er von mir erwarten, so zu tun, als wäre nichts vorgefallen? Es ist nicht *nichts* vorgefallen. Ich für meinen Teil erinnere mich jedenfalls noch genau an die Abfuhr und meine geschwollenen Augen und die

Mordgelüste. Das war immerhin erst gestern! »Du hast mich betrogen und verlassen. Was erwartest du?«

»Ja, ich weiß.« Er atmet scharf ein. »Das war ein Fehler.«

»War es das?«

»Ja, war es.«

»Woher plötzlich die Klarheit? Ich meine … Du hast dich mit ihr verlobt, während du mit mir zusammen warst! *Verlobt*, verdammt noch mal!«

»Ich weiß! Ich weiß es ja!«

»Du hast mich monatelang mit Linda betrogen.«

Er hält meinen vorwurfsvollen Blick. »Und du? Du willst mir doch nicht allen Ernstes erzählen, dass du diesen Nik heute zum ersten Mal triffst.«

»Was?« Die Show hat anscheinend nicht nur mich überzeugt.

»Die Geschichte, dass ihr euch vor einem Monat kennengelernt habt und du ihn gestern dann erst angerufen hast, stinkt doch zum Himmel.«

»Was genau willst du damit sagen?«, frage ich und fixiere ihn mit meinem Blick.

»Hase, es ist okay. Ich meine, ich war so viel weg.«

Dreht er den Spieß etwa gerade um? Er ist der Betrüger!

»Ich habe Nik gestern zum ersten Mal angerufen«, zische ich ihn an. »Ich habe ihn vor ein paar Wochen kennengelernt und er hat mir seine Nummer gegeben.«

»Aber wo? *Wo* hast du ihn kennengelernt? Und warum hast du mir nichts davon gesagt?«

»Weißt du was, Matthias?« Ich funkle ihn wütend an. »Ich … sollte gehen.«

»Gehen?« Matthias hält mich am Handgelenk fest. »Wohin?«

Ich schaue auf seine Hand, die mein Gelenk umschließt, und er lässt es sofort los. »Matthias, es tut mir leid, aber …«

»Nein, bitte tu das nicht.« Der flehende Ausdruck in seiner Stimme legt sich eng um meinen Brustkorb.

»Das habe nicht *ich* getan, Matthias.« Ich schaue ihm direkt in die Augen. »Du bist fremdgegangen und hast mich verlassen.«

»Aber jetzt … Lass es mich erklären, bitte, ich …«

»Was willst du da denn noch erklären?«, falle ich ihm ins Wort und gehe in Richtung Foyer.

»Clara, warte. Clara, bitte!« Er nimmt wieder meine Hand.

»Matthias, lass mich gehen«, fahre ich ihn an und befreie mich aus seinem Griff.

»Das kannst du mir nicht antun.«

»Ich *dir* nicht antun?« Die Wut drängt von innen gegen mein Hirn. So wie sich Champagner gegen seinen Korken presst, wenn er geschüttelt wurde. »Matthias, es war richtig, mich zu verlassen, und es war richtig, neu anzufangen. Es war nur nicht richtig, mich zu *betrügen*.«

Ich sehe, wie er Anlauf nimmt, um mir zu widersprechen, doch ich hebe abwehrend die Hände.

»Das mit uns beiden ist schon eine ganze Weile kaputt. Du hast es einfach früher kapiert als ich.«

»Nein, das stimmt nicht.« Er sieht mich aus plötzlich ganz glasigen Augen an. »Ich liebe dich. Ich will nur dich. Das habe ich heute verstanden.«

»Du hast es verstanden, weil du mich mit einem anderen gesehen hast«, antworte ich kopfschüttelnd. »Das hat nichts mit Liebe zu tun.«

»Ich will keine andere. Ich will nur dich.«

»Und weißt du auch, warum? Weil das, was man nicht haben kann, immer viel interessanter ist, und im Augenblick bin das eben ich.« Ich schenke ihm ein letztes Lächeln. »Das mit uns, das ist vorbei.«

»Clara …«

»Pass auf dich auf, Matthias.« Ich lächle ihn an. »Deine Verlobte wartet.«

Mit diesem Satz hebe ich mein Kinn und gehe.

Ich weiß ja nicht, wie man seine innere Mitte findet, ich glaube, ich war dort noch nie, aber das Gefühl gerade kommt meiner Vorstellung davon recht nah. Es gibt eindeutig mehr als nur Matthias. Es gibt zum Beispiel Nik. Auch wenn ich ihn nicht behalten darf, hat er mir doch mehr gegeben, als er je wissen wird. Selbst wenn alles nur Show war, weiß ich jetzt wieder, wie es sein kann – wie es sich für mich anfühlen kann. Nik hat mich heute an einen paradiesischen Ort entführt, den meine Phantasie jetzt fertig gemalt hat, der mich nicht mehr loslässt: Nik-aragua.

Hanna

WAHRHEIT UND PFLICHT – TEIL I

Der junge Elbenkellner serviert das Abendessen, als wäre nichts gewesen. Er kommt mit zwei dampfenden Tellern zu uns an den Tisch und lächelt Clara an, die sich eben mit einem vielsagenden Blick neben mich gesetzt hat. Der Kellner stellt einen der Teller vor ihr ab und lächelt sie dabei nicht nur mit dem Mund an, er tut es mit dem ganzen Körper. Dieses Lächeln sagt laut und deutlich, dass er sie will. Ich glaube ja, den Mann, der Clara nicht will, gibt es nicht. Einer sitzt ein paar Tische weiter und schaut immer wieder zu uns herüber.

Matthias ist kurz nach Clara zurück in den Festsaal gekommen, allerdings wirkte er dabei, als hätte ihn gerade jemand angeschossen. Blass und mit verkniffenem Gesichtsausdruck hat er sich neben Linda gesetzt, deren Miene jetzt wirklich hervorragend zu seiner passt.

Der Kellner schenkt uns beiden etwas Wein ein, ohne seinen Blick von Clara abzuwenden, und man sieht ihm an, dass er sie sich gerade nackt vorstellt. Nackt und stöhnend. Und bei nackt und stöhnend denke ich natürlich sofort wieder an Thomas und die bloße Erinnerung daran weckt auch sofort wieder dieses verräterische Pochen in meinem Bauch. Ich suche ihn an seinem Platz, sehe ihn diesmal aber nicht. Auch von Nathalie fehlt jede Spur. O nein. Führt er das, was er auf der Männertoilette mit mir angefangen hat, mit ihr gerade zu Ende? Sofort spüre ich einen heftigen Stich in der Herzgegend und ich blinzle ein paarmal schnell.

Der Kellner stellt die Weinflasche ab und als er endlich verschwunden ist, finden mich Claras Augen. »Sag schon, Hanna. Was ist heute mit dir los?«

»Also …« Wie erklärt man so etwas? Etwas, das man sonst nur in Filmen sieht und sogar da als total unrealistisch und idiotisch abtut? Also, ich würde das zumindest. Ich würde an ihrer Stelle seufzen, die Augen verdrehen und »Ja, genau« sagen.

»Sag schon«, flüstert sie. »Was ist passiert?«

»Glaub mir, das würde dir nur den Abend versauen.«

Sie lächelt mich milde an und ich seufze.

»Clara, ich weiß nicht mal, wo ich anfangen soll.«

»Wie wäre es denn damit?« Sie schiebt mir mein Weinglas hin und greift nach ihrem.

»Okay«, sage ich schließlich und nehme einen großen Schluck. »Also …«

Aber wo fange ich an? Wo hat es angefangen? Bei dem Kotzanfall meiner Tasche? Bei seinem Blick? Bei seinem Kuss? Ich beobachte, wie Claras fragendes Gesicht plötzlich unscharf wird, und spüre wenig später die Tränen erst in meine Augen und dann über meine Wimpern treten.

»Tut mir leid.« Ich wische mit dem Handrücken über mein Gesicht und atme tief ein.

Doch bevor ich dazu komme, meine »Schlampen-Küchenboden«-Geschichte zu erzählen, entdecke ich Vero und bei dem verlorenen Ausdruck in ihren Augen trocknen meine Tränen, denn es wirkt so, als bräuchte Vero sie gerade dringender als ich, nur dass sie bei ihr nicht fließen, weil Vero nicht weint, *nie*, weil sie tough ist. Die alte Vero wusste, dass Tränen kein Zeichen von Schwäche sind, die Investmentbankerin mit den kurzen Haaren hat das vergessen. Allerdings scheint sie gerade daran erinnert zu werden, wie es sich anfühlt, schwach zu sein. Oder einfach nur traurig. In dieser Sekunde finden ihre Augen meine und ich erkenne darin ein fast vergessenes Schimmern.

Sie setzt sich zu uns an den Tisch, schweigend und in Gedanken versunken. Veros Verstand arbeitet auf Hochtouren, das sieht man sofort. Er ist auf der Suche nach der Lösung für ein unlösbares Problem, weil es für Vero *immer* eine Lösung gibt, weil es eine geben *muss*.

»Ich glaube, es gibt einiges zu bereden.« Clara nimmt ein leeres Weinglas, schenkt Vero einen Schluck ein und reicht es ihr. »Hier.«

Vero nimmt es, dann sieht sie mich an. »Warum weinst du?«

»Das versuche ich auch schon seit einer Weile herauszufinden«, sagt Clara und jetzt sehen mich beide an.

»Okay.« Ich nehme einen großen Schluck und wische mir die letzten Tränenreste aus dem Gesicht. »Also, ich hatte gestern Abend mit meinem Nachbarn spontanen Sex und ...«

»Moment, Moment.« Vero richtet sich ruckartig auf und sieht mich überrascht an. »Du hattest was? Wann?«

»Gestern.«

»Gestern?« Clara klingt mehr als überrascht, beinahe ungläubig.

Ich schaue zu ihr hinüber. »Ja, gestern, nachdem ich von dir weggefahren bin.«

»Okay, und wie ist es ... Also ... Wie kam es dazu?« Vero sieht mich irritiert an. Auch in ihrem Blick kann ich leichte Skepsis lesen, was verständlich ist, denn hätte mir jemand gestern erzählt, dass Hanna Bischof wilden Sex mit ihrem Nachbarn hat, hätte ich ähnlich reagiert.

»Also, ich bin die Treppe hoch und er stand da im Flur und dann ... « Ich schaue noch einmal zu seinem Tisch, aber sein Platz ist noch immer leer. Ich verdränge die

Bilder an ihn und seine Frau in der Männertoilette, wie er sie leidenschaftlich küsst und sie ihre Beine um seine Hüften schlingt.

»Und dann?«, fragen Vero und Clara gleichzeitig.

»Äh, dann …« Ich brauche einen kleinen Moment, um zu Vero und Clara zurückzufinden. »Dann sind mir deine ganzen Schlaftabletten und Schmerzmittel aus der Tasche gefallen und er hat geholfen, sie aufzuheben, und dann habe ich geduscht und dann hat er geklingelt und dann hatten wir Sex. Stundenlang!«

Vero und Clara sehen mich an, als wäre ich übergeschnappt. So als hätte ich mein gestörtes Selbst bis zu diesem Augenblick erfolgreich vor ihnen versteckt und es jetzt aus einer kleinen bunten Schachtel springen lassen.

Clara hebt kurz die Hand. »Okay, also, noch mal von vorne. Du hast deine Medikamente auf den Boden geworfen?«

»Nein. Es waren nicht meine, es waren deine. Außerdem habe ich sie nicht auf den Boden geworfen, meine Tasche ist runtergefallen und er hat mir geholfen, sie wieder aufzusammeln.« Ich denke an den Kotzanfall und beschließe, Frau Reuter vorerst aus der Geschichte auszublenden. »Und dann habe ich geduscht und dann hat er geklingelt und ich war fast nackt und ich habe ihm die Tür aufgemacht und dann hat er mich geküsst und dann …«

Ich sehe Clara an, dass sie nicht weiß, was sie sagen soll.

»Und dann?«, sagt Vero schließlich. »Also, ich meine: War es gut?«

»Es war der blanke Wahnsinn!«, sage ich in einem theatralischen Flüstern, das selbst in meinen Ohren peinlich klingt.

Wie auf Kommando rücken unsere Köpfe zusammen und meine Stimme klingt verschwörerisch.

»Ich hatte ja keine Ahnung, wie verdammt gut Sex sein

kann. So mittelgut? Joa, vielleicht. Aber so *richtig* gut? Ich meine, das mit Thomas, das war …« Ich lasse kurz die Bilder in meinem Kopf zu und schwelge in den bittersüßen Erinnerungen an den besten Sex, den ich je hatte. »Er war … Er hat alles durcheinandergebracht und jetzt …«

Wieder spüre ich die Tränen in meinen Augen aufsteigen.

»Ja?« Clara nimmt meine Hand.

»Jetzt will ich mehr«, gestehe ich mit zitternder Stimme.

»Bitte versteh mich nicht falsch, ja?« Vero sucht nach den richtigen Worten. »Aber ich verstehe nicht, warum du weinst. Ich meine, er scheint dich ja auch … zu wollen.«

»Ja, schon, aber das mit uns hat keine Zukunft.« Ich entdecke ein trauriges Restchen in meinem Weinglas, leere es in einem Zug und stelle es viel zu energisch auf dem Tisch ab. Das Geräusch lässt zwei Frauen am Nachbartisch kurz zu uns herübersehen.

»Weil?« Clara sieht mich aufmunternd an.

»Na, ganz einfach, weil er über mich hergefallen ist und stundenlang mit mir geschlafen hat, obwohl … obwohl er verheiratet ist!« So, jetzt ist es raus.

Clara und Vero reißen überrascht die Augen auf und die Brauen hoch.

»Verheiratet?!«, fragen sie wie aus einem Mund.

»Aber das hast du nicht gewusst, oder?«, fragt Vero schnell und sieht mich mit ihrem gnadenlosen Lügendetektorblick an. »Hanna?«

»Doch. Ich wusste es und das hier«, flüstere ich und wische mir die Tränen von den Wangen, »ist die Strafe.«

»Die Strafe?«, fragt Clara und sieht mich verwundert an. »Wovon redest du?«

»Er ist hier!«, sage ich schrill. »Mit seiner Frau! Ist das zu fassen?«

»Was?«, fragt Vero mit großen Augen. »Wo?«

»Thomas ist der Trauzeuge.« Ich deute auf den Tisch am anderen Ende des Saals. »Er ist gerade mit seiner Frau aufs Klo verschwunden.«

»Minas Trauzeuge ist dein Nachbar?«, fragt Clara ungläubig. »Und diese Nathalie ist …«

»Seine Frau, ja«, falle ich ihr ins Wort.

»Er ist so ein Arsch.« Wenigstens darin sind wir drei uns heute einig, wobei … Ich will ihn ja wirklich hassen, aber in meinem Kopf liegen wir schon wieder auf meinem beschissenen Küchenboden, eng ineinander verschlungen, er auf mir, tief in meinem Körper. Ich sehe diesen Blick und sein Lächeln, spüre die Erfüllung durch meine Adern schießen. Die Erfüllung, die von nun an Erinnerung bleiben muss – und nur eine Tür weiter wohnt.

Ich glaube, ich sollte mir wirklich eine neue Wohnung suchen.

Clara

WAHRHEIT UND PFLICHT – TEIL 2

Okay, Hanna treibt es mit ihrem verheirateten Nachbarn, ich bin meinem bezahlten Begleiter verfallen und Vero hat ihren Enzo in die Flucht geschlagen. Ihr Gesicht ist noch immer traurig, aber auch ungewohnt sanft und verletzlich. Es ist fast, als wäre es das Ergebnis einer Zeitreise. Die Frau, die in diesem Moment neben mir sitzt, ist eine kurzhaarige Version meiner Uni-Vero. Erst jetzt merke ich, wie sehr ich sie vermisst habe.

»Und was willst du jetzt tun?«, fragt sie vorsichtig und sieht Hanna mitfühlend an.

»Ich hab keine Ahnung.« Hanna schüttelt resigniert den Kopf. »Wahrscheinlich umziehen.«

Einen kurzen Moment schweigen wir. Versinken in Gedanken, die finster in unseren Köpfen herumziehen, und es ist ihnen egal, wie weh sie uns tun. Da ist sie, die grausame Fratze der Realität. Wir wissen nicht wohin, weder mit uns noch mit dem Abend.

Das Klirren des Bestecks und angeregte Gespräche holen mich an den Tisch zurück. Ich sehe, wie Hanna ihr leeres Weinglas an die Lippen führt, es dann wieder abstellt und ihren Blick dann langsam auf mich richtet. Bevor sie nach Matthias oder Nik fragen kann, lege ich schnell meine Hand auf Veros Arm.

»Und was war mit Enzo? Wo ist er? Ist bei euch alles okay?«

Ich ernte einen Blick, bei dem ich nicht genau weiß, ob ich darin reine Fassungslosigkeit oder stumme Verzweiflung lesen soll – und ich ahne sofort, dass es diesmal wirklich schlimm ist, mehr als nur ein leidenschaftlicher Streit, der den beiden als Vorspiel dient.

Vero leert ihr Glas in einem Zug. »Ich denke nicht, dass er mir das mit Phillip verzeihen wird.«

»Das mit Phillip?«, frage ich verständnislos.

Da blitzt etwas in ihren Augen auf. »Mein Gott, stimmt! Ihr habt das alles ja gar nicht mitbekommen!«

»Was nicht mitbekommen?«, fragen Hanna und ich gleichzeitig.

Vero seufzt schwer, dann legt sie die Karten auf den Tisch. Eine nach der anderen: Ihr Nik-aragua heißt PW 42 und er hat sie in einem Netz aus klugen Gedanken und auserlesenen Worten gefangengenommen. Es war ein Versehen, eine Verwechslung, und plötzlich war da wieder dieser Teil in ihr, der das Leben spürt.

Ich weiß sofort, wovon sie spricht, und Hanna scheint es ähnlich zu gehen, denn auch auf ihren Lippen legt sich ein leichtes Lächeln, als sie Vero ansieht. Eines, das man einer alten Freundin schenkt, die man schon lange nicht mehr gesehen hat. Ich hatte also recht: Die Uni-Vero ist tatsächlich zurück und das haben wir offenbar diesem Internetphantom zu verdanken. Vero war wie eine große Flasche Mineralwasser, die zu fest geschüttelt wurde, und PW 42 hat den Deckel aufgeschraubt.

»Das heute im Auto?«, fragt Hanna nachdenklich.

»War vermutlich eine Nachricht von ihm«, antwortet Vero nickend. »Ich habe dir das Handy aus der Hand gerissen, weil ich nicht wollte, dass du sie laut vorliest.«

Hanna nickt und lächelt. »Ist okay.«

»Und dann stehe ich bei Hannes vor der Kirche und …« Auf einmal bekommt Veros Stimme einen beinahe verzweifelten Ton. »Ich konnte doch nicht ahnen, dass er *hier* ist.«

»Moment, er ist hier?«, fragt Hanna mit großen Augen. »PW 42 ist hier?«

»Zumindest war er es«, antwortet Vero, trinkt den letzten Schluck Wein und sieht sich suchend um. »PW 42 ist Phillip Wendt, Hannes' Trauzeuge.«

»Etwa der, mit dem du den ganzen Tag geflirtet hast?!«, fragt Hanna mit großen Augen.

»Ich habe nicht …« Sie seufzt und schüttelt den Kopf. »Ja, genau der.«

»Und was ist das jetzt zwischen euch?«, frage ich vorsichtig. »Ist es was Ernstes?«

»Ach, ich habe doch keine Ahnung.« Vero atmet tief durch.

»Aber es lief doch gar nichts, oder?«, fragt Hanna alarmiert. »Ihr habt euch doch nur Nachrichten geschrieben und euch angeregt unterhalten.«

»Ja und? Du kennst doch Enzo«, antworte ich und zucke mit den Schultern. »Dem reicht doch ein interessierter Blick.«

»Aber die Art, wie er geschaut hat«, sagt Hanna kopfschüttelnd und sieht zu Vero hinüber. »Ist er wirklich nur gegangen, weil er gesehen hat, dass ihr miteinander redet?«

»Nein«, antwortet sie seufzend. »Enzo hat nicht nur gesehen, dass wir miteinander reden.«

»Sondern?«, frage ich im Flüsterton.

»Phillip hat seine Rede gehalten.« Ich sehe Vero an, dass sie die Situation gerade ein zweites Mal erlebt. »Ich … Ich habe eine Weile gebraucht, um es zu kapieren.« Vero macht eine Pause und schüttelt resigniert den Kopf. »Wir haben uns die ganze Zeit unterhalten und er hat kein Wort gesagt.«

»Und dann?«, frage ich, während ich mit meinen Fingernägeln spiele – eine Marotte, die ich in diesem Leben wohl nicht mehr loswerde. »Was war dann?«

»Dann habe ich es verstanden.« In ihren Augen sehe ich, wie die Erinnerung erneut den Film in ihrem Kopf startet. »Ich bin aufgestanden und habe einfach seine Rede unterbrochen.« Sie schaut zwischen Hanna und mir hin und her. »Ich habe nicht nachgedacht. Ich habe für diesen kurzen Moment völlig vergessen, dass so viele Menschen da sind, weil ich nur noch *ihn* gesehen habe.«

»Und dann?«, fragt Hanna und setzt zum zweiten Mal ihr leeres Glas an.

»Dann …« Vero sieht uns beide vielsagend an. »Dann hat er mich geküsst.«

Ich sehe bei ihr die Gänsehaut sprießen und die winzigen Härchen, die beim Gedanken an ihn und diesen Augenblick wie eine kleine Armee strammstehen. Dieser Ausdruck in ihren Augen spricht Bände.

»Und Enzo hat euch gesehen«, schlussfolgert Hanna.

Vero nickt nur.

»Hast du, na ja, den Kuss erwidert?«, frage ich vorsichtig.

Sie schließt die Augen und nickt erneut. Okay, Phillip ist eindeutig Veros Nik-aragua. Das Problem ist nur, dass man vorher nicht sagen kann, ob einen in Nik-aragua ein Luftschloss oder eine Zukunft erwartet.

Moment.

»Woher hat er überhaupt gewusst, dass du *du* bist?«, frage ich irritiert.

»Keine Ahnung.« Sie zuckt mit den Schultern.

»Und Enzo?«, fragt Hanna, obwohl sie die Antwort bereits kennt. »Was ist mit Enzo?«

Vero öffnet die Augen. »Enzo ist weg.«

Vero

Wahrheit und Pflicht – Teil 3

»Darf ich Ihnen noch etwas bringen?«, fragt einer der Elbenkellner und greift mit seiner behandschuhten Hand nach der leeren Weinflasche. Es ist, als würde er spüren, dass im Augenblick nur noch Alkohol helfen kann – wie ein guter Geist, ein *Flaschengeist*. »Vielleicht noch eine Flasche Rotwein?«

Ich schaue zu Clara, die gleichgültig mit den Schultern zuckt, und dann zu Hanna, aber hinter ihren grünblauen Augen sehe ich nur eine tiefschwarze Gedankenfront.

Dann schaut sie unvermittelt auf. »Ich will Tequila!«

»Sehr gut!« Claras Augen blitzen auf. »Ich auch.«

»Das ist nicht euer Ernst. Tequila?«, frage ich kopfschüttelnd. »Denkt ihr wirklich, es ist eine gute Idee, wenn …«

»Jetzt komm schon«, unterbricht mich Clara. »Was ist aus der Vero geworden, die kein Fest ausgelassen hat? Der Vero, mit der wir die Nächte zum Tag gemacht haben und die man frühestens bei Sonnenaufgang von der Tanzfläche runterbekommen hat? Ich hatte eben kurz den Eindruck, sie säße hier mit uns am Tisch.«

Okay, sie spricht offensichtlich von der Blondine.

»Ach, wissen Sie was?«, frage ich und schaue zu dem Kellner. »Machen Sie gleich sechs draus.« Ich werde die Blondine ertränken. Erst sie und dann mein schlechtes Gewissen.

»Sechs weiße Tequila mit Zitrone und Salz«, sagt der Kellner grinsend. »Kommt sofort.«

Hanna entwischt ein kleines Lächeln und Clara wirkt zufrieden, während der Flaschengeist in Richtung Bar verschwindet. Wenn das mal kein Fehler war.

Apropos Fehler. Bei diesem Stichwort denke ich an den Kuss und damit automatisch an den Ausdruck in Enzos Augen. Dieser Ausdruck wird mich noch lange verfolgen. Ich dachte irgendwie, jeder hat eine bestimmte Menge an Gesichtsausdrücken, und ich dachte, wenn man lange genug zusammenlebt, kennt man sie alle. Aber das stimmt nicht.

Ich schließe die Augen und sehe Enzo vor mir. Ihn und diesen Ausdruck, den ich unbedingt vergessen will, aber niemals vergessen werde. Ich sehe die Fassungslosigkeit und die Leere in seinem Gesicht, verletzt und von Vorwürfen getränkt, aber vor allem ungläubig. So als würde er darauf warten, dass der Wecker ihn jeden Augenblick aus dieser Hölle befreit. So als würde sein Hirn verzweifelt nach einer plausiblen Erklärung suchen, einer Antwort auf die naheliegende Frage, warum zum Teufel seine Freundin einen anderen küsst – und weil er keine findet, steht er einfach da. Mit diesem Blick. Er will kurz an eine *verblüffende* Ähnlichkeit glauben, eine Verwechslung oder einen Albtraum, weil alles andere einfach zu schmerzhaft wäre.

In diesem Gesicht konnte ich beobachten, wie unsere Beziehung erst langsam, dann immer schneller wie ein Kartenhaus in sich zusammenfiel – und mit ihr unsere Zukunft. Ich konnte unseren Erinnerungen bei ihrem kollektiven Selbstmord zusehen. Den kostbarsten Augenblicken meines Lebens. Die lauen Sommernächte in Italien, begleitet von Glühwürmchen und zirpenden Grillen. Ich erinnere mich an die Freiheit, die ich in seinen Armen gefunden habe, und an seine tiefen schwarzen Augen, die auf meinem Körper gebrannt haben wie glühende Kohlen. Und mit den Erinnerungen kommen auch die Gefühle zurück, starke Gefühle. Wie konnte ich sie nur vergessen und wieso hat mich erst dieser Gesichtsausdruck wieder daran erinnert?

Ich habe Enzo zu einer Randerscheinung werden lassen, zu einem Statisten in meinem Leben, und alles, was übrig bleibt, ist die Leere, die sich wie ein tödlicher Virus durch meinen Körper frisst. Ich habe ihn nicht verloren, ich habe uns zerstört. Uns und die Träume, die wir hatten. Plötzlich ist es klar. Plötzlich erinnere ich mich an all die Momente, die uns ausgemacht haben. Ich sehe alles, die ganze Wahrheit, aber warum ist mir das nicht schon gestern eingefallen oder vorgestern oder während der Stunden, die ich gedanklich in PW 42s Bett verbracht habe?

Der Elbenkellner stellt vor jeder von uns zwei weiße Tequila mit je einer Scheibe Zitrone und drei kleine Salzstreuer ab, dann lächelt er Clara an und verschwindet. Es ist doch immer dasselbe mit ihr und den Männern.

Das Schlimmste war nicht das Entdecktwerden. Das weiß ich jetzt. Das Schlimmste war die Stille danach, die meinem rasenden Herzschlag zu viel Raum geboten hat. Es waren die Augenpaare, die nicht wussten, dass sie gerade den Tod einer großen Liebe beobachteten, denn ich fürchte, genau das haben sie.

Ich schubse die Zitrone von einem der Schnapsgläschen und hebe es.

»Den ersten nehme ich pur«, flüstere ich Clara und Hanna zu, während sie beide ebenfalls nach einem Schnapsglas greifen.

Wir nicken, setzen die Gläser an und schütten den ersten Tequila in einem Zug hinter. Die Flüssigkeit brennt in meinem Magen und zieht von innen an meinen Gesichtsmuskeln wie an unsichtbaren Fäden.

»Okay«, sagt Clara und stellt das Schnapsglas ab. »Ich bin dran.«

»Na dann.« Ich drehe mich zu ihr und schenke ihr die Aufmerksamkeit, die sie schon gestern verdient gehabt hätte.

»Ja, los«, flüstert Hanna und rutscht etwas näher an sie heran. »Was ist das mit Matthias und Nik?«

Sie zuppelt nervös an ihren Fingernägeln. »Nik war für heute Abend mein Escort. Ich habe ihn engagiert, um Matthias eifersüchtig zu machen«, seufzt sie und beißt sich auf die Unterlippe.

Ich will etwas sagen, aber das Wort »Escort« macht mich kurz mundtot.

»Escort?«, fragt Hanna und sieht sie verstört an. »Nik ist … ein Callboy?«

»Ja.« Clara nickt nur kurz. »Ich wollte Matthias zurückerobern.«

»Na, das ist ja mal ein Plan«, antworte ich und mir entweicht ein Kichern.

»Ja, ein dämlicher Plan.« Sie funkelt mich plötzlich wütend an. »Das hättest du mir übrigens gestern Abend am Telefon schon sagen können.«

»Es tut mir leid«, antworte ich seufzend. »Ich war beschäftigt mit … Du weißt schon.«

»Vergiss es«, antwortet sie und atmet tief durch.

»Und was ist jetzt mit Matthias?«, fragt Hanna.

»Mein dämlicher Plan ist aufgegangen, irgendwie.« Da sieht sie plötzlich beinahe verzweifelt aus. »Nur … jetzt will ich Matthias gar nicht mehr.«

»Okay, das heißt also, du bist über ihn hinweg?«

»Ja, so ist es.«

Clara

ZUG UM ZUG

»Dann ist das mit Matthias endgültig vorbei?«, fragt Vero im Flüsterton.

»Ja«, antworte ich so ruhig wie möglich.

»Und was ist mit Nik?«, fragt Hanna ebenfalls flüsternd.

»Nik hat Feierabend«, sage ich seufzend. »Falls eine von euch mal einen Escort braucht: Er ist wirklich verdammt gut.«

»Du willst mir doch nicht wirklich weismachen, dass das zwischen euch nur gespielt war?«, fragt Vero ungläubig.

»Doch, genau das war es«, antworte ich, aber sie durchschaut mich.

»Clara?«, fragt sie ernst. »Du hast das nicht gespielt.«

»Okay, nein, für mich war es mehr, aber für ihn eben nicht«, schnaube ich wütend. »Ich habe mich in den Callboy verliebt, mit dem ich meinen Ex eifersüchtig machen wollte. Ich bin erbärmlich, ich weiß. Zufrieden?«

»Niemals.« Hanna schüttelt vehement den Kopf. »Das glaube ich nicht.«

»Aber genau so ist es«, antworte ich ernst. »Ich habe mich Hals über Kopf in ihn verliebt. In die Art, wie er mich ansieht … und küsst …« Allein der Gedanke an Nik lässt meinen Puls in die Höhe schnellen und ich spüre ein nervöses Rumoren in meinem Bauch.

»So meine ich das nicht«, winkt Hanna ab. »Ich meine Nik. Das war nicht gespielt. Niemals.«

»Ach ja? Und warum ist er dann einfach gegangen?« Ich spüre, wie meine Augen anfangen zu brennen und sich meine Kehle zuschnürt.

»Hast du es ihm denn gesagt?«, fragt Hanna und sieht mich beinahe drohend an.

»Was hätte ich denn sagen sollen? Ich meine, im Ernst. Bleib bei mir? Küss mich noch ein letztes Mal und sag mir dann, dass es nur Show ist?«, frage ich bitter. »Ja, genau. Hallo, Hollywood.«

»Komm schon«, protestiert Hanna. »Du kannst doch nicht einfach so tun, als wäre da nichts zwischen euch gewesen!«

»Aber genau so ist es«, antworte ich und stemme mich gegen das Korsett aus Enttäuschung, das sich eng um meinen Brustkorb legt.

»Ich denke, du täuschst dich«, sagt Vero und sieht mich ernst an. »Ich denke, da war mehr. Auf beiden Seiten.«

»Er ist ein Escort, verdammt noch mal! Mich zu küssen war sein Job!«, versuche ich mich selbst zu überzeugen. »Warum kapiert ihr das nicht?«

Die ganze Wahrheit ist: Selbst wenn er gesagt hätte, dass es keine Show ist, hätte ich spätestens morgen einen Rückzieher gemacht. Was weiß ich denn schon von ihm, außer dass er phantastisch küsst? Und wunderbar lächelt? Okay, ich weiß, wie sich sein Körper an meinem anfühlt, und ich will lieber nicht daran denken, wie das wohl ohne Kleidung wäre, und ich weiß, wie ich mich mit ihm fühle, aber: Er arbeitet als Escort. Er trifft sich von Berufs wegen mit fremden Frauen, jeden Tag, er lächelt sie an, nimmt sie in den Arm, küsst sie … Das würde ich im Leben nicht ertragen. Niemals. Nicht auf Dauer. Außerdem glaube ich, es wäre der sicherste Weg, meine Eltern beide auf einmal umzubringen. Ich müsste ihnen nur meinen neuen Freund, den Callboy vorstellen. Dazu wird es nicht kommen.

Das Märchen war eben doch zu schön für die Realität und alles, was jetzt noch davon übrig ist, sind ich und mein leeres Luftschloss, das im Augenblick eher an eine Hüpfburg erinnert, aus der gerade die Luft rausgelassen wird. Es war ein Traum. Für einen Tag.

»Das war keine Show.« Hanna schüttelt den Kopf. »So gut kann keiner spielen.«

»Hanna«, sage ich störrisch. »Hörst du mir nicht zu? Ich habe ihn dafür bezahlt, dass alle glauben, dass er absolut verrückt nach mir ist. Morgen lässt er das Herz einer anderen einsamen Frau höherschlagen. *Das ist sein Job.*«

»Okay«, entgegnet sie mir stur. »Und warum hat er dann so finster geschaut, als er aus dem Zimmer rausgekommen ist, in dem Matthias über dich hergefallen ist? Der Ausdruck in seinen Augen war … ziemlich unprofessionell und sah überhaupt nicht nach Feierabend aus.«

»Was?« Plötzlich spüre ich einen leisen Funken Hoffnung in mir auffliegen. »Wann?«

»Na vorhin, als er mit einem ziemlich zerknirschten Gesicht zur Rezeption gegangen ist und mich fast über den Haufen gerannt hätte.«

»Aber …« Leider ändert es nichts daran, dass wir keine Zukunft haben. »Da hast du dich wahrscheinlich geirrt.«

»Nein, ich habe ganz genau …«, beginnt Hanna aufmüpfig.

»Hör einfach auf!«, schneide ich ihr schnell das Wort ab. »Er ist ein Callboy. Ich kann nicht mit ihm zusammen sein.«

»Aber …« Sie sieht mich an wie ein Kind, dem man gerade erklärt hat, dass es den Weihnachtsmann nicht gibt.

»Nichts aber!«, sage ich wütend, während die Hoffnung unaufhaltsam immer weiter in mir aufsteigt. Was, wenn sie recht hat? Was, wenn er mich nicht gehen lassen wollte? »Es war ein Auftrag. Nichts weiter. Morgen reisen wir alle zusammen ab und im Auto wird kein Wort über die ganze Angelegenheit verloren, verstanden?«

»Moment. Nik ist schon abgereist«, sagt Vero ernst.

»Abgereist?« Nein. »Wann?«

»Ich habe ihn vorhin ins Taxi steigen sehen.«

»Na ja, vielleicht ist es besser so.« Aber der Gedanke, dass ich ihn vermutlich nie wiedersehen werde, schnürt mir plötzlich die Luft ab.

»Wie bitte?« Vero sieht mich auf einmal überraschend streng an. »Spinnst du? Du heulst hier rum, weil du nicht zugeben willst, dass er alles, was er heute getan hat, wahrscheinlich ernst gemeint hat? Und du willst ihn nicht, weil er momentan einen Job hat, mit dem du nicht klarkommst?«

Ich sehe sie mit großen Augen an und wage nicht, ihr zu widersprechen.

»Vielleicht ist er morgen tot!« Hanna sieht mich beschwörend an. »Oder du wirst nächste Woche von einem Laster überfahren. Also, nicht, dass ich mir das wünsche, das weißt du hoffentlich, aber … Du musst ihn ja nicht gleich heiraten, nur bitte lass ihn nicht einfach so gehen.« Sie sieht mich eindringlich an. »Ich habe dich gestern gesehen und ich habe deine Tabletten, ehrlich gesagt, nicht ohne Grund mitgenommen. Bitte hör mir jetzt ganz genau zu.« Ich weiß zwar nicht, wer diese Hanna-Doppelgängerin neben mir ist, aber ich nicke ihr einfach mal zu. »Wenn Nik es schafft, dich innerhalb von wenigen Stunden von deiner zerstörerischen Fixierung auf Matthias zu heilen, dann mal im Ernst: Was machst du noch hier? Was hast du zu verlieren? Und wenn es nur für heute Nacht ist.«

Ich spüre, wie mir die Tränen in die Augen steigen. Sie haben ja recht. Alle beide.

»Aber ich weiß doch nicht mal, wo er jetzt gerade ist«, sage ich mit gequälter Stimme.

»Das ist das kleinste Problem.« Vero klopft mir aufmunternd auf die Schulter. »Das finden wir raus.«

»Ich mache mich doch nur lächerlich«, flüstere ich, lass meine Stirn in meine Hände sinken und schüttle den Kopf.

»Neben wem willst du morgen aufwachen?«

»Neben Nik«, flüstere ich, während ich mich aufrichte.

»Na! Dann! Los!« Meine beiden besten Freundinnen sehen mich beinahe wütend an.

»Aber wohin?« Ich blicke hilflos zurück.

»Zuerst zur Rezeption«, stellt Hanna fest. »Vielleicht wissen die mehr? Zum Beispiel, wohin er wollte?«

Vero nickt nachdenklich. »Wenn nicht, können wir bestimmt über die Taxizentrale herausfinden, wo Nik hingefahren wurde.«

»Okay.« Ich atme tief durch und stehe auf. »Ich schaff das von hier ab alleine.«

»Moment noch.« Vero greift nach ihrem zweiten Tequila und legt die Zitrone beiseite. »Jetzt kommt schon.«

Hanna und ich nehmen jede ein Schnapsglas.

»Auf uns«, flüstert Vero.

»Auf uns«, wiederholen Hanna und ich.

Wir sehen einander an, lächeln und leeren die Gläser in einem Zug.

»Sollen wir sicher nicht mitkommen?«, fragt Hanna und blinzelt mit den Augen.

»Nein«, antworte ich lächelnd. »Aber danke. Für alles.«

Ich stehe etwas außer Atem an der Rezeption und versuche meinen Puls wieder unter Kontrolle zu bekommen, während ich darauf warte, dass der junge Mann hinter dem Schalter damit fertig ist, einem älteren Ehepaar zu erklären, wie der Zimmersafe funktioniert. Als dieses Mysterium endlich gelöst scheint und sich die beiden Mittfünfziger in Richtung Aufzug bewegen, bin ich an der Reihe.

»Kann ich Ihnen helfen?«, fragt der Rezeptionist und lächelt freundlich.

»Das hoffe ich«, antworte ich etwas gehetzt. »Soweit ich weiß, haben Sie für meinen Begleiter ein Taxi gerufen? Groß, schwarze Haare, strahlend grüne Augen …« Wunderschön.

Der junge Mann nickt wissend. »Ja, das stimmt.«

»Wissen Sie zufällig, wohin er wollte?«

»Zum Bahnhof.«

»Zum Bahnhof?« O nein.

»Ja, vor etwa zwei Stunden.«

»Dann … bin ich wohl zu spät«, sage ich mit belegter Stimme. Ich sehe Nik in der Dunkelheit am Bahnhof in einen Zug steigen. Sein Atem wie Nebelschwaden. Dann sehe ich, wie der Zug in der Dunkelheit verschwindet. »Trotzdem vielen Dank.«

»Warten Sie.« Der junge Mann schaut auf die Uhr. »Es gibt samstags nur einen Zug am späten Nachmittag und einen am späten Abend.«

»Wie bitte?« Mein Herz hat einen kleinen Aussetzer.

»Ihr Begleiter müsste noch da sein. Den Zug am Nachmittag hat er nicht mehr geschafft, aber er wollte trotzdem zum Bahnhof.«

»Okay, ja, gut. Und wo ist der?«

»Im nächsten Ort, etwa drei Kilometer von hier.«

»Danke«, sage ich, während das plötzliche Lächeln mein Gesicht zu sprengen droht. »Danke, danke, danke!«

»Aber Sie sollten sich beeilen. Der Zug geht um drei nach neun, also in knapp fünfzehn Minuten.«

Das Lächeln verschwindet augenblicklich. »Reicht die Zeit für ein Taxi?«

»Nein.« Der Mann zuckt entschuldigend die Schultern. »Das wäre frühestens in zehn Minuten hier. Tut mir leid.«

Okay. Dann also kein Taxi. Vero ist angetrunken, ich bin angetrunken und Hanna schrammt gefährlich nah am Betrunkensein entlang. Der Einzige, der absolut nüchtern zu sein scheint, ist Matthias. Aber irgendetwas sagt mir, dass es noch etwas zu früh ist, um die »Wir könnten doch Freunde sein«-Karte auszuspielen und ihn zu fragen, ob er mich nicht vielleicht schnell zu meinem neuen Liebhaber in spe fahren könnte.

Also gehe ich panisch grübelnd nach draußen und sehe mich um. Ich stehe in der Kälte und ein sehr naiver Teil in mir scheint darauf zu warten, dass jeden Augenblick ein Auto samt Fahrer vor mir erscheinen wird oder ein Pferdegespann wie bei Cinderella, als die Fee den Kürbis in eine Kutsche verwandelt. Aber da ist niemand, schon gar keine Fee und auch die weiße Kutsche, mit der Hannes und Mina von der Kirche hierhergekommen sind, ist nirgends zu sehen. Nur ich, die kalte Novemberluft und ein Parkplatz voller Autos, deren Besitzer gerade ausgelassen und angetrunken das Tanzbein schwingen.

Verdammt, wie soll ich ihn jetzt noch erreichen? Ich sitze hier fest und habe nicht mal seine Telefonnummer. Gut, ich könnte den Begleitservice anrufen und die Situation erklären und … mich damit komplett zum Affen machen. Ich frage mich, wie viele Frauen nach einem Abend mit Nik mit zitternden Händen und feuchten Höschen dort anrufen. Lächerlich. Außerdem: Was soll ich auch sagen? »Hallo, ich heiße Clara von Werth und ich habe mich total in einen Ihrer Mitarbeiter verliebt. Ob Sie mir wohl seine Nummer geben könnten?« Na, wohl kaum, und selbst wenn ich mich trauen würde, die Nummer würden sie ja doch nicht rausrücken.

Das alles ändert aber nichts an der Grundsituation: Um drei nach neun wird Nik in den Zug steigen. Ich sehe ihn am Bahnsteig sitzen, in seinem schwarzen Anzug, und sogar seine müde Version verleiht dem leergefegten Dorfbahnhof Charme.

Denk nach, Clara, denk nach! Ich gehe auf und ab, als wäre das die Lösung. Ist sie natürlich nicht.

»Scheiße!« Ich spüre, wie die Verzweiflung überhandnimmt. »So eine gottverdammte *Scheiße*!«, schreie ich aus Leibeskräften in die pechschwarze Nacht. »Was für ein verfluchter *Scheißmist*!«

Als plötzlich etwa zehn Meter von mir die Fahrertür eines teuren schwarzen Maseratis aufgeht, schrecke ich zusammen und stoße einen weiteren kurzen Schrei aus.

»Ist alles okay?«, höre ich eine Männerstimme aus dem Innenraum fragen.

»Nein!« Was für eine beschissen blöde Frage! Wenn eine Frau im Abendkleid und ohne Mantel in der klirrend kalten Nacht steht und vor sich hin schreit, ist wohl kaum alles okay.

»Bitte entschuldigen Sie.« Da beugt sich auch schon ein Männeroberkörper aus dem teuren Wagen. »Ich wollte Sie wirklich nicht erschrecken.«

»Schon gut«, sage ich, während mir die Gewissheit ins Ohr kreischt, dass Nik jeden Augenblick aus meinem Leben verschwinden wird. Dann erst erkenne ich den Mann im Maserati. »Phillip?«

»Clara, nicht wahr? Du bist eine Freundin von Vero.«

Ich nicke und trete neben ihn an die Fahrertüre. Auch wenn er lächelt, sehe ich in seinen Augen tiefe Trauer.

»Kann ich dir helfen?«

»Ich weiß nicht«, sage ich. »Schaffst du es, mich bis um drei nach neun zum Bahnhof zu bringen?«

»In acht Minuten?« Er zögert einen Augenblick, dann zeigt er auf sein Auto. »Ich könnte es versuchen.«

Hanna

KURZSCHLUSS!

Ein Teil ganz tief in mir drin hat gewusst, dass das heute im absoluten Chaos enden würde. Im Desaster. Oder warum sonst habe ich ausgerechnet heute die wasserfeste Wimperntusche benutzt? Die benutze ich so gut wie nie. Das letzte Mal war …? Hm. Ich komme im Moment nicht drauf. Mein Tequila-Hirn kramt in seinem Archiv nach den passenden Erinnerungen, aber da ist nur dieser Kerl mit den tiefen blauen Augen, den ich mit aller Kraft zu ignorieren versuche. Mein Kopf ist wie ein Fremdkörper. Die Erinnerungen liegen überall in der Gegend herum. Nackt. Mit Thomas. Im Chaos.

Pfft. Ich sehe mich suchend um, aber die Plätze neben dem Brautpaar sind noch immer leer. Eigentlich eine Frechheit. Bei Phillip kann ich es ja irgendwie noch verstehen, dass er nicht zurückkommt, aber die Reuters sind jetzt schon ziemlich lange weg. In meinem Kopf verlassen sie gerade die Herrentoilette und laufen Hand in Hand in ihr Hotelzimmer. Ich sehe Thomas, wie er ihr dort die Kleider vom Leib reißt und gottlose Dinge mit ihr tut. Dinge, die er mit mir tun sollte. Bei diesem Schlampengedanken spüre ich ein Kribbeln im Bauch. Nein, am Bauch. Ich schaue an mir herunter und bemerke die Handtasche auf meinem Schoß. Mein Handy vibriert.

Sebastian Kleist: Ich denke seit Stunden an dich. xxx, Sebastian

Einen Augenblick starre ich nur diesen Satz an. Neben dem Wunsch, jemandem etwas zu bedeuten, scheint in mir nicht mehr viel übrig zu sein. Ich weiß, ich bin angetrunken, vielleicht sogar mehr als das. Ich spüre den Wein und den Tequila meine Entscheidungen treffen. Sie flüstern mir zu, dass die Sebastian-Hanna gar nicht *so* verkehrt war. Keine Schlampe, aber sie war oft glücklich.

Da blicke ich auf und sehe, wie Nathalie Reuter genau in diesem Moment mit einem glücklichen Grinsen zurück an ihren Platz geht, nein, schwebt. Und ich hasse sie dafür.

»Hanna, ist alles okay?«, bricht Veros Stimme in Schockstarre.

»Alles okay«, antworte ich ausweichend und zwinge mich, woanders hinzusehen, denn bei Nathalies Gesichtsausdruck wird mir übel.

»Sicher?«

»Ganz sicher.« Ich stehe unvermittelt auf und greife nach meiner Tasche. »Ich bin gleich wieder da.«

»Ist dir schlecht?«, fragt Vero besorgt. »Soll ich dich begleiten?«

Ich schüttle den Kopf. »Ich … Ich bin gleich zurück.«

Dann drehe ich mich um und gehe schnell in Richtung Foyer.

Da vibriert mein Handy schon wieder.

Sebastian Kleist: Komm schon, Hanna, antworte.

Ich eile durch die Lobby Richtung Ausgang, weil ich dringend etwas frische Luft brauche.

Sebastian Kleist: Ich weiß, dass du das liest.

Ich stoße die Tür auf und trete in die kühle Nacht.

Sebastian Kleist: Ich hätte dich nie gehen lassen dürfen.

Gehen lassen!? Ohne weiter darüber nachzudenken, tippe ich meine Antwort.

Hanna Bischof: Du hast mich nicht gehen lassen. Du hast SCHLUSS gemacht.

Schnell drücke ich auf »Senden«, und sofort vibriert mein Handy erneut.

Sebastian Kleist: Ich weiß. Aber ich wusste auch, dass du mir auf diese Nachricht antworten würdest. :-)

Ich bleibe wie angewurzelt stehen und muss grinsen.

Hanna Bischof: Klugscheißer.
Sebastian Kleist: Geht es dir gut?

Ob es mir gut geht? Die Bilder von Thomas und Nathalie werden plötzlich wieder zu einer Live Show in meinem Kopf. Sie bekommt den Wundersex, den ich nie wieder haben werde. Sie bekommt den Part, der gestern noch mir gehört hat. Oder war es immer ihrer? Es hat sich angefühlt wie die Rolle meines Lebens, aber ich war nur die Vertretung.

Ich will nicht mehr an Thomas denken und auch nicht an seine Hände oder die Art, wie er küsst, oder wie er sich in mir angefühlt hat. Ich will mich nicht an die Vollkommenheit erinnern. Das Handy vibriert in meiner Hand.

Sebastian Kleist: Hanna?
Hanna Bischof: Es ging mir schon besser.
Sebastian Kleist: Was ist passiert?

Hanna Bischof: Ich bin einsam.

Oje. Habe ich das gerade echt geschrieben?! Und auch noch abgeschickt?

Ich kneife die Augen zusammen, weil ich Schwierigkeiten habe, den Text zu lesen. Dann endlich stellen sich meine Augen scharf. Ja, ich habe tatsächlich *geschrieben,* was ich eigentlich nur *denken* wollte. Dämlicher Tequila, er sagt immer die Wahrheit. Ich bin betrunken und es ist gerade mal neun Uhr. Ich sollte lieber auf Wasser umsteigen, sonst … will ich gar nicht wissen, was sonst noch alles passieren könnte.

Die Bilder der unbegrenzten Möglichkeiten breiten sich zäh in meinem Kopf aus. Mir ist klar, dass es nur Phantasien sind, aber der Tequila gibt ihnen den letzten Schliff. Ich spüre Thomas' Hände auf meiner nackten Haut, spüre, wie meine Muskeln unvermittelt zucken und sich unter seinen Berührungen zusammenziehen. Ich höre mich stöhnen, während seine Zunge heiße Muster in meine Leiste zeichnet. Stopp!

Ich kralle mich an meinem Handy fest und spüre die Röte in meinen Wangen. Das Blut liegt kochend unter meiner Haut, während die klirrend kalte Luft sich an meine Waden schmiegt und langsam meine Beine hochkriecht. Mein Blick verliert sich einen Moment in der Dunkelheit. Gerade als sich mein Hirn wieder in Richtung Thomas losreißen will, vibriert das Handy in meiner Hand.

Sebastian Kleist: Willst du, dass ich komme?

Wie bitte? Das kann er nicht ernst meinen. Einen Augenblick starre ich nur auf das viel zu helle Display. Will ich, dass er kommt? Ich weiß nicht, was ich will – und was ich antworten soll schon gar nicht. Mein Herz liegt vollkommen verwirrt und angetrunken in meinem Brustkorb.

Sebastian Kleist: Hanna? Soll ich kommen?

Soll er das? Ich erinnere mich an eine Zeit, in der ich mir nichts sehnlicher gewünscht habe.

Sebastian Kleist: Ein Wort von dir genügt.

Und dann tue ich es. Bevor ich es mir anders überlegen kann. Aus dem Bauch heraus. Ich weiß nicht, wer ich gerade bin, aber es sind weder die Schlampe noch Panik-Hanna, die hier die Kontrolle übernehmen. Ich glaube fast, diese Entscheidung treffe tatsächlich ich. Bevor ich sagen kann, nach was ich mich wirklich sehne – nach ihm oder doch nur nach Wärme und Geborgenheit –, tippe ich schnell nur zwei Buchstaben.

Hanna Bischof: Nö.

Vero

HERZBLATT

Ich sitze alleine im Kerzenschein. Das Abendessen ist längst vorbei, das Licht wurde gedimmt, die Gäste sind in Feierlaune. Je voller es auf der Tanzfläche wird, desto leerer fühle ich mich. Fehl am Platz.

Vielleicht war die Nachricht heute Vormittag gar nicht von PW. Vielleicht war sie von Enzo. Vielleicht … Na ja, ist jetzt auch egal. Alles liegt so oder so in Scherben. Was, wenn ich ihn verloren habe? Für immer? Meine Vergangenheit fällt vor mir auf die Knie und schaut mich flehend aus großen Augen an, die mich natürlich sofort an Enzos erinnern.

Wie konnte es so weit kommen? Die Frage sitzt. Sie läuft in Form einer einzelnen Träne einsam über meine Wange und verschwindet in meinem Mundwinkel, so als hätte es sie nie gegeben. Nur der salzige Geschmack erinnert an den Schmerz und die Leere. Hat Enzo diese Leere hinterlassen? Hat er sie bis gestern ausgefüllt? Oder hat er mich nur von ihr abgelenkt?

Ich schließe die Augen.

Vor meinem inneren Auge sehe ich Enzo und Phillip. Sie sitzen angespannt auf ziemlich unbequem aussehenden Barhockern nebeneinander. Fehlt nur noch Rudi Carrell.

Der Traum-Enzo steht auf und kommt auf mich zu. Der Ausdruck in seinen Augen treibt mir neue Tränen in die Augen.

»Vero, uns verbinden gute und schlechte Zeiten, Streit, Liebe, fliegende Fetzen und Teller, aber vor allem verbinden uns Gefühle. Tiefe Gefühle und schöne Erinnerungen. Die besten Gespräche meines Lebens, die besten Küsse, der beste Sex. Keine andere Frau hat diese Wirkung auf mich.« Seine Augen brennen auf meinem Körper und meine Haut zieht sich kribbelnd zusammen. »Wir können zusammen lachen und schweigen, ernst sein und albern. Du und ich. Unsere Geschichte ist eine Geschichte voller großer Träume und einer noch größeren Liebe, voller Nächte unter freiem Himmel und langer Gespräche. Liebesnächte. Erinnerst du dich?« Ich erinnere mich. Der Enzo in meinem Kopf lächelt mich an. »Ja, ich bin nicht verlässlich und manchmal zu stolz, ich werde schnell laut, aber ich kenne dich. Ich kenne dich krank und müde, lustig und genervt, wunderschön und hässlich. Ich weiß, wie du klingst, wenn du nicht reden willst, wenn du lügst oder wenn du traurig bist. Ich kenne deine Blicke und kann in deinem wunderschönen Gesicht lesen, was du mir verschweigen willst. Es erzählt mir all das, was du nur denkst, es spricht mit mir, wenn dir die Worte fehlen. Ich kenne dich kratzbürstig und liebevoll, anhänglich und freiheitsliebend. Du bist furchtbar ungeduldig und verständnisvoll, du bist kindisch und verantwortungsbewusst. Egal, wie schlecht mein Tag war, es reicht, dich nur anzusehen, und schon geht es mir wieder gut.« Plötzlich verändert sich sein Blick. »Ich liebe es, dich zu verwöhnen, für dich zu kochen, dich zu massieren. Ich liebe es, mit dir zu schlafen, liebe deinen Körper, liebe es, wenn du unter mir brennst oder über mir explodierst. Ich liebe das Feuer in deinen Augen, wenn wir uns streiten, den Geschmack deiner Haut, wenn wir uns wieder versöhnen. Ich liebe es, wie sich deine Lippen anfühlen, liebe es, wie du lachst, wie du früher immer gekichert hast. In den letzten Monaten sehe ich dich oft an, wenn du schläfst, weil du nur dann die harte Fassade ablegst, die du aufgebaut hast – und die zwischen uns steht. Ja, wir haben uns verändert, aber ganz tief in uns drin sind wir noch immer die, die wir waren. Du und ich. Feuer und Eis. Schwarz und Weiß. Zusammen sind wir komplett. Wir gehören zusammen. Ich liebe dich. Für immer.«

Enzo schenkt mir einen Augenaufschlag, der selbst einen Eisklumpen zum Schmelzen bringen würde, dann tritt er zur Seite.

Phillip steht auf und kommt auf mich zu.

»Was soll ich da noch sagen? Ich kann keine Jahre voller Erinnerungen vorweisen. Ich kenne dich nicht hässlich und ich weiß auch nicht, wie es aussieht, wenn du Teller nach mir wirfst, aber ich will es wissen. Ich kenne deine Seele. Ich weiß, wie du denkst. Vielleicht, weil ich genauso denke. Wir hatten nur vier Wochen – und diesen einen Tag. Diesen einen Kuss. Haben wir nicht mehr verdient?« Er steht nur da, ist hoch konzentriert, so als wüsste er, welches Gewicht die nächsten Worte haben könnten. »Ich will Erinnerungen mit dir. Momente in der Realität. Augenblicke, die uns beide für immer verbinden. Die Vergangenheit ist wichtig, aber sie ist vorbei, und die Zukunft ist verlockend, aber sie ist noch nicht real. Ich will die Gegenwart, heute, morgen, übermorgen, weil die nie vergeht. Vero, ich weiß, dass du etwas für mich fühlst. Du kannst mir nicht solche Dinge schreiben und mich so küssen und dann sagen, dass es nicht so ist. Ich weiß, dass es dir schwerfällt, aber bitte lass es nicht enden, bevor es überhaupt angefangen hat. Du und ich, wir sind uns so ähnlich. Wir verstehen einander ohne Worte, wollen gemeinsam wir selbst bleiben. Mit dem richtigen Partner kann man alles schaffen. Du bist die Richtige. Die Einzige. Gib uns eine Chance. Wir haben sie verdient.«

Er lächelt ein Lächeln, das mir in den Kopf steigt und meine Knie wackelig zurücklässt.

Da stehen sie nun. Enzo und Phillip. Meine beiden Traummänner. Unterschiedlich wie Tag und Nacht und doch jeder auf seine Art perfekt für mich.

»So, liebe Vero, wer soll nun dein Herzblatt sein? Der heißblütige Enzo, der dich unter freiem Himmel verwöhnt, dir seine Liebe und seine Leidenschaft schenkt, dich aber ab und zu mit Tellern bewirft, oder doch lieber Phillip, dein Seelenverwandter, der sich weder für die Vergangenheit noch die Zukunft interessiert, solange du ihm deine Gegenwart schenkst, und der gemeinsam mit dir Erinnerungen sammeln will, auch wenn du dann vielleicht hässlich aussiehst? So, liebe Vero, jetzt musst du dich entscheiden.«

Tränen fluten meine Augen und schwappen über meine Wimpern. Das Herzblatt-Setting implodiert in meinem Kopf. *Was* willst du? Fragt das gerade die Blondine? Egal, denn ich weiß ohnehin nicht, was ich antworten soll. Doch, das tust du. Ganz tief in dir tust du das. Die Frage ist nur: Ist es dafür bereits zu spät?

Hanna

ROMEO UND NATHALIE?

Ich stehe noch immer draußen in der Kälte. Der Tequila legt sich wie ein verschwommener Fotofilter über meine Realität und ich bin völlig fertig. Ich fühle mich plötzlich, als wäre es mitten in der Nacht und nicht erst kurz vor neun Uhr.

Ich atme tief durch und genieße die kühle Luft, die meine emotionale Achterbahn etwas entschleunigt. Es war gut, hier rauszukommen, weg von dem ganzen Drama und meinen Gedanken an meine »Stepford«-Nachbarn. Thomas und Nathalie, die sich jetzt wahrscheinlich gerade in ihrem Hotelbett … Halt. Ich habe echt genug von dieser Telenovela für Arme.

Durch eines der großen Fenster beobachte ich das ausgelassene Tanzen im Festsaal, die in Alkohol getränkte Stimmung und die lachenden Gesichter. Das Brautpaar gleitet federleicht übers Parkett. Sie bewegen sich wie in Zeitlupe, so als würden sie schweben. Wie ein Voyeur, der ausnahmsweise mal zugucken darf, betrachte ich das Glück, das sich nur wenige Schritte von mir entfernt im Kreis dreht – zumindest bis mir vom Zusehen schwindlig wird.

Ich überlege kurz, wieder reinzugehen und vielleicht doch irgendwie ein bisschen daran teilhaben zu können, doch ich bringe es nicht über mich. Da ist kein Platz für mich in dieser glücklichen Seifenblase. Ich befürchte sogar, dass mein Eindringen sie zum Platzen bringen könnte. Vor meinem inneren Auge erscheint plötzlich ein eigenartiges Schild mit einem sehr unvorteilhaften Foto von mir, unter dem in verschnörkelter Schrift »Ich muss leider draußen bleiben« steht. Und genau das tue ich. Ich bin rücksichtsvoll und störe nicht.

Ich schließe einen Moment die Augen. Das Dröhnen in meinem Schädel ist der Vorbote des Katers und ich denke fast ein wenig wehmütig an die Berge von Schmerztabletten in meiner Wohnung, die Thomas überhaupt erst in mein Leben gebracht haben. Hätte Matthias Clara gestern nicht abserviert, wäre nichts von all dem hier passiert. Ganz schön launisch, das Leben. Eine richtige Diva. Moment! War da nicht noch eine Packung Alibi-Ibuprofen in meiner Tasche?

Aber bevor ich nachsehen kann, höre ich plötzlich einen hysterischen Schrei, dicht gefolgt von hektischem Stiletto-Tippeln. Ich öffne die Augen und sehe Nathalie an mir vorbeilaufen, hinein in die Arme eines Fremden, der sie hochhebt und energisch küsst. Muss der Tequila sein, anders kann ich mir das, was ich da sehe, nicht erklären. Ich halluziniere. Bestimmt. Oder Thomas hat sich wirklich *sehr* verändert. Sehr dunkles kurzes Haar, durchschnittlich gebaut und fast einen Kopf kleiner. Der Anzug sitzt wie angegossen und seine Schuhe glänzen, als hätte er sie noch nie getragen. Wer zum Teufel ist das?

Gerade als ich mich frage, ob ich die ganze Sache mit Thomas vielleicht doch nur geträumt habe, sehe ich ihn in der Dunkelheit auftauchen, hinter dem Fremden, der Nathalie noch immer leidenschaftlich küsst, und was macht er? Er grinst.

Nathalie löst sich aus dem Kuss, bleibt aber in den Armen dieses anderen Kerls stehen und sieht ihn verliebt an. »Ich dachte, du schaffst es nicht?«

Bin ich im falschen Film?

»Die Verhandlungen liefen gut.« Der Fremde hält Nathalie weiterhin im Arm, was Thomas immer noch nicht im Geringsten zu stören scheint. »Ich konnte die frühere Maschine nehmen.«

Meine Augen versuchen nicht einmal, ihr Starren zu verbergen. Diese Szene ist wie ein Autounfall. Ich *kann* nicht wegsehen. Das ist meine ganz persönliche Theaterinszenierung, ein vollkommen absurdes Stück, direkt vor meiner Nase.

Der Fremde vergräbt sein Gesicht in Nathalies Haar und ich bilde mir ein zu hören, wie er ihren Duft ganz tief in sich aufsaugt. Wer zum Henker ist der Typ?

»Gott, du hast mir *so* gefehlt.« Ich glaube es ihm sofort, auch wenn ich es nicht verstehe.

»Es war doch nur ein Tag«, lacht Thomas, während die drei sich jetzt in meine Richtung bewegen.

Ich will endlich wegsehen, aber es geht noch immer nicht.

»Hanna!« Nathalie entdeckt mich und winkt mir fröhlich zu.

Jetzt … weiß ich überhaupt nicht mehr, was ich machen soll. Kurz schwanke ich zwischen höflich lächeln und kreischend davonlaufen, entscheide mich dann aber für das Lächeln.

Ich werfe einen kurzen Blick zu Thomas, der mich genau mustert, nein, der mich etwas besorgt ansieht. Ja, an seiner Stelle würde ich mir auch Sorgen machen. Große Sorgen!

»Oh, Schatz.« Nathalie strahlt mich an, als sie und der Fremde vor mir stehen bleiben. »Das ist Hanna Bischof, unsere Nachbarin.«

Er lässt Nathalie los, wenn auch nur sehr ungern, und streckt mir seine Hand entgegen. »Freut mich. Thomas.«

Clara

RENNSTRECKE

Mit ihm zu schweigen ist angenehm. Ich wäre gerade aber auch nicht fähig zu sprechen. Ich lausche angestrengt der Stille, so als könnte sie meinen Körper zur Vernunft bringen. Meine Eingeweide rumoren in mir wie ein Parasit, der mich langsam von innen auffrisst. Mein Herz schlägt um sein Leben. Es fühlt sich so an, als wäre es gefangen, in einem viel zu engen Käfig.

»Wie lang noch?« Phillip wirft mir einen kurzen Blick zu.

Ich sehe auf das Display und alles zieht sich in mir zusammen, der Schweiß hat seinen großen Auftritt. »Drei Minuten.«

»Das schaffen wir. Festhalten.«

Der Motor heult unvermittelt auf und wir jagen mit kreischenden Reifen um die Kurve, dann um noch eine und dann sehe ich es endlich: ein kleines, unscheinbares Gebäude, verlebter Backstein, alte Fenster. Der Bahnhof.

Nur noch ein paar Meter.

Ein paar Meter und etwas mehr als eine Minute.

Bitte, Universum! Bitte, lass ihn noch da sein. Lass ihn da sein.

Die scharfe Vollbremsung katapultiert mich in den Gurt.

»Los, lauf! Ich warte.«

Da sehe ich, wie ein Zug einfährt, und springe aus dem Maserati.

»Nik!«

Ich renne um mein Leben, am kleinen Bahnhofsgebäude vorbei. Ich sprinte die Stufen der Unterführung hinab und dann zum Bahnsteig hinauf. Die ersten Fahrgäste kommen mir entgegen. Das hektische Geräusch meiner Absätze wird vom schrecklichen Geräusch des wartenden Zuges verschluckt. Ich nehme die letzten Stufen, als ich einen schrillen Pfiff höre. Nein! Nur wenige Meter trennen mich von meinem Ziel. Mein Atmen klingt fremd, mein Herz erschlägt mich fast, ich stürze schwer atmend auf den Bahnsteig – und sehe, wie sich der Zug schleppend und widerwillig in Bewegung setzt.

»Nein!«, schreie ich und winke panisch mit den Armen. »Nein! Stopp!! Anhalten!!!«

Aber der Zug hält nicht an, im Gegenteil, er nimmt an Fahrt auf und lässt mich zitternd in der Winterkälte zurück, mit meinem wild pochenden Herzen, diesem fremden, flachen Atem und den bitteren Tränen der Enttäuschung, die jetzt heiß in meine Augen schießen und über meine Wangen laufen. Einige der Leute, die auf dem Bahnsteig an mir vorbeigehen, sehen mich mitleidig an. Sie denken, ich hätte nur meinen Zug verpasst, dabei habe ich so viel mehr verpasst.

Ich bin zu spät.

Ich habe den Zug in Richtung Zukunft verpasst. Vielleicht war es nicht meine Zukunft. Vielleicht ist Nik-aragua eben doch ein Luftschloss. Aber warum tut es dann so weh? Jeder Atemzug fühlt sich an, als würde sich eine Stricknadel etwas tiefer in meine Lungen bohren. Ich schaue dem Zug nach, mit dem sich eine Zukunft von mir entfernt, die ich mir insgeheim immer gewünscht habe. Sie ist mir durch die Finger gerieselt, weil ich gezögert habe, weil ich mich wieder nicht getraut habe, auf das zu hören, was diese Stimme in meinem Inneren aus Leibeskräften geschrien hat.

Erschöpft lasse ich mich auf eine der Wartebänke sinken und spüre, wie die Kälte meine Waden hochkriecht. Aber es ist mir egal. Ich senke meinen Kopf, löse mit den noch zitternden Fingern die ziepende Spange aus meinen Haaren, die mir sofort in Wellen um die Schultern fallen. Ich stütze mein Gesicht in die Hände und lasse meinen Tränen freien Lauf. Alleine in der Eiseskälte.

Ich sollte gehen, doch meine Beine lassen mich nicht. Sie sind wie Anker. Verzweifelt schaue ich in die schwarze Nacht, hinein in die Dunkelheit, in der vor ein paar Sekunden meine Zukunft verschwunden ist.

»Clara?«

Ich schrecke zusammen, springe auf und drehe mich um.

Da steht er, auf diesem gottverlassenen Bahnhof irgendwo in der Pampa – wie eine Vision, wie ein unerwartetes Feuerwerk, ohne die schwarze Fliege, dafür den obersten Hemdknopf geöffnet. Ich höre nur meinen Herzschlag und das aufgeregte Rauschen von Blut in meinen Ohren. Mein Hirn steht bis zu den Fußgelenken im Tequila, schwebt aber zugleich mit dem Kopf bereits in den Wolken. Es schwimmt im Glück. Und dann verlieren sich meine Gedanken in diesem Augenblick. In der Erleichterung. Im Hier und Jetzt.

Mit langsamen, ungläubigen Schritten kommt er auf mich zu. Sein schwarzes Haar ist zerzaust, die Augen wach und fordernd. Mein Körper reagiert sofort auf ihn. Mein Herz überschlägt sich, mein Hirn vergisst zu denken, badet im Glück. Ich sehe nichts, außer diesem wunderschönen Mann und seinem schiefen Lächeln, das sich endlich auf seine Lippen stiehlt und in mir kribbelt wie Kohlensäure. Ich versinke in seinen grün funkelnden Augen und der unausgesprochenen Aufforderung, die darin flackert.

Endlich setze ich mich in Bewegung, gehe auf ihn zu,

erst langsam, dann immer schneller. Auch er beschleunigt seinen Schritt. Wir eilen einander entgegen und als unsere Körper endlich aufeinandertreffen, seine Arme sich um mich schließen, meine Finger in seinen Haaren verschwinden und unsere Lippen wieder zusammenfinden, küsst er mich mit einer Wucht, die mich taumeln lässt – wie eine Welle, die mich mitreißt, mir den Atem raubt und den Boden unter den Füßen nimmt, mich umherwirbelt. Schwerelos. Ich seufze erleichtert und zugleich sehnsüchtig gegen seine Lippen, vergesse mich, während unsere Zungen miteinander tanzen. Ich ziehe mich noch näher an ihn, brenne, zittere, spüre, wie die Hitze meiner Haut auf die Eiseskälte trifft. In meinem ganzen Leben habe ich mich noch nie lebendiger gefühlt als in diesem Augenblick. In seinen Armen.

Vielleicht gibt es Märchen ja doch? Und Happy Ends? Vielleicht ist das hier gerade meins. In diesem Moment fängt mein neues Leben an. Ich bin angekommen. Auf diesem Bahnhof im Nirgends. Jede Zelle in mir badet im Adrenalin. Egal ob Tag oder Nacht, mein Tagtraum erfüllt sich in der klirrend kalten Novemberluft, die dieser Kuss gerade in tropische Hitze verwandelt.

Wenn ich in dieser Sekunde sterben würde, wäre es okay. Ich glaube, ich könnte gut damit leben.

Niks Lippen lösen sich von meinen.

»Warum bist du nicht in den Zug gestiegen?«, frage ich atemlos.

»Ich konnte es nicht.« Er sieht mich an. Alles in mir kribbelt. »Was … Was machst du hier?«, flüstert er heiser.

»Dich suchen.«

»Und Matthias?«

»Ist mir egal.«

»Und der Plan?«

»Hat sich geändert.«

Hanna

THOMAS?!

Thomas. Thomas? *Thomas?!* Mein angetrunkenes Hirn versucht, etwas mit dieser Information anzufangen. Es gibt sich wirklich Mühe, aber das Unverständnis ist übermächtig. Mein ganzer Körper fühlt sich an wie betäubtes Zahnfleisch nach einer langen und unangenehmen Wurzelbehandlung, mein Hirn mahlt wie eine in die Jahre gekommene Mühle, aber das eigentliche Problem sind meine Gesichtszüge, die meine geistige Leere ziemlich plump verraten dürften.

»Hanna.« Ein Teil in mir gibt meinem Arm den Befehl, sich zu strecken, und meiner Hand, seine zu schütteln. Mein Verstand ist es nicht, so viel steht fest. Der ist viel zu überfordert.

Thomas … Wenn dieser Kerl Thomas ist, wer ist dann der, der neben ihm steht und mich gestern aus dem Wachkoma katapultiert hat?

»Was für ein Zufall.« Thomas – also, Nathalies Thomas – sieht mich freundlich an. »Braut oder Bräutigam?«

»Bräutigam«, stoße ich atemlos hervor.

»Braut.« Er schüttelt amüsiert den Kopf. »München ist doch echt ein Dorf.«

Ist es nicht, aber ich schaffe es nicht zu antworten. Ich schaffe es nicht einmal zu nicken. Ich stehe nur da wie eine Hülle, die mein Ich hier draußen vergessen hat.

Nathalies Thomas und mein Thomas stehen nebeneinander und sehen mich an, während ich schweigend und reglos zurückstarre. Ich fühle mich, als hätte man mich in einem Spielfilm ausgesetzt, ohne mir vorher das Drehbuch zu geben. Ich kenne den Text nicht. Ich weiß nicht einmal, welche Rolle ich spielen soll. Die Schlampe erwacht und denkt sofort wieder an einen Erotikstreifen und Panik-Hanna hat natürlich wieder keine Lust mitzuspielen.

Nathalies Thomas geht einen Schritt zur Seite und das, was er dann tut, zeugt von einer echt guten Erziehung.

»Hanna, ich nehme an, du hast Manuel bereits kennengelernt?« Er zwinkert mir zu und lächelt mich vielsagend an.

Manuel? Alles dreht sich, zunächst langsam, dann immer schneller. Mein Hirn fährt paralysiert Kettenkarussell, während ich versuche, mich nicht zu übergeben. Ich bemerke nicht, wie schnell ich atme, ich bemerke nicht, wie erleichtert ich bin, ich bemerke nur den Schwindel und das Leben, das an mir vorbeijagt. Plötzlich funkeln überall bunte Sterne, kalter Schweiß legt sich auf meine Haut. Mein Blick sucht in all dem Chaos verzweifelt einen Fixpunkt und findet ihn in Manuels tiefblauen Augen. So als könnte sein Anblick das Karussell anhalten. Dumme Idee. Die Wahrheit ist, es legt jetzt sogar noch einen Gang zu. O nein, bitte nicht. Ich blinzle und schlucke. Meine Beine fühlen sich an, als würde eine Horde Insekten an ihnen hochkrabbeln.

Der Fluchtinstinkt setzt ein. Wortlos drehe ich mich um und eile los – und verliere sofort den Boden unter den Füßen, rutsche weg. Ich sehe meine Beine in die Luft schnellen und höre meinen überraschten Schrei durch die Nacht hallen. Das Letzte, was ich mitbekomme, bevor ich mit dem Hinterkopf auf dem harten Boden aufschlage, sind meine Stiletto-Füße, begleitet von der Frage, ob ich mir mit Turnschuhen auch das Genick gebrochen hätte.

Dann gehen plötzlich die Lichter aus.

Dunkelheit.

»Hanna?«

Stimmen.

Hektik.

Ich spüre die Kälte des Bodens im Rücken, doch ich bewege mich nicht. Mein Körper ist bleiern schwer. Dann spüre ich etwas Warmes im Nacken. Ich rieche einen vertrauten Duft, der mein Stammhirn in Aufruhr bringt und Erinnerungen in meinem Kopf tanzen lässt. Bilder, die sich zusammentun und innerhalb von Sekunden zu einem weiteren Krampf in meinem Bauch werden.

»Hanna? Kannst du mich hören?«

Es kann einfach nicht wahr sein. Unmöglich. Ich atme tief ein, an dem stechenden Krampf in meinem Brustkorb vorbei. Plötzlich ergibt alles Sinn wie ein Puzzle, dessen Motiv man erst erkennt, wenn man ein paar Meter Abstand nimmt.

Manuel.

»Wir sind kein Fehler«, höre ich mich murmeln.

Zu dem Arm, den ich im Nacken spüre, gesellt sich ein zweiter unter meine Knie und ich hebe langsam ab. Die Kälte des Bodens lässt mich los und zwei starke Arme tragen mich. Ich spüre einen schnellen Herzschlag – und es ist nicht meiner.

Im Schutz der Dunkelheit blinzle ich durch meine Wimpern hindurch und bei diesem Anblick bleibt mein Herz fast stehen. Bunte Lichter tanzen um Manuels Gesicht, umringt von wild glitzernden Funken. Sein Blick ist stur nach vorne gerichtet, so als würde er einen sicheren Ort suchen, an dem er mich ablegen kann. Ich hoffe, er findet keinen.

Da blickt er zu mir herunter, betrachtet kurz mein

Gesicht, und bei diesem Ausdruck in seinen Augen schwillt mein Herz weiter an.

»Alles okay bei dir?«, fragt Manuel und ich spüre seine Stimme überall. Sie brummt mir bis in die Knochen.

Es ging mir nie besser.

Vero

TATSACHEN UND AUGEN

Ich weiß, es ist verrückt. Phillip ist eigentlich der perfekte Mann für mich. Er passt hervorragend zu den kurzen Haaren und dem strengen Blick. Er würde mich nie einengen und mir immer Raum für meine Karriere schaffen. Er würde mich nie zu Kindern oder an den Stadtrand drängen. Unsere Beziehung wäre eine Aneinanderreihung von kulturellen Ereignissen und Zeitfenstern zwischen Terminen und durchgeplanten Wochenenden in teuren Apartments … ohne Seele. Wir hätten viel Geld und wenig Zeit. Ständig klingelnde Blackberrys und kühle Designermöbel.

Will ich das? Bin ich denn als toughe Abteilungsleiterin wirklich glücklicher als damals, als ich aus einer Laune heraus nach Rom gegangen bin, um dort den Mann meines Lebens zu finden? Kein Witz. Die alte Vero hat nach der ewigen Affäre mit Hannes einfach ihren Rucksack gepackt, um in der Ewigen Stadt den Richtigen zu finden. Und das hat sie.

Als ich Enzo zum ersten Mal gesehen habe, war ich hin und weg. Er war so feurig und ungestüm, so *italienisch*, und wenn er mich angelächelt hat, war das für mich wie ein Elektroschock. Diese raue Stimme, das wilde Gestikulieren, der Akzent. Enzos Lachen hat mich sofort angesteckt.

Wann hat sich das geändert? War es, als er den Kampf gegen meine Karriere verloren hat? Ich weiß es nicht. Aus drei Monaten Rom wurden jedenfalls zwei Jahre Italien. Als wir danach zusammen nach München zurückkamen, waren wir glücklich. Ich war glücklich.

Die Vero, die ich jetzt sehe, wenn ich die Augen schließe, ist es nicht mehr.

Phillip ist toll, aber er ist nicht Enzo, und egal, was ich mir vormache: Enzo ist nicht das Problem. Er ist die Lösung. Der Haarschnitt ist das Problem und die Strenge, die Kollegen und die Arbeitszeiten. Das bin nicht ich.

Je länger ich darüber nachdenke, desto klarer wird es. Enzo ist der einzige Grund, dass ich nicht schon längst an meinem Job zerbrochen bin. Er war immer der Ausgleich, der Pluspol, und jetzt habe ich ihn verloren.

Mit geschlossenen Augen greife ich nach meinem Weinglas und fasse ins Leere. Na wunderbar!

»Suchst du etwas?« Ich erkenne Hannes' Stimme sofort – und auch das Grinsen, das jetzt sicherlich gerade auf seinen Lippen liegt.

»Ich brauche mehr Wein, viel mehr Wein.«

»Ich habe leider keinen.« Ich öffne die Augen und sehe Hannes lächeln. »Ich habe etwas Besseres.«

»Schnaps?«

»Nein, aber dahinten ist Enzo.«

Ich starre ihn an, hole tief Luft und drehe mich um.

Da steht er und er sieht noch immer verdammt wütend aus – und verdammt gut, umwerfend.

Während ich langsam aufstehe und auf ihn zugehe, zittern meine Hände. Ich glaube, sie haben erst dreimal so gezittert: vor meiner Führerscheinprüfung, vorm Abitur und als ich Enzo zum ersten Mal gesehen habe.

Ich versuche zu atmen, aber etwas in meinem Hals versperrt der Luft den Weg. Der Kloß breitet sich weiter aus und bereitet mich auf die Tränen vor. Ich schaue vorsichtig hoch. Enzo ist wie das hungrige Raubtier und ich die naive

Antilope, die sich gerade leichtsinnig ihrem sicheren Tod nähert. Warum tue ich das? Vielleicht, weil ich es verdient habe.

Mein Blick haftet an seinem. Enzo scheint die fassungslose Leere hinter sich gelassen zu haben, denn das Einzige, was in diesem Moment in seinen schwarzen Augen glänzt, ist eine ziemlich beunruhigende Mischung aus Wut und – wenn ich mich nicht irre – Mordgelüsten.

»Enzo«, flüstere ich schuldbewusst. Das wird nicht reichen, das ist mir auch klar, aber es ist ein Anfang, und zu mehr bin ich gerade einfach nicht fähig.

Ich erwarte einen Schreikrampf, einen Tobsuchtsanfall, italienische Schimpfworte. Ich warte darauf, dass er mich anbrüllt und ich den Bass seiner Stimme bis in die Rippen spüre. Ich warte auf einen gigantischen Wutausbruch, doch stattdessen sehe ich etwas in seinen Augen aufblitzen.

Er macht einen Schritt auf mich zu, packt mich an den Oberarmen und zieht mich an sich. Ich falle gegen seinen Brustkorb, hinein in seine Arme und er küsst mich so leidenschaftlich, dass ich beinahe den Halt unter den Füßen verliere. Seine Lippen brennen auf meinen, seine Zunge nimmt mich ein und mein Körper erliegt ihm. Ich schlinge meine Arme um seinen Hals und klammere mich an ihn, ziehe mich hoch, ertrinke in seinem Duft. Ich spüre seine Stärke, die Wut, seinen muskulösen Körper, der sich gegen mich stemmt und mich gefangen nimmt, den heißen Schauer, der über meine Haut jagt. Ich verliere mich in der geballten Kraft, mit der er mich festhält. Mein Körper drängt sich an seinen, lehnt sich in diesen Kuss, der wie ein Tornado über mich hinwegfegt. Seine Lippen ersticken jeden klaren Gedanken und reihen unsere wunderbarsten Momente wie Perlen auf eine Kette. Diese Bilder geben mir den Rest. Und ich mich ihnen hin.

Enzos Kuss katapultiert mich an einen Ort zurück, der

nach Zitrusfrüchten und Salzwasser riecht. Die Wucht, mit der er mich küsst, erfasst mich wie ein Sturm, wie eine starke Böe, die mich davonträgt. Ich höre meinen Herzschlag und seinen flachen Atem, ich rieche diesen vertrauten Duft, ich spüre die Sonne auf meiner Haut und stehe plötzlich wieder dort, damals, mitten in Rom, über uns der wolkenlose Himmel, das intensivste Blau, das man sich nur vorstellen kann. Ich nehme alles in mich auf, atme Rom ein, inhaliere den Duft der Ewigen Stadt. Dann sehe ich *ihn*. Er springt die Stufen der Spanischen Treppe mit einer Leichtigkeit herunter, die mein Herz flattern lässt. Er trägt eine dunkelblaue Jeans, ein weißes T-Shirt und Lederschuhe. Sonst nichts. Kein Schnickschnack, keine Sonnenbrille, kein Schmuck. Sein Aussehen ist glänzend genug. Die definierten braun gebrannten Arme schwingen lässig an seiner Seite, das wuschelige dunkelbraune Haar wirkt magnetisch auf meine Fingerspitzen. Ich spüre wieder das Kribbeln, das durch meine Adern tanzt, erliege meinem Herzschlag, der wie ein Fremdkörper in mir tobt, als seine beinahe schwarzen Augen mich entdecken. In diesem Blick liegt etwas, das mir sofort eine Gänsehaut über den Körper jagt. Alles, was vorher war, ist plötzlich unwichtig. Alles, was bisher geplant war, belanglos. Alles, was mich interessiert, ist dieser Mann mit dem wunderbarsten Lächeln, das ich jemals gesehen habe. Das ist der Augenblick, in dem ich Enzo Dutti hoffnungslos verfalle.

Clara

DUTTI COMPLETTI?

Ich spüre das weiche Leder der Rücksitzbank unter meiner Haut und mein Leben fährt Achterbahn, es überschlägt sich und zieht mich mit, während seine Küsse mich in eine Welt tragen, die meiner Phantasie entsprungen sein muss. Ich spüre seine heißen Lippen auf mir, seine Hände und diesen muskulösen Körper, der sich fest an mich drängt. Meine Arme und Beine fesseln ihn, mein Mund genießt ihn, meine Hände ziehen ihn noch näher zu mir. Ich kann einfach nicht genug von ihm bekommen.

Das sanfte Schnurren des Motors begleitet unser hektisches Atmen. Die klassische Musik verschluckt mein leises Stöhnen und das genüssliche Seufzen. Sie tanzt federleicht durch den Wagen und wir gleiten scheinbar schwerelos durch die Nacht, während ich in diesem Moment ertrinke.

Nik dirigiert meinen Körper mit Fingerspitzengefühl und er reagiert willenlos auf jede seiner Berührungen. Er spielt auf ihm wie auf einem Instrument, instinktiv und ohne Noten. Er streicht über die sensible Haut auf der Innenseite meines Oberschenkels und ich lasse mich noch tiefer in das teure Leder sinken. Ich stöhne gegen seine Lippen und halte mich an ihm fest, während seine Finger langsam weitergleiten. Mein Körper steht unter Strom, jeder Muskel spannt sich an. Ich will atmen, schaffe es aber nicht. Ich spüre nur noch seine Berührungen. Sie sind eine

Qual, die ich für immer spüren möchte. Seine Hände und Lippen machen mich zu einer einzigen erogenen Zone, die erst mit der Spitze des letzten winzigen Härchens auf meinem Körper endet. Die Gänsehaut überzieht meinen Körper und das immer schnellere Pochen ganz tief in meinem Bauch scheint ihn anlocken zu wollen. Als er mit den Fingern über meine Leiste streicht, atme ich scharf ein, reiße die Augen auf und sehe in Niks zufriedenes Gesicht, das von einem sündhaft schiefen Lächeln erhellt wird.

Dann höre ich ein Räuspern.

»Entschuldigt bitte«, drängt sich eine zweite Männerstimme in meinen Kopf. »Aber wir sind da.«

Was? Mein Blick streift orientierungslos durch den Wagen. Das ist der Augenblick, in dem sich meine guten Manieren zurückmelden und ich die rügenden Worte meiner Mutter laut und deutlich durch meinen Kopf hallen höre. »Aber, aber, Clara. Schämst du dich denn gar nicht?«

Vielleicht sollte ich das, aber ich bringe es nicht über mich. Mir gelingt nicht einmal der Versuch, ernst zu sein. Ich spüre Nik neben, na ja, halb auf mir mit seinem schiefen Lächeln und kann nicht anders als zurückzugrinsen. Nein, Nik ist kein Luftschloss. Er ist ein *Lustschloss* und aus diesem Lustschloss werde ich nie wieder ausziehen.

Phillip parkt den Wagen und Nik beugt sich zu ihm vor. »Vielen Dank«, sagt er und nickt ihm zu. »Für alles.«

»Keine Ursache«, antwortet Phillip.

Dann steigt Nik aus und meine Wangen beginnen plötzlich zu glühen.

»Danke, Phillip.« Meine Augen finden seine im Rückspiegel. »Du hast mein Leben gerettet.«

Er lacht. »Es war mir ein Vergnügen.«

»Ich meine es ernst«, flüstere ich und schaue ihn an.

»Ich auch«, antwortet er und dreht sich zu mir um.

Ich will aussteigen, will zu Nik, will seine Nähe genießen und einen weiteren Ausflug in mein Lustschloss machen, aber Phillips trauriger Anblick hält mich auf. Er sitzt dermaßen verloren auf dem Fahrersitz und starrt ins Leere, dass ich es nicht über mich bringe. Der Ausdruck in seinen Augen schnürt mir die Kehle zu.

»Kommst du?« Das Mitgefühl wird begleitet von diesem ungeduldigen Pochen ganz tief in meinem Bauch. »Die warten sicherlich alle schon auf dich.«

Er schaut mich an. »Ich komme nach.«

»Kann ich etwas für dich tun?«

Er schüttelt langsam den Kopf.

»Mir ist nicht zu helfen«, sagt er schließlich und lächelt auf eine herzzerreißend tapfere Art.

Ich will etwas sagen, aber mir fehlen die Worte. Ich würde ihm gerne auf dieselbe Art helfen, wie er mir geholfen hat, aber ich kann es nicht. Das könnte nur Vero. Gerade als ich mich abwenden und aussteigen will, fällt mir etwas ein, das mich schon seit einiger Zeit beschäftigt. »Sag mal … Woher hast du es gewusst?«

»Was gewusst?«

»Na, dass Vero *Vero* ist.«

Er atmet tief durch. »Sie hat heute Morgen eine Stecknadel gesetzt. Laut Facebook waren sie und ich auf dem Weg zum selben Ort.« Er lächelt und seufzt. »Ich habe ihr geschrieben, aber sie hat nicht geantwortet.«

Ich muss kurz an den Zwischenfall im Auto denken. Es war also wirklich eine Nachricht von ihm.

»Aber woher wusstest du, wer von den Frauen hier Vero ist? Unter all den Leuten? Vero hat keine Fotos von sich bei Facebook.«

Ich sehe, wie sich ein leichtes Lächeln auf seine Lippen verirrt. »Hannes hat euch drei auf einem Foto markiert. Ich habe erst Hanna und dich gesehen. Und dann … Vero.

Sie sieht genauso aus, wie sie schreibt.« Er sieht mich unendlich traurig an. »Wunderschön.«

Ich nicke und schweige. Er hat ein gutes Herz. Ich habe es vorhin auf der Rennstrecke zum Bahnhof kennengelernt und ja, es schlägt für Vero, laut und deutlich. Trotzdem kann ich nichts für ihn tun. Ich wünschte, ich könnte es.

»Danke für alles«, sage ich schließlich. »Ich werde das nicht vergessen.«

»Das weiß ich«, antwortet er lächelnd. »Pass auf dich auf, Clara.«

Ich klettere aus dem Sportwagen. Meine Beine zittern noch immer unter der Lust meiner Gedanken und die eisige Luft heißt mich etwas zu abrupt in der Realität willkommen. Im Augenwinkel bemerke ich die völlig beschlagenen Autoscheiben und bei ihrem Anblick zieht sich etwas tief in meinem Bauch unvermittelt zusammen. Er macht mich fertig. Alles an ihm.

Nik folgt meinem Blick und sofort lächelt der eine Mundwinkel mehr als der andere. Dann sieht er mich an, seine strahlend grünen Augen funkeln, er greift nach meiner Hand und zieht mich in Richtung Eingang.

In diesem Moment wird es mir klar: Ich wollte genau diesen Augenblick, das Märchen in der Realität, das Lustschloss mit meinem persönlichen Callboy. Ich wollte diesen Blick und das schiefe Lächeln. Ich seufze. Alles, was mir gefehlt hat, war eigentlich Liebe.

Wir betreten die Lobby und er bleibt plötzlich abrupt stehen, dreht sich zu mir und sieht mich überraschend ernst an. O nein, was kommt jetzt?

»Was ist?«, frage ich verunsichert.

»Ich war nicht ganz ehrlich zu dir.« Er sieht mir tief in die Augen und ich fürchte, ich kann darin einen Funken seines schlechten Gewissens aufblitzen sehen.

»Was?« Mein Herz fällt mir in den Magen.

»Ich muss etwas richtig stellen.« Er hält noch immer meinen Blick.

Mein Gott. Ich atme tief ein und nicke. »Okay?«

»Ich bin kein Escort.« Er räuspert sich. »Mir … tja. Mir gehört der Laden.«

Manuel. Seine Nähe jagt mir einen warmen Schauer nach dem anderen über den Rücken. Meine Haut kribbelt und mein Herz flattert ums Überleben, wie ein kleiner Vogel schlägt es hektisch mit den Flügeln. Ich spüre seine Arme, seinen angestrengten Atem, spüre die Kraft, die es ihn kostet, mich zu tragen.

»Sie können sie in die Bibliothek bringen. Da ist es ruhiger.« Ist das der Kerl von der Rezeption?

»Brauchst du Hilfe?«, höre ich Nathalies Thomas fragen.

»Nein, ist gut. Es geht«, antwortet Manuel und hält mich fest. Zum Glück. »Ich kümmere mich um sie. Begrüß du erst mal meine Schwester und Hannes.«

Ich beobachte ihn durch einen Spalt zwischen meinen Wimpern und in diesem Augenblick weiß ich es. Ich weiß, dass ich nie wieder andere Arme will, keinen anderen Mann. Ich will keine Geheimnisse vor ihm haben, aber unendlich viele mit ihm. Ich will nur ihn. Mit jeder Faser meines Herzens.

Gespannt warte ich auf Panik-Hannas Einsatz und Schlampen-Hannas Einwände, doch beide schweigen. Ich sehe sie lächeln. Sie stehen Hand in Hand neben dem Sessel, auf den Manuel mich gerade absetzt und vor den er sich dann kniet.

Ich sitze einfach nur da und tauche in seine tiefblauen Augen, während die Vorfreude erwartungsvoll in meinen

Lippen kribbelt und als Gänsehaut auf meinem Körper sprießt.

»Geht es dir besser?« Er sieht mich besorgt an, aber ich meine, kurz wieder diesen Blick aufflackern zu sehen, den Blick, der die Schlampe kurz aufstöhnen lässt.

»Ja«, flüstere ich mit heiserer Stimme. »Das ist alles völlig verrückt. Ich … Ich dachte, du wärst verheiratet. Ich dachte, du wärst Thomas Reuter.«

Er sieht mich kurz irritiert an, beginnt dann aber zu grinsen.

»Verstehe«, flüstert er. »Und ich dachte, du wärst komplett durchgeknallt.«

Er legt seine Hände rechts und links von mir auf die Lehnen des Sessels, beugt sich langsam vor, ohne mich aus den Augen zu lassen – und er hat jetzt ganz sicher wieder diesen Blick, woraufhin sich meine Knie wie auf sein Kommando öffnen, damit er sich zwischen ihnen langsam hochziehen kann. Ich rutsche etwas tiefer in den Sessel und spüre, wie sich sein Oberkörper leicht an meinem reibt, spüre, wie meine Brustwarzen bei dieser Berührung schlagartig hart werden. Er thront über mir und sein Atem kitzelt an meinen Lippen. Sein Duft tanzt mir verführerisch in die Nase. Als er einatmet, dehnt sich sein Brustkorb und drückt ihn noch näher an meinen. O Gott, ich kann kaum atmen und falle in seine unergründlichen Augen.

»Ich will dich«, flüstert er und mit jedem Wort berühren seine Lippen meine. »Du machst mich wahnsinnig.«

Seine Stimme vibriert bis tief in meinen Bauch, bis zu dieser unersättlichen Stelle, die er entdeckt hat und die seither nach Aufmerksamkeit schreit. Ich ertrinke in der Vorfreude, zittere vor Verlangen und starre auf diesen Mund, der mich zu einer Süchtigen macht.

Ohne nachzudenken, grabe ich meine Finger in seine

Haare und ziehe ihn an mich. Dieser Kuss hält die Welt für einen Augenblick an, dann katapultiert er mich und meinen Verstand meilenweit weg. Ich spüre nur noch seine Lippen auf meinen und als sich unser Kuss in einem betörenden Rhythmus vertieft, stöhne ich auf und falle, immer weiter, immer schneller. In seiner Nähe vergesse ich mich. Ich spüre seine Hände überall auf meinem Körper. Ich ziehe ihn noch näher zu mir und genieße seine Härte, die sich zwischen meinen Schenkeln drängt.

Als er plötzlich aufsteht, zieht sich alles in mir enttäuscht zusammen. Manuel geht zur Tür, sieht mich an und schließt sie lächelnd ab. Er kommt langsam auf mich zu und sein Blick ist wie ein Vorbote seiner Hände.

Seine Fingerspitzen streichen über meine Oberschenkel. Er schiebt den Saum meines Kleides hoch, zieht meinen Slip aus und wirft ihn auf den Boden. Sein Blick brennt, als er sich etwas aufrichtet, den Knopf seiner Jeans öffnet und sie samt Boxershorts nach unten schiebt. Die Luft knistert mit dem Feuer im Kamin und unsere Blicke halten einander fest. Manuel schiebt sich zwischen meine Beine. Das schummrige Licht der Bibliothek legt sich sanft auf seine Haut. In den Tiefen seiner Augen funkelt etwas, das sich als warmer Schauer auf meinem Körper ausbreitet.

Er sieht mir tief in die Augen, während er ganz langsam in mich eindringt. Ich atme scharf ein und in dem Moment, als unsere Körper zu einem verschmelzen, zieht sich alles in mir zusammen. Ich genieße den Ausdruck in seinem Gesicht, ein Ausdruck, den ich auch auf meinem spüre. Mein Becken drängt sich ihm entgegen, will ihm noch näher sein. Ich höre mich seufzen, spüre das Kribbeln, die gigantische Welle, die sich in mir aufbaut. Alles um uns verschwimmt.

Dieses Mal ist es anders. Es ist sanfter, intimer. Dieses Mal ist es Liebe. Bunte Lichter tanzen aufgeregt um uns herum, mein Herz rast, meine Hände zittern. Manuel füllt mich aus, ist überall. Ich rieche seinen Duft, spüre seinen schweren Atem auf meiner Haut, seine Hände, die mich festhalten. Sein dumpfes Raunen mischt sich mit meinem Stöhnen. *Jeden Augenblick. Gleich.* Ich sehe nur noch Manuels tiefblaue Augen und diesen Ausdruck in seinem Gesicht, der all das sagt, was ich fühle. Sein Atem wird schneller, kommt nur noch stoßweise hervor. Dann atme ich ein letztes Mal scharf ein und taumle in diesen gigantischen Rausch, in einen Strudel, der mich mit sich reißt. Manuel dringt noch ein Mal tief in mich ein, dann erstarrt er auf mir und wir fallen gemeinsam.

Als ich die Augen öffne, finde ich seine. Zärtlich fahre ich ihm über die Wangen, spüre die Bartstoppel an der Innenseite meiner Hände.

Die Musik, die leise aus dem Festsaal zu uns hierüberdringt, unterlegt diesen Augenblick mit einem Lied, das ich nicht kenne, aber niemals vergessen werde. Ich muss lächeln.

»Willst du zurück auf die Party?«, flüstert er.

»Noch nicht sofort.«

Er nimmt mein Gesicht in seine großen, warmen Hände und küsst mich.

Jahrelang dachte ich, ich hätte alles, was ich brauche. Und das hatte ich. Doch hat immer etwas gefehlt. Ich wusste nicht, was ich suche, aber jetzt, wo es *ihn* gibt, ist es plötzlich so offensichtlich. Alles, was gefehlt hat, war eigentlich Liebe.

Vero

La Dolce Vita?

Enzos Lippen lösen sich von meinem und die Erinnerung erlischt wie eine Kerze, die heruntergebrannt ist. Er weicht einen Schritt zurück und schaut mich an, völlig außer Atem. Wut und Erregung schimmern in seinen Augen.

Meine Lippen sind betäubt von diesem Kuss, diesem plötzlichen Gedankensprung in die Vergangenheit. Meine Welt taumelt und bei der Vorstellung, dass ich ihn beinahe verloren hätte, steigen mir Tränen in die Augen.

»Das … Das war nicht der Plan.« Er wirkt irritiert und ich versuche zu verstehen, was er sagt.

Seine Worte hallen in meinem Kopf, aber sie ergeben keinen Sinn, sind leer, bedeutungslos. Nicht der Plan? Er befeuchtet die Lippen und sein Blick rutscht für den Bruchteil einer Sekunde von meinen Augen auf meinen betäubten Mund.

»Ich bin eigentlich nur gekommen, um mich von dir zu verabschieden.«

»Was?!« Die Verzweiflung flackert in meiner Stimme. »Nein!«

»Ich konnte nicht einfach gehen.«

Er löst sich aus unserer Umarmung und etwas Düsteres braut sich in meinem Kopf zusammen, schnürt sich eng um meinen Brustkorb. Schwere Gedanken ziehen ihre Runden und sie wehren sich mit aller Macht gegen das, was gleich kommen wird.

Ich spüre mit jedem Zentimeter, den Enzo sich von mir entfernt, wie meine Welt dunkler wird.

»Wenn du nach Hause kommst, werde ich nicht mehr da sein.« Er macht eine Pause und schluckt. »Ich hätte bereits vor Monaten …«

»Nein!«, falle ich ihm ins Wort und greife nach seiner Hand. »Enzo, bitte! Nicht.«

Er sieht mir in die Augen. »Wir hatten Träume, du und ich, irgendwann, aber ich kann mich kaum noch an diese Träume erinnern. Ich weiß nur, dass sie etwas damit zu tun hatten, dass wir, wenn wir alt und runzelig sind, zusammen auf einer Veranda sitzen und lächeln. An diesen großen Traum kann ich mich noch erinnern, aber er ist heute Abend wie eine Seifenblase zerplatzt.«

Ich schüttle widerstrebend den Kopf, aber er hat recht. Ich habe diesen Traum verraten – und damit auch all die anderen. Jeden einzelnen. Allerdings schon lange bevor ich angefangen habe, mich in Phillips Worte zu flüchten.

»Ich weiß nicht, was ich hier noch tue«, sagt er seufzend. »Du warst immer der Grund zu bleiben.« Seine Hand liegt schlaff in meiner. Wenn ich loslasse, verliere ich ihn. »Ich bin nur deinetwegen in München geblieben und jetzt ist es an der Zeit zu gehen.«

»Geh nicht«, flüstere ich, während Tränen meine Augen fluten. »Bitte.«

Früher haben meine Tränen Enzo wie Einschusswunden getroffen, jetzt lassen sie ihn kalt und mit dieser Erkenntnis erwache ich endlich aus meiner Schockstarre. Auch mein Hirn nimmt langsam wieder die Arbeit auf.

Gut, er hat mich dabei erwischt, wie ich Phillip geküsst habe, aber …

»Es war doch nur ein Kuss.« Nicht mehr und nicht weniger. Außerdem konnte ich nicht wirklich damit rechnen, dass Phillip gleich quer durch den Festsaal laufen würde, um mich zu küssen.

Enzo reißt erstaunt die Augen auf. »Nur ein Kuss?«

»Ja, nur ein Kuss.« Das Ergebnis eines anderen Problems, das sich schon länger abgezeichnet hat.

»Du hast einen fremden Mann geküsst und …«

»Er hat mich geküsst!« Ich schnaufe verzweifelt aus.

»Das ist doch jetzt …« Ich sehe, wie die Schlagader in seinem Hals vibriert. »Du hast dich nicht gewehrt!«

»Ich war einfach überrumpelt!«

Er sieht mich misstrauisch an. »Kanntest du den Mann?«

»Ja, aber ich habe ihn vorher noch nie gesehen.« Ich weiß, dass ich kurz davor stehe, mich um Kopf und Kragen zu reden.

»Woher kennst du ihn?« Er baut sich vor mir auf – und mein Herz stolpert kurz.

»Das ist jetzt egal.«

»Ist es das?« Sein Blick lodert.

»Ja!« Denn das eigentliche Problem ist nicht Phillip, sondern Enzo und ich.

»Na, dann bin ich ja beruhigt«, sagt er und seine Augen funkeln zornig.

»Wenn du nicht vergessen hättest, dass wir heute …«

»Vero!«, schneidet er mir das Wort ab. »Tu jetzt bloß nicht so, als wäre es *meine* Schuld, dass du andere Männer küsst.«

»Es ist also alles meine Schuld, ja?« Die Wut brodelt in meinen Adern. »Das passt wieder zu dir!«

»Zu *mir*?!« Er macht einen Schritt auf mich zu und packt mich am Arm. »Sag das noch mal.«

»Ja, es passt zu dir, mir die ganze Verantwortung zu geben.« Er soll bloß nicht denken, dass ich hier klein beigebe. »Glaubst du ehrlich, ich habe mir das alles so vorgestellt? Das mit uns? Ich arbeite Tag und Nacht und du träumst von einem kleinen Restaurant mit Feinkostladen. Ich schaffe das Geld an und du … du … Glaubst du, dass ich mir unser Leben so vorgestellt habe?«

»Keine Ahnung! Und es interessiert mich auch nicht mehr!«, sagt er überraschend laut. »Du hast ihn geküsst! *Geküsst!*«

»Er hat *mich* geküsst, verdammt noch mal.« Ich mache einen Schritt auf ihn zu und unsere Gesichter sind nur noch wenige Zentimeter voneinander entfernt – und plötzlich spüre ich ein schon lange nicht mehr gefühltes Brodeln in meinem Bauch.

»Aber du hast *mitgemacht.*« Wenn ich Enzos Blick richtig deute, geht es ihm ähnlich. Ich kann sehen, wie sich sein Brustkorb schnell hebt und senkt. Der Ausdruck in seinen schwarzen Augen lässt mich hart schlucken und ich zwinge mich, ihm standzuhalten.

»Vielleicht hättest *du* mich mal ein bisschen *öfter* küssen sollen?!«, feure ich ihm entgegen.

»Was?!?« Er zieht mich ruckartig an sich. »Und *wann* hätte ich das bitte tun sollen!?« Seine Augen brennen. »Los, sag schon: Wann? Wenn du spätabends müde von der Arbeit kommst? Oder bevor du samstags joggen gehst? Oder wenn du am Sonntagabend schon wieder deine Arbeitsmails checkst? Wann?!«

»Ich … Du … Keine Ahnung, wann!«, zische ich zurück. »Ich dachte, du wärst ein Mann!«

Ich sehe, wie es ihm kurz den Atem verschlägt. »Was soll das heißen?!«

»Früher hast du dir genommen, was du wolltest!« Die Luft knistert. »Und *wann* du es wolltest.«

Ich warte auf den Funken, der alles detonieren lässt, auf den einen Satz, der den Flächenbrand auslöst.

»Und *wen* ich wollte.« Er wird plötzlich ruhig. »Und das warst immer nur du.«

Damit nimmt er mir den Wind aus den Segeln.

»Was willst du von mir hören, Enzo? Was?«, frage ich verzweifelt. »Dass alles mein Fehler war? Okay, ja, es war mein Fehler. Ich habe einen Fehler gemacht. Zufrieden?«

»Nein.« Er atmet tief ein und schüttelt den Kopf. »Weil du es nicht so meinst.«

»Was willst du?« Die Wut verlässt meinen Körper so schnell, wie sie gekommen ist.

»Was ich will?« Ein schmerzvolles Lächeln erscheint auf seinen Lippen.

»Ja«, antworte ich. »Was?«

»Die Frau, die du mal warst«, flüstert er.

Mit diesem Satz gehe ich zu Boden. Die grausame Wahrheit trifft mich so unvermittelt wie ein gut platzierter Kinnhaken. Ich will widersprechen, doch meine Zunge liegt gelähmt in meinem Mund. Sie verdaut den Schmerz regungslos.

Dann brechen die Dämme. Tränen fluten erst meine Augen, dann mein Gesicht. Ich spüre die Last, die mich in dieser Sekunde verlässt, die aus meinem Inneren ausbricht wie ein Tier, das zu lange gefangen gehalten wurde.

»Ich will die Frau, die jeden Moment ausgekostet hat, die Frau mit den leuchtenden Augen und den langen blonden Haaren und diesen atemberaubenden Beinen, die sie früher gern gezeigt hat! Die Frau, die Tränen gelacht hat und die gesagt hat, sie wäre gerne Peter Pan, weil er fliegen kann und nie erwachsen wird.«

Seine Worte schneiden unsichtbar und tief. Ich blute innerlich, versuche zu atmen, aber das Schluchzen lässt es nicht zu.

»Was ist mit der Frau passiert, die nichts vor mir verheimlichen konnte?« Sein Brustkorb bebt und seine tiefschwarzen Augen funkeln. »Wie konntest du ihn *küssen*?«

Er dreht sich von mir weg und macht einen Schritt in

Richtung Tür. Ich bemerke nicht, dass die Musik aufgehört hat zu spielen. Ich bemerke nicht, wie viele Augenpaare auf mir liegen. Ich vergesse, dass ich weine. Ich sehe nur noch ihn, den Mann meines Lebens, der es gerade verlassen will – und ich bin schuld, weil ich alles aus den Augen verloren habe, was mein Leben gut gemacht hat.

Langsam schließe ich die Augen, spüre dem Schmerz nach, der in meiner Brust brennt, und da sehe ich ihn plötzlich wieder vor mir, auf den Stufen der Spanischen Treppe. Nur diesmal im Rückwärtsgang. Fast schwerelos entfernt er sich von mir. Ich sehe dieses Lächeln, das verschwindet, und die Augen, die meine loslassen. So hat alles angefangen und so endet es.

Plötzlich erinnere ich mich an unseren Traum. Den großen. Ich sehe Enzo und mich, runzelig wie zwei Rosinen vor einem alten Steinhaus in Süditalien mit einem riesigen Garten und einem Steg. Ich sehe unsere Kinder, die inzwischen selbst welche haben, kleine Enzos mit schwarzen Knopfaugen und niedlichen Schmollmündern. Ich sehe die vielen Jahre, die wir noch vor uns haben, die Augenblicke, das Nichtstun, all den Genuss, der auf uns wartet, die unzähligen lauen Nächte, die Glühwürmchen, die kitschigen Sonnenuntergänge, den sommerlichen Nachthimmel, der mit all seinen Sternen prahlt. Ich spüre Enzos warme Haut und die kühlenden Wellen, die uns umarmen und unsere Körper zischen lassen wie die Sonne, die ins Meer taucht. Ich schmecke die Isole di Tremiti und spüre den Sand unter mir, während die Nachmittagssonne und Enzos Hände gemeinsam über meine gebräunte Haut gleiten. Wir sind ineinander verschlungen wie Efeuranken. Ich kann nicht sagen, wo ich anfange und wo Enzo aufhört. Der Duft von Salzwasser und Sonnencreme, Zitrusfrüchten und gegrilltem Tintenfisch tanzt durch die Luft. Das sanfte Rauschen der Wellen unterlegt die Perfektion mit seinem beruhigenden, zeitlosen Klang. Enzos Haut glänzt bronzefarben, seine schwarzen Augen funkeln und sein Lächeln kitzelt in meinem Gesicht.

Das könnte mein Leben sein.

Das hätte mein Leben sein können.

Ich habe dieses Leben vor lauter Arbeit und der Suche nach Erfolg aus den Augen verloren. Ich habe beruflich mehr erreicht, als ich je zu träumen gewagt hätte, aber alles, was ich wirklich wollte, war eigentlich Liebe.

»Enzo, warte!«

Clara

MEIN PERSÖNLICHER CALLBOY?

»Moment, was genau soll das heißen, dir *gehört* der Laden?«

»Mir gehört eine Personalagentur«, antwortet er und sieht mir direkt in die Augen. »Wir vermitteln Veranstaltungspersonal, Messehostessen und so weiter.«

Ich sehe ihn nur verständnislos an.

»Und seit Neuestem eben auch männliche Escorts. Y*ou're the One* ist so eine Art Experiment.« Sein schiefes Grinsen lässt mich schlucken. »Als deine Anfrage reinkam, hätte ich eigentlich absagen müssen, weil wir ausgebucht waren, aber als ich dann dein Foto gesehen habe … bin ich einfach selbst eingesprungen.« Er zuckt mit den Schultern. »Und glaub mir, falls ich jemals erfahren sollte, dass einer meiner Mitarbeiter so mit einer Kundin umgeht, ist er auf der Stelle gefeuert.«

»Dann bist du …« Ich schüttle irritiert den Kopf. »Dann bist du kein Callboy?«

»Enttäuscht?«, fragt er und grinst dreckig. »Ich …«

»Sei still«, flüstere ich.

»Was?« In seinem Blick erkenne ich plötzlich Unsicherheit.

Ich nicke in Richtung Aufzug und grinse dreckig. »Lass uns nach oben gehen …«

Er scheint kurz zu überlegen, ob er mich richtig verstanden hat, aber als meine Aufforderung sein Hirn erreicht zu haben scheint, leuchten seine Augen kurz auf und er zieht mich ruckartig an sich.

Während wir wild küssend rückwärts in Richtung Aufzug stolpern, nehme ich entfernt wahr, dass im Festsaal keine Musik mehr spielt, stattdessen höre ich laute Stimmen, und eine davon erkenne ich sofort. Vero?!

Nik und ich halten inne und schauen uns fragend an. Dann lösen wir uns zögerlich voneinander. Ich sehe Nik entschuldigend an, er nimmt meine Hand und wir gehen in Richtung Festsaal, um zu sehen, was los ist.

Hanna

MEIN FILM?

Seine Augen sind wirklich tief wie ein Ozean. Die Unterwasserwelt schillert in allen Farben, sie strahlt und schimmert. Ich bin in einer Parallelwelt. Mein Herz zieht sich zusammen, als er seine Lippen zärtlich auf meine legt, seine Zungenspitze sie teilt und meine findet. Das Schuldgefühl ist ausgezogen und verfolgt jemand anders, während ich diesen Kuss in vollen Zügen genieße. Ich schwimme in diesem Moment. Seine Zunge tanzt um meine, meine um seine, sie treiben sich im Kreis, spielen, lieben sich. Mein Herz schlägt gegen seines. Es scheint ihm zuzuflüstern, scheint zu zerspringen. Ich will ihn. Hier und jetzt und für immer.

Es gibt Filme, in denen küsst ein Mann eine Frau und sie vergisst sich. Sie wird zu einem anderen Menschen. Bis gestern dachte ich, das wäre das Wunschdenken weltfremder Männer oder frustrierter Frauen. Die Wahrheit ist: Es kommt nur darauf an, *wer* einen küsst und *wie* er einen küsst.

Mein Körper fühlt sich gut an, so nah an seinem, und mein Hirn liegt nutzlos in meinem Schädel herum. Manuel zieht mich hoch und ich folge ihm. Wir taumeln rückwärts, bis die Regalwand voller Bücher uns aufhält. Er drängt sich an mich wie zuvor auf dem Männerklo, und ich spüre seine Erregung an meinem Bauch, spüre das Pulsieren und das Pochen tief in mir, das darauf zu antworten scheint. Ich glaube nicht, dass ich je genug von ihm bekomme. Manuel weicht etwas zurück und sieht zu mir runter. Unsere Augen tasten einander ab, wandern hektisch hin und her. So als könnten sie von diesem Anblick einfach nicht genug bekommen. Glücklich. Aufgehoben. Verliebt.

Kurz frage ich mich, ob ich vielleicht doch träume und mir das alles nur zusammengesponnen habe, aber Manuels Hände an meinen Wangen fühlen sich echt an. Ich bin wach.

»Hotelzimmer?«, flüstert Manuel und sein Atem streift verführerisch mein Ohr.

»Hotelzimmer«, hauche ich, während ein warmer Schauer meinen Rücken hinunterläuft.

»Dann los.«

Wir öffnen die Tür zur Lobby und unsere ersten gemeinsamen Schritte fühlen sich fremd an, beinahe unwirklich. Seinen Arm, den er um mich legt, schmückt mich wie ein teurer Pelz. Er ist warm und zeigt der Welt, dass ich zu ihm gehöre, auch wenn es die Welt nicht besonders zu interessieren scheint.

Nicht einmal Clara und Nik scheint es zu interessieren, die gerade an der Tür zum Festsaal stehen und gebannt verfolgen, was sich darin abspielt. Was ist da los? Die Musik hat aufgehört und das Licht ist an.

Ich nicke Manuel entschuldigend zu und ziehe ihn zu den beiden. Als wir kurz hinter ihnen zum Stehen kommen, verstehe ich plötzlich, warum sie uns nicht bemerkt haben. Sie sind viel zu abgelenkt von einer modernen Interpretation von »La Dolce Vita«. Ich höre zuerst die aufgebrachten Stimmen, dann sehe ich Vero und Enzo, der gerade mit einem herzzerreißenden Ausdruck in den Augen auf uns zukommt.

»Enzo, warte!«, ruft Vero verzweifelt.

Er dreht sich langsam zu ihr um, und ich sehe, wie sehr er sich dabei beherrschen muss.

»Wozu soll ich warten? Jetzt wo du diesen anderen Kerl hast, kann ich doch gehen.« Enzos verletzter Stolz und sein gebrochenes Herz sprechen da aus ihm. »Du brauchst mich doch gar nicht.«

»Aber ich will dich.« Veros Stimme ist leise. Es klingt wie ein letztes Aufbäumen, wie die letzte Hoffnung, die, bevor sie stirbt, zu einem finalen Erinnerungsschlag ausholt.

Enzo zögert, doch dann dreht er sich wieder zu uns und macht einen ersten Schritt in Richtung Tür. Stopp! Halt! Nicht gehen! Als hätte sie meine Gedanken gehört, stellt Clara sich ihm in den Weg. Ohne zu zögern, stelle ich mich schnell neben sie. Enzo sieht uns überrascht an – und verzweifelt.

Die Luft knistert und die Stille ist so allumfassend, dass ich mir einbilde, nur noch einen gigantischen Herzschlag zu hören. Enzo macht einen weiteren Schritt auf uns zu, in Richtung Tür. O mein Gott, nein, stehen bleiben!

Alle warten wie gebannt auf den Höhepunkt, auf die Erlösung. Los, komm schon, Vero, sag was. Halt ihn auf!

»Heirate mich.« Es ist nicht mehr als ein Flüstern, verzweifelt, fast hilflos.

Enzo bleibt stehen. Er rührt sich nicht und ich kann den Zweifel in seinen Augen sehen, der gerade eine blutige Schlacht gegen die Hoffnung schlägt. Die Spannung wächst. In der Luft liegt etwas Bedrohliches, wie vor einem Hagelsturm, der von grünlichen Wolken angekündigt wird. Die Welt hält den Atem an.

Endlich dreht Enzo sich wieder um. Langsam. Schrecklich langsam.

»Was?« Seine Stimme ist belegt.

Mit dieser Frage hat er den Ball zurückgespielt und

die Blicke aller Gäste schnellen von Enzo zu Vero. Ihr Brustkorb hebt und senkt sich hektisch. Enzo geht einen weiteren Schritt auf sie zu. Gleich wird es passieren. Jeden Augenblick. Ich warte gespannt auf diesen Moment, in dem sich alles entlädt.

»Heirate mich«, flüstert Vero ein zweites Mal.

In ihrem Gesicht liegt etwas so Sanftes, so Verletzliches, dass mir fast das Herz stehen bleibt. Ihre Augen ruhen auf ihm und die Hoffnung zuckt in ihrem Blick. Enzo scheint dort noch etwas zu entdecken – oder jemanden, den er dort lange nicht mehr gesehen hat, denn plötzlich fährt etwas in ihn, etwas, dem er sich nicht widersetzen kann, etwas, das ihn zu Vero zieht.

Die Wucht dieses Kusses ist wie ein Befreiungsschlag. Er ist wie ein plötzliches Gewitter, das sich über einem trockenen Landstrich ergießt, ein gleißend helles Licht direkt gefolgt von einem Donnerschlag, der bis in die Knochen bebt. Veros Arme klammern sich an ihm fest, ihre Knie geben nach und ihr Körper fällt in seinen. Bei diesem Kuss vergesse ich zu atmen, weil ich nicht den richtigen Zeitpunkt finde, um Luft zu holen.

Tosender Applaus durchbricht die atemlose Stille, kurz darauf setzt die Musik wieder ein und die Lichter werden gedimmt. Die Begeisterung brandet durch die bunt blinkende Dunkelheit. Auch ich applaudiere für die beste Liebesszene, die ich je gesehen habe, für einen Kuss, der ein Neuanfang und ein Ende ist, für die beste Hochzeit, auf der ich je war, und für die drei einsamen Herzen, die in diesem Moment vor Zweisamkeit nur so strotzen.

Mein Blick wandert von Vero und Enzo, die so aussehen, als würden sie nie wieder aufhören, sich zu küssen, weiter zu Clara und Nik, die einander verliebt ansehen. Dann finden meine Augen Manuel – und damit auch wieder diesen Blick in all seiner verlockenden, dunkelblauen Tiefe, in die ich mich sofort und ohne zu zögern stürze. Ich bade im wohligen Schauer und ertrinke in seinem Lächeln, in dem sich meine dreckigen Gedanken spiegeln.

Vor ein paar Stunden habe ich noch mein Herz in meinem Brustkorb brechen hören. Ich wollte mich verstecken, einfach verschwinden, ins Bett flüchten und weinen. Ins Bett will ich immer noch, aber etwas sagt mir, dass ich nicht weinen werde.

Danksagung

Mein erster Dank geht an jeden einzelnen meiner Leser. Ohne sie wäre jedes Buch traurig und sinnlos. Erst die Tatsache, dass Leser in meine Seiten tauchen, macht meine Geschichten in fremden Köpfen zu Filmen.

Ich danke meiner Familie. Für die Geduld. Das Zuhören. Für alles. Danke, dass ihr an mich glaubt. Ganz besonders danke ich aber meiner Mutter, die mich immer hat träumen lassen.

Ich danke dir, Adriana. Für die vielen stundenlangen Telefonate, für das Verständnis, deine Ideen und das viele viele Lachen. Ich bin mehr als nur dankbar, dass ich dich habe.

Ich danke euch Eleni, Gerdi, Susanne, Anne, Irmi, Johanna … dass ihr mir immer das Gefühl gegeben habt, dass ich eine Burg baue und kein Luftschloss. Ihr seid GROSSARTIG.

Ich danke dir, Julia, weil ich durch das »Julinar« sehr viel gelernt habe. Viele Klammern gibt es nur, weil ich deine Stimme im Ohr hatte. Ich bin mir sicher, dass ich *KEINEN* Text jemals genauer angeschaut habe.

Ich danke Hanna, Vero und Clara, dass sie es mir so verdammt leicht gemacht haben, ihre Geschichte aufzuschreiben.

Und zu guter Letzt danke ich dem Mann an meiner Seite, der es mir so verdammt leicht macht, über tolle Männer zu schreiben. Inspiration ist alles. Danke, Michael.

freytag
LITERATUR
MEHR PRICKELNDE
Romantik?
Anne Sonntag heißt eigentlich Anne Freytag. Sie schreibt unter verschiedenen Pseudonymen: Ally Taylor ist die, die sich mal eben mit ihrer besten Freundin Carrie Price (aka Adriana Popescu) malerische Städtchen an der amerikanischen Ostküste erfindet, im Klischee badet, tief ins Drama eintaucht und prickelnde Erotik ihr Handwerk nennt, Anne Freytag ist die fürs Reale, deren Geschichten in München spielen und in der Nachbarwohnung stattfinden könnten, und die liebe Anne Sonntag ist die Unterhaltsame, bei der es kribbelt, knistert und lustig zugeht, sie ist eben irgendwo dazwischen.
freytag
LESE TIPP
ALLY TAYLOR
Make it count
ROMAN
* Perfekt für den Strand. Die Couch. Das Bett. Und natürlich fürs Herz.